KB119109

트로피컬 나이트

조예은 소설집

트로피컬 나이트

Tropical Night

한거레출판

차례

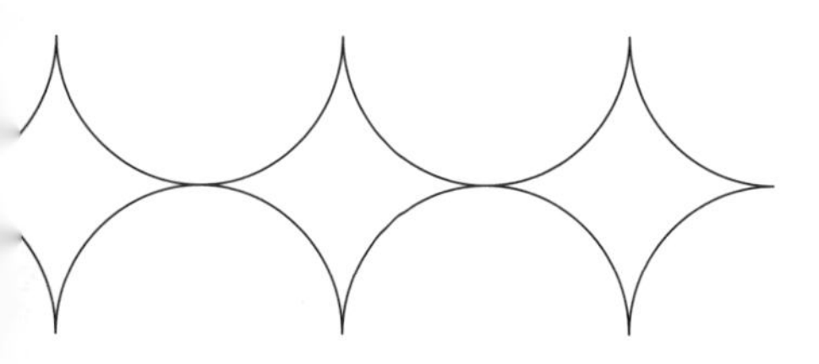

할로우 키즈

Tropical Night

유치원 교사 입장에서 핼러윈처럼 소품이 많이 필요한 행사는 무척 번거롭습니다. 적어도 몇 주 전부터 밤잠을 설치며 행사를 준비해야 하죠. 물론 우리 유치원이 더 유난이긴 해요. 간판에 '프리미엄'이 붙은 영어 유치원이거든요.

그렇다고 제가 핼러윈을 싫어하기만 하는 건 아닙니다. 어설픈 분장을 하고서 웃는 아이들을 보면 저도 무척 즐거워져요. 갈수록 학부모들의 분장 솜씨가 좋아지는 것도 느낍니다. 요새는 다들 자기 아이들이 얼마나 귀여운지, 혹은 얼마나 귀여운 옷을 입었는지 보여주고 싶어 하잖아요. SNS나 개인 방송에 올리기도 하고요.

그런데 가끔 그럴 때가 있어요. 아이들이 아이템을 장착한 게임 캐릭터처럼 느껴질 때가요. 그냥, 그렇다고요.

핼러윈이니 유령 이야기를 해볼까요. 우리 유치원에도 괴담이 있답니다. 밤마다 투명한 아이들이 뛰논다는, 그런 지루한 괴담이요. 전 사실 괴담을 좋아해요. 모든 일에는 이유가 있잖아요. 괴담이라 불릴 만큼 말도 안 되는 일에도 사실은 어떤 이유가 있지 않을까요? 그러니까 형사님도 이렇게, 제 앞에 앉아 말도 안 되는 이야기를 듣고 계신 것 아닌가요?

아홉 살쯤이었을 겁니다. 저는 회색 티셔츠를 자주 입는 아이였어요. 엄마가 시장에서 산 다섯 장에 1만 원짜리 세트를 돌려 입었거든요. 회색이라 뭐가 묻더라도 티가 덜 나고, 매일 입힐 옷을 고민하지 않아도 돼서 효율적이라는 게 엄마의 이유였습니다. 그런데 어느 날, 그리 친하지 않은 짝꿍이 묻더군요.

"너는 왜 맨날 같은 옷만 입어?"

말문이 막혔습니다. 당황한 제 반응이 재미있었던 짝꿍은 복도를 뛰어다니며 외쳤어요.

"은주는 일주일 내내 같은 옷 입는대요! 빨지도 않나 봐, 더럽고 냄새나!"

그 순간, 제 몸에서 정말로 냄새가 나는 것 같은 착각이 일었습니다. 엄청난 악취였어요. 귀찮다는 이유로 같은 옷을 여러 벌 산 엄마도, 소리 지르는 짝꿍도, 이상한 시선으로 저를 바라보는 반 아이들도, 어딘가 안쓰러운 빛을 띤 담임선생님의 눈빛도 전부 끔찍했어요. 세상에서 사라지고 싶은 기분이었습니다.

저는 그날 집에서 엄마에게 악을 지르며 떼썼어요. 다음 날은 다른 티셔츠를 입었지만, 참담한 기분은 여전했습니다. 그런데 힘겹게 등교한 후 교실 문을 열었을 때, 놀라운 일이 벌어졌습니다. 옛날 교실들은 뒷문 옆에 꼭 거울이 달려 있었거든요. 문득 돌아본 거울 안에 제가 없었습니다. 무슨 말인지 아시겠어요?

영화 채널에서 종종 방영하던 영화 〈할로우맨〉을 기억하나요? 투명인간이 나오는 SF 스릴러요. 그 영화 같았어요. 교실의 누구도 저를 보지 못했습니다. 처음에는 좋았죠. 말 그대로 사라지고 싶은 날이었잖아요. 평소에 못되게 굴던 아이에게 골탕을 먹이기도 하고, 자잘한 장난을 치면서 시간을 보냈습니다. 그런데 점점 무서워지더군요. 아무도 저를 찾지 않았거든요. 이러다가 정말 영영 사라지는 건 아닐까, 하는 생각에 울면서 집으로 갔습니다. 다행히 다음 날에는 모든 것이 원래대로 돌아왔어요. 아이들은 하루 동안 제가 없었다는 사실조차 모르는 것 같았습니다. 짝꿍이 놀리는 건 여전했지만요. 네? 말도 안 된다고요? 저도 그렇게 생각해요. 어린 시절이니, 언젠가 꾼 기묘한 꿈을 현실로 착각하는 것일 수도 있습니다.

하지만 가끔 생각이 납니다. 어른들도 세상에서 사라지고 싶은 순간들이 있잖아요. 아이들이라고 다를까요. 왜, 늘 집에 가고 싶다고 울잖아요. 그게 그 말이죠. 지금 이곳이 아닌 다른 곳, 나를 상처 주지 않는 곳에 가고 싶다는 거잖아요. 그러니까, 제 말은 사라진 재이 또한 그러지 않았을까, 하는 이야기입니다.

재이는 얌전한 아이였습니다. 지금까지 재이만큼 얌전한 아이는 본 적이 없어요. 그런 재이가, 핼러윈 행사 주인공인 드라큘라 역을 하고 싶다고 손을 든 건 상당히 의외였습니다. 하지만 결국 하지 못했죠. 이미 내정자가 있었거든요. 아파트 단지 내에서 입김이 센 부녀회장의 아들이요. 원장님과 무척 친한 분이죠. 네, 아이들이 생활하는 이곳도, 어른들의 순리로 돌아가는 것은 어쩔 수 없답니다. 아이들은 그 사실을 모르겠죠. 아니면…… 너무 잘 알던가요.

재이는 드라큘라 대신, 드라큘라의 뒤에서 배경처럼 몸을 흔드는 유령1을 맡았습니다. 분장도 별것 없이, 흰 천에 눈구멍만 두 개 뚫으면 되는 엑스트라입니다. 안타깝지만 어쩔 수 없는 일이에요. 이런 유치원 행사에선 사랑받는 아이가 티 나기 마련이죠. 그리고 그 사실을 누구보다 애들이 잘 압니다. 그 또래 아이들에겐 눈앞에 보이는 게 전부거든요. 잘 보고 배우는 게 애들 잘못은 아니잖아요.

유령, 재이는 실제로도 유령 같은 아이였습니다. 희끄무레한 원복을 입고 늦은 시간까지 유치원을 맴도는……. 아, 이게 무슨 소리냐면요. 우리 유치원이 원생을 맡아주는 제일 늦은 시간은 오후 8시거든요. 심야반이 그때 끝나요. 이 동네가 맞벌이가 많은 동네라 어쩔 수 없답니다. 유치원 교사들은 애들이 집에 갈 때까지 퇴근을 할 수 없어요.

재이의 부모님은 자주 늦었습니다. 9시, 심지어는 자정에 가까운 시간까지 애를 맡겨놓고는 했어요. 주로 정장을 입은 어머님이, 가끔은 술 냄새를 풍기는 아버님이 오셨습니다. 재이는 얌전하게 기다리고만 있었죠. 칭얼거리지도 않았습니다. 기다리는 게 익숙한 애였어요. 그런데 제가 일하면서 느낀 건데요, 어른도 짜증 날 정도의 상황에서 애가 가만히 있는다는 건 그리 좋은 게 아니에요. 그 지루한 시간을 재이는 무슨 생각을 하며 견뎠을까요.

어쨌든 그날, 재이를 데려간 건 무척 피곤한 얼굴의 어머님이었습니다. 아이가 저를 돌아보던 시선이 아직도 생생해요. 다음은 형사님이 확인하신 대로입니다.

강당을 가득 채운 학부모들 사이에 재이의 보호자는 없었어요. 재이는 흰 천을 뒤집어쓴 채 음악에 맞춰 열심히 몸을 흔들었습니다. 어떻게든 존재를 드러내려는 유령처럼, 절박하게요. 하지만 저 말고는 누구도 재이에게 시선을 두지 않았죠. 다들 자기 아이들 보기 바빴을 테니까요. 교사들이 준비한 무대의상 이외에도 온갖 화려한 시판 코스튬으로 치장한 아이들 사이에, 재이의 유령 코스튬은 무척이나 볼품없었습니다. 그리고 무대가 끝났어요. 아이들은 일렬로 서서 관객석을 향해 배꼽 인사를 했습니다. 저는 계속 재이를 보고 있었습니다. 어째선지 눈을 뗄 수 없었거든요. 이상하게도…… 재이의 발목이 계속 흐릿해 보였습니다.

그때, 재이의 옆에 선 마녀 분장의 아이가 실수로 재이의 흰 천을 밟았어요. 천이 죽 당겨지면서 재이의 몸이 크게 휘청거렸습니다. 눈구멍이 제자리를 이탈하자 재이는 허우적댔고, 저는 넘어지는 재이를 붙잡기 위해 단상으로 뛰어올랐습니다. 펄럭이는 흰 천을 향해 팔을 뻗었어요. 그리고 맥없이 고꾸라지는 아이를 꽉 안았습니다. 순간 소란스럽던 좌중이 고요해졌습니다. 공포에 가까운 공허가 저를 사로잡았어요. 팔에는 어떤 무게감도 느껴지지 않았습니다. 얇고 매끄러운 흰 천의 감촉만이 살갗을 간지럽혔죠. 느리게 눈을 뜨고 응시한 자리에는, 재이가 있어야 할 자리에는 아무도 없었습니다. 정말, 아무것도 없었습니다.

제 품에 남은 건 유령의 허물 같은 흰 천뿐이었어요. 그리고 천마저도 손안에서 미끄러져 바닥을 굴렀죠. 이게, 핼러윈 실종 사건의 전말입니다.

고기와 석류

Tropical Night

옥주가 석류를 만난 건 남편이 땅에 묻힌 지 스무 날이 채 되지 않은 여름날이었다. 그날 옥주는 평소와 다름없이 장례식장에서 수육을 삶았고, 손끝에는 고릿한 돼지 냄새를, 얇은 나일론 카디건에는 장례식장 특유의 향내를 묻힌 채 퇴근했다. 한 발 한 발 내딛을 때마다 아스팔트의 열기가 그대로 느껴질 만큼이나 더웠다. 장례식장에서는 하루 종일 냉방기를 가동시켰지만, 가스레인지 불 앞에서 일하는 옥주에게까지는 냉기가 닿지 않았으므로 몸은 늘 연기와 땀으로 끈적였다. 한시라도 빨리 찬물로 몸을 씻고 싶다는 생각뿐이었다.

열쇠를 꺼내기 전 옥주는 고개를 들어 '무어 저욱'이라고 적힌 간판을 바라보았다. 본래 '부영 정육'이었던 간판은 그 자리에서 버틴 세월을 증명이라도 하듯 형태를 알아

보기 힘들 정도로 낡아 있었다. 한때 동네 사람들의 식사와 가족의 생계를 책임지던 곳. 논밭뿐이던 옆 동네에 백화점이 지어지기 전만 해도 남편과 함께 운영하던 정육 식당은 늘 성황이었다. 하지만 사람 사는 곳이라는 게 영원할 수는 없는 것이다. 과거에 선명하게 빛나던 간판 글자가 이제는 그 빛을 전부 잃어버린 것처럼, 흥하던 모든 건 쇠퇴하기 마련이었다. 그 당연한 사실을 남편은 끝내 인정하지 않았지만 말이다.

백화점 완공을 기점으로 상권은 빠르게 옮겨갔다. 시내가 더 이상 시내가 아닌 구시내라고 불리게 되자 가게를 찾는 사람이 뚝 끊겼다. 이웃들 대부분이 가게를 팔고 백화점 근처로 이사 갔고, 옥주 역시 그래야 한다고 생각했다. 장사를 계속하려면 그러는 게 맞았다. 하지만 평생을 한동네에서 살아온 남편은 꼭 이 거리에 붙박이기라도 한 것처럼 떠나길 거부했고, 결국 정체된 채로 남았다.

이 역시 10년도 더 전의 일이다. 모두가 사라지고 떠났다. 부모님도, 다 큰 자식도, 이웃과 친구도, 자신을 이곳에 박아둔 남편까지도 떠났다. 지금 이 거리에 남은 건 옥주뿐이다. 그러니, 지금 바로 옆에서 들려오는 기척은 분명 낯선 이의 것일 테다.

이어서 들려오는 쩝쩝 소리. 며칠은 굶은 짐승이 날고기를 뜯어 먹는 것처럼 다급한 소리였다. 옥주는 정체불명의 소음을 따라 고개를 돌렸다. 시선이 닿은 곳은 가게 앞 전봇대 부근이었다. 그리고 그곳에서 쓰레기 더미를 헤집는 산발의 뒤통수를 발견했다.

"너 뭐 하니?"

낯선 광경에 어이가 없어 말이 저도 모르게 튀어나왔다. 저녁 8시가 훌쩍 넘은 시간이었다. 그런데도 8월의 밤은 너무 더웠으며 옥주에게 눈앞의 괴한은 덩치가 작아서인지 괴한이라기보다는 길을 잘못 든 산짐승에 가까워 보였다. 따지자면 산짐승이나 괴한이나 위험한 건 매한가지지만. 무턱대고 말을 걸기 전에 경찰이나 119를 부르는 게 순서였으나 옥주에게는 왔던 길을 되돌아가 어디론가 몸을 숨긴 후 신고를 할 힘도, 비명을 지르거나 도움을 요청할 힘도 없었다. 오로지 입술을 달싹여 몇 마디의 문장을 내뱉을 힘 정도만이 남아 있었다. 무엇보다 더위를 먹은 건지 머리가 제대로 돌아가지 않았다.

"거기 뭐야?"

옥주는 한 번 더 물었다. 옥주의 물음에 산발 머리를 한 괴한이 쓰레기통에서 고개를 빼내 뒤를 돌아보았다. 옥주는 송장같이 허여멀건 얼굴의 '그것'과 눈을 마주했다.

"……."

석류알처럼 붉었다. 눈동자는 창백한 피부색과 대조되어 더욱 붉어 보였으며 딱 그만큼의 적의와 경계를 담고 있었다. 옥주의 관자놀이에 식은땀이 흘렀다. 입술을 달싹였지만 이번에는 아무 소리도 나오지 않았다. 옥주가 가만히 있자 '그것' 역시 별다른 반응을 보이지 않았다. 더위에 상한 음식물들의 악취가 코를 찔렀다. 씻고 싶은 마음이 더욱 커졌다. 옥주는 서둘러 열쇠를 구멍에 맞췄다. 손이 떨려 몇 번이나 엇나간 탓에 짜증이 일었다. 살아생전 남편에게 번호 키로 바꾸자고 몇 번을 말했건만 남편은 비밀번호를 외우기 귀찮다는 구실로 끝끝내 열쇠를 고집했다. 원래가 그런 사람이었다. 낯선 것은 무조건 싫다 외치고 보는, 고여 있는 것에 익숙한 사람. 그래서 마지막에도 그렇게 갔지.

간신히 열쇠를 넣고 돌리자 평소처럼 걸쇠 풀리는 쇳소리가 났다. 고요한 동네라 그 소리가 쓸데없이 크게 느껴졌다. 옥주는 저도 모르게 다시 옆을 바라보았다. 땀과 오물에 찌들어 뭉친 머리카락 사이로 '그것'이 뭔가를 허겁지겁 입 안으로 욱여넣는 것이 보였다. 무언가 보니, 상할 대로 상해 푸른빛을 띠는 날고기였다. '그것'은 오랫동안 굶은 듯 깡마른 모습이었고 옥주를 힐끔거리며 돌아보는 사이에도 끊임없이 날고기를 씹었다. 사람의 형상을 한 '그것'의 존재가 너무 자연스러워, 옥주는 저도 모르는 사이에 들개나 산짐승처럼 야생을 배회하는 인간이 생겨난 걸까, 아니면 장례식장에서 불온한 것이 몸에 붙어 왔거나, 혹은 남편이 조금 먼저 떠났다고 내가 미쳐버린 건가, 하는 생각을 하며 문안으로 모습을 감췄다. 문을 닫고 들어와 다시 걸쇠를 잠그고 나서야 두근거리는 가슴이 좀 진정되었다.

옥주의 집은 지은 지 40년이 훌쩍 넘은 상가 겸용 건물이었다. 식당 겸 정육 코너로 쓰던 1층 홀 안쪽에는 옥주가 주로 생활하는 쪽방이 있었고, 주방이었던 곳을 지나면 시멘트를 대충 발라 만든 가파른 계단이 나왔다. 계단은 각각 지하와 위층으로 이어졌는데, 지하는 창고로 쓰였고 2층은 남편 생전에 병상을 차렸던 방이자 그보다 더 전에는 안방으로 사용하던 곳이었다. 옥주는 웬만해서는 위층에 올라가지 않았다. 계단이 가팔라 무릎이 아픈 탓도 있었지만 실은 다른 이유가 더 컸다.

옥주는 아직 남편이 마지막까지 누워 있던 이불을 정리하지 못했다. 투명한 감옥에라도 갇힌 것처럼 그 직사각형의 공간 밖으로 나오지 못하던 남편을 떠올리면 목구멍에 강제로 떡을 밀어 넣은 것처럼 답답했고, 곧이어 고통스러워졌다. 단순히 남편의 죽음을 받아들이는 과정의 문제가 아니었다. 그 자리에 남편과 똑같은 몰골로 누운 자신이 그려졌기 때문이다. 다른 점이 하나 있다면, 남편의 곁에는 간병을 하고 생활비를 벌어 오고 밥을 가져다주고 손수 씻겨주는 자신이 있었지만 자신은 혼자일 거라는 사실이었다. 아무도 곁에 있어주지 않을 것이다. 그렇게 혼자 가겠지. 이 끔찍한 사실을 인지한 지는 얼마 되지 않았다. 남편을 보낸 암 덩어리가 언제든지 자신의 몸에도 자라날 수 있다는 사실을 알고 있었지만, 단순히 아는 것과 실제로 선고를 듣는 건 다른 일이었으니까.

쪽방과 주방 사이의 좁은 욕실에서 대야에 물을 받아 몸을 씻었다. 그제야 피부에 스민 온갖 냄새들이 좀 가시는 것 같았다. 옥주는 습관적으로 손끝을 콧가에 가져다 댔다. 돼지 냄새가 아닌 수돗물 특유의 비릿한 향이 상쾌했다. 미지근한 물 안에서 눈을 감고 한참을 생각했다. 자신의 미래에 대해서. 비참하고 외롭지 않게 죽을 가능성에 대해서. 나이가 열 살 많던 남편은 암으로 죽었다. 하나뿐인 아들은 10년 전에 사업을 하겠다며 필리핀으로 넘어간 뒤로 생사조차 불분명했다. 그렇다고 주기적으로 만나는 오랜 친구가 있느냐, 하다못해 종교라도 있느냐 물으면 그것도 아니었다. 그나마 지방 변두리라도 집이라고 부르는 낡은 건물 한 채가 있는 게 다행이라면 다행이었다. 옥주는 대야의 물을 떠 천천히 얼굴에, 어깨에, 가슴에 끼얹었다. 암덩이가 자라고 있다는 대장 부근도 문질러보았다. 의사는 그 수상한 덩어리가 악성인지 양성인지, 혹은 어디까지 전이가 되었는지 제대로 확인하기 위해서는 조직 검사를 해야 한다고 말했다. 나이가 나이인지라 빨리 경과를 파악하는 게 무엇보다 중요하다는 말도 했다. 옥주는 알겠다며 고개를 끄덕인 뒤 진료실에서 나와 재진 예약을 잡지 않고 그 길로 집에 돌아왔다. 배 속에 있는 것이 어떤 종류의 암이든, 언젠가 죽는다는 사실은 변하지 않는다. 이미 곁에 아무도 남지 않았다는 사실도 변하지 않는다. 제일 중요한 두 사실이 변하지 않는데, 굳이 사소한 것을 신경 써야 하나 싶었다. 환갑이 넘은 나이건만 이 와중에도 미래를 생각해야 한다는 사실이 벅찼다. 그래서인가. 기가 약해진 건지 헛것이나 보고 말이지. 옥주는 집에 들어오기 전 마주했던 낯선 눈을 떠올렸다. 석류알처럼 붉은 눈과 쓰레기 더미를 뒤질 만큼의 허기를 상상했다.

장례식장 동료들 중에도 종종 헛것을 보는 이가 있었다. 그 동료는 퇴근할 땐 꼭 곧바로 집으로 향하지 말고 마트나 시장처럼 사람이 많은 곳을 들렀다 가거나, 집 앞에 소금을 뿌린 후 들어가야 한다고 말하곤 했다. 아무래도 직장이 장례식장이다 보니 이런 유의 미신이 많을 수밖에 없었다. 얼마 전에는 옆 동네 유 씨의 시어머니가 죽기 전날 밤에 검은 것이 자신을 데리러 왔다며 애처럼 울었다는 말을 들었다. 나이가 아흔이 넘은 치매기가 있던 노인이라 당시에는 별생각 없이 넘겼는데, 그 이야기가 왜 이제야 다시 생각나는지 모르겠다.

옥주는 씻고 나와 부엌 찬장에서 굵은소금을 한 숟갈 퍼 종지에 담았다. 그러고는 쪽방 문을 밀고 나와 고기를 썰던 홀을 가로질러 현관문 앞으로 갔다. 흠이 잔뜩 난 유리창 너머로 '그것'이 있던 쓰레기통을 바라보았다. 목격한 것이 꿈은 아니었는지, 터진 종량제 봉투가 널브러져 있었다. '그것'은 어디로 갔지? 발 하나 겨우 내밀 만큼의 틈 사이로 바깥을 살폈다. 자정에 가까운 시간이었다. 구시내의 변두리 골목은 오가는 이 하나 없이 고요했다. 옥주는 동료의 말을 떠올리며 종지의 소금을 한 움큼 집어 문밖으로 뿌렸다. 바닥에 소금이 떨어지는 소리가 사뭇 시원하게 느껴졌다. 쏴, 쏴, 어딘가 파도를 떠올리게 하는 소리였다. 집 주변을 빙 둘러 뿌릴 생각으로 밖으로 나와 섰다. 그리고 쓰레기통 옆에서 다리를 모아 웅크린 채 꾸벅꾸벅 졸고 있던 '그것'을 다시 마주했다.

'그것'은 헛것이라기엔 너무 선명했고, 사람이라기엔 기묘했다. 혹시나 해서 주변에 소금을 살짝 뿌려보았으나, 여전히 더러운 몰골로 쓰레기통에 머리를 기댄 채 졸 뿐이었다. 옥주는 접시를 바닥에 내려놓고 조심스레 '그것' 앞에 무릎을 굽혀 앉았다. 떡 진 머리카락 사이로 생채기투성이의 허옇다 못해 퍼렇기까지 한 얼굴을 마주 보았다. 간혹 파르르 떨리는 저 눈꺼풀 안에 붉은빛의 눈동자가 있다는 걸 안다. 뒤늦게야 '그것'의 손에 들린 썩은 고기와 마디마디가 불거진 깡마른 손, 그리고 언제부터 입었는지 모를 넝마 같은 옷이 보였다. 옥주는 저도 모르게 손을 뻗었다. 손끝에 어깨뼈의 굴곡과 거친 살갗이 닿았다. '그것'은 분명히 그곳에 존재한다는 양, 흐려지거나 사라지지 않고 그 자리에 그대로 있었다. 아직 다 자라지 않은 아이 같은 모습으로.

이걸 어떻게 하지. 열대야가 심하니 얼어 죽지는 않을 테지만 눈앞의 형체가 귀신이나 헛것이 아니라는 걸 확인하자 그냥 둘 수가 없었다. 경찰에 전화해야 하나. 그렇다면 경찰차가 올 테고, 데려갈 거고, 아마 하룻밤 정도 서에서 보호하다 시설로 넘길 것이다. 분명 그것이 편한 방법이었다. 여러 고민이 오가던 그때, 옥주는 '그것'에게서 들려오는 소리를 들었다.

까드득, 까드득…….

이를 가는 소리였다. 꼭 한이라도 맺힌 것처럼 이를 갈았다. 지금은 생사조차 알 수 없게 된 아들도 어렸을 때 이렇게 이를 갈았는데. 옥주는 그것에게로 뻗은 손길을 무르는 대신 어깨를 쥔 손에 힘을 주었다. 그것의 미간이 움찔거렸다. 그대로 어깨를 붙잡아 가만히 흔들었다. 창백한 눈꺼풀에 경련이 일고 얼마 지나지 않아 눈동자가 나타났다. 잘못 본 걸까? 석류알처럼 붉은빛이 아닌, 보통의 검은 눈동자였다. 눈을 뜬 얼굴은 보다 앳되어 보였고, 옥주는 스스로도 제대로 알 수 없는 마음으로 입을 열었다.

"여기서 이러지 말고 들어가자."

그것의 눈이 깜빡였다. 찰나의 순간, 눈동자가 붉게 물들었다 돌아오는 것을 옥주는 분명히 보았다.

옥주가 그것을 집에 들이자마자 맨처음 한 일은 씻기는

것이었다. 쓰레기통을 뒤지면서 오랫동안 거리 생활을 한 탓에 악취가 코를 찔렀다. 대야에 다시 물을 받고, 샤워기로 물을 끼얹고, 찌든 때를 손수 문질러 닦았다. 옥주를 믿지 못해 발버둥 치던 그것은 따뜻한 물이 피부에 닿자 기분이 좋아졌는지 곧 온순해졌다. 샴푸로 머리를 감길 때는 물 위에 뜬 거품으로 놀기까지 했다. 메마른 손끝에 길게 자란 손톱이 눈에 띄었다. 잘라주지 않으면 다칠 것이다. 손톱깎이를 어디에 뒀더라. 꼭 어미 잃은 새끼 길고양이를 데려온 기분이었다.

"애, 너 이름이 뭐야?"

"……."

그것은 눈만 껌뻑일 뿐 아무 말도 내뱉지 않았다. 정체가 무엇인지, 사람이 맞긴 한지, 어째서 썩은 날고기를 씹고 있었는지, 말은 할 수 있는지……, 머릿속에 여러 의문이 떠다녔지만 옥주는 결국 입을 다물었다. 그것은 씻기는 내내 새끼 짐승이 앓는 것 같은 소리를 냈다.

나와서 보니 입힐 옷이 없었다. 원래 입고 있던 옷은 너무 낡고 오염되어 도저히 다시 입을 수 없었다. 옥주는 쪽방 한구석에 그것을 홀로 둔 채 위층으로 향했다. 남편이 죽고 난 후로는 처음이었다. 위층 서랍장에 아직 처리하지 못한 남편의 생활복이 남아 있을 터였다. 오랜만에 방문을 열자 퀴퀴한 곰팡이 냄새와 습기, 그리고 아직 빠져나가지 못한 남편의 냄새가 방 곳곳에 배어 있었다. 그러니까, 죽어가는 남편의 냄새가.

옥주는 금방이라도 앙상한 손이 뻗어 나올 것 같은 이불을 애써 외면한 채 재빠르게 칼라 티셔츠 한 장과 반바지를 챙겨 방을 나왔다. 가파른 계단을 내려오고 있는데 그것이 있는 쪽방 안쪽에서 우당탕 구르는 소리가 났다. 그리고 이어지는 구역질 소리. 내장까지 토하는 것처럼 고통스러운 소리였다. 옥주는 서둘러 쪽방으로 돌아갔다. 좀 전까지 멀쩡하던 그것이 목을 부여잡은 채 바닥에 구토를 하고 있었다. 입 밖으로 떨어지는 황갈색 살점을 보니 쓰레기통에서 먹은 썩은 고기가 원인인 것 같았다. 옥주는 달려가 그것의 턱을 닦고 등을 두드렸다. 위장까지 토해낼 것처럼 괴롭게 몸을 비트는 그것의 등을 옥주는 한 손으로 쓰다듬으며, 다른 한 손으로는 서랍 안에서 비상약을 찾았다. 소화제를 어디다 뒀더라? 아니, 지금 필요한 게 소화제가 맞나? 그때. 그것이 먹은 것을 다 토해냈는지 구토를 그치고는 숨을 골랐다. 옥주는 당황한 목소리로 물었다.

"괜찮아졌어? 계속 아프면 병원에 가야……."

겨우 위장약을 찾아낸 옥주는 자신을 응시하는 선명한 붉은빛 눈동자를 마주했다. 그것이 얼굴을 고통스럽게 일그러뜨리더니 옥주에게 몸을 던졌다.

옥주는 목덜미를 물어뜯으려는 그것을 향해 반사적으로 팔을 뻗었다. 그것은 난폭한 기운을 뿜으며 입을 크게 벌렸다. 와중에 그것의 배에서 꼬르륵 소리가 났다. 옥주는 눈을 질끈 감았다. 팔목 살이 찢겨 나가는 통증과 동시에 옥주는 다른 한 손으로 서랍장을 더듬어 화병을 붙잡았다. 그리고 그것의 머리를 향해 있는 힘껏 휘둘렀다. 퍽, 하는 타격감과 함께 화병의 파편이 처참히 흩어졌고, 팔에 단단히 박혀 있던 그것의 이빨이 떨어져 나갔다. 선홍색 피가 바닥으로 줄줄 흩뿌려졌다.

옥주는 숨을 고른 뒤, 정신을 잃고 널브러진 그것을 바라보았다. 팔뚝에서 뜯겨 나간 살점이 그것의 잇새에 물려 있었다. 정신이 없는 와중에 구급상자에서 꺼낸 거즈를 찢어 상처 부위를 감았다. 타들어가는 통증에 눈앞이 하얗게 물들었다. 그런 다음 그것의 앞으로 다가가 떨리는 손으로 감긴 눈꺼풀을 들어 올렸다. 형광등 불빛 아래 나타난 건 붉은빛이 아닌 짙은 검은색 눈동자였다. 안도의 한숨이 흘러나왔다.

이 괴이한 것을 어쩌자고 집 안에 들였을까. 지금 당장 집 밖으로 이 괴물을 내던져도 아무도 뭐라 하지 않을 것이다. 오히려 그 편이 정상적인 사고였다. 그러나 옥주는 그것을 추방하는 대신 그것의 입가에 묻은 제 살점을 집어 들었다. 이미 뜯겨 나간 살이었다. 한번 멀어진 건 강제로 되돌릴 수 없는 법이다. 벌어진 입 안으로 살점을 살며시 밀어 넣자 그것은 정신을 잃은 와중에도 꼭꼭 씹어 삼켰다.

옥주는 눈앞의 깡마른 괴물과 상처 부위를 번갈아 바라보았다. 여기에서 나가면, 경찰이나 혹은 다른 누군가에게 넘겨진다면 이 아이는 어떻게 될까. 위험 요소가 많은 길거리 생활을 오래 하지는 못할 것이다. 분명 또 눈이 붉게 변한 채로 다른 살점을 씹으려 하겠지. 어떤 연구 기관으로 보내지거나 도시로 내려온 산짐승처럼 사살당할 가능성이 컸다. 옥주의 머릿속에 안락사, 라는 단어가 스쳐 지나갔다. 그건 내가 당하고 싶은 건데. 혼잣말을 중얼거리며 옥주는 몸을 일으켜 세웠다. 자정이 훌쩍 지난 시간이었다. 상처는 깊었고 응급실이 있는 병원은 걸어서는 가기 힘든 거리에 있었다.

핸드폰을 들어 119에 전화를 걸었다. 들개에게 밥을 주려다 손을 물렸다고 말했다. 전화를 끊은 뒤 옥주는 난장판이 된 방 안을 내려다보았다. 그것이 뱉어낸 썩은 고기에서는 악취가 진동했다. 그것은 꼭 처음 집에 왔을 때처럼 이를 갈며 잠든 채였다. 머리가 깨진 것치고는 퍽 평화로워 보이는 얼굴이었다.

저걸 어떻게 한담.

옥주는 괴물을 묶어두는 대신 선택을 회피하는 쪽을 택했다. 부엌으로 가 냉장고에서 국거리용 다진 소고기를 꺼내 그릇에 옮겨 담았다. 아침이면 충분히 녹겠지. 그것에게 이불을 덮어준 다음 병원에 갈 채비를 했다. 집을 잠가놓지는 않을 것이다. 떠나거나 남는 건 그것의 선택이었다.

옥주는 집 밖으로 나와 구급차를 기다렸다. 앞마당은 그것이 쓰레기봉투를 파헤쳐놓은 탓에 충분히 들개가 다녀갔다고 믿을 만했다. 구급차는 금방 왔고, 주황색 옷을 입은 사람들이 옥주를 차 안에 태웠다. 응급실로 가는 길에 옥주는 생각했다. 당장 치료를 받는다 한들 이 팔로는 장례식장에서 일하기 힘들 것이다. 돈을 얼마나 모아뒀더라? 많지는 않았지만 당분간 생활할 만큼은 될 것이다. 하지만 팔이 다 나은 후에도 다시 일을 구할 수 있을까. 돈이란 것은 언젠가는 떨어지기 마련인데…… 그 이후는? 또다시 물속에 선 것처럼 답답한 기분이 밀려들었다. 하지만 우습게도 상처의 원흉인 그것을 탓할 생각은 들지 않았다. 옥주는 이 답답함과 까마득함의 원인이 결코 그것 때문이 아님을 알고 있었다. 팔의 상처 역시 굶주린 들개가 쥐를 잡아먹는 것처럼 당연한 이치였을 뿐이다.

구급차는 금방 병원에 도착했다. 옥주는 고맙다는 말과 함께 내렸다. 등 뒤로 구급대원들의 대화가 귀에 닿았다.

"요새 산짐승에게 물렸다는 신고가 많네. 여름이라 그런가?"

"탈출 신고는 없었는데."

"얼마 전에 산에서 발견된 시체도……."

작은 도시인데도 심야의 응급실은 환자로 넘쳐났다. 술병이 나 앓는 사람, 사고를 당했는지 피를 줄줄 흘리는 사람이 있는가 하면 어떤 증상도 없이 고요히 죽음을 맞이하려는 이도 있었다. 그런 건 딱 보면 보였다. 오랜 시간 남편을 간병하며 알게 된 직감이었다. 세상에는 참 병든 사람들이 많고, 죽음의 순간 또한 다양했다. 장례식장도 마찬가지였다. 사흘 내내 식장이 미어터지도록 조문 오는 이가 있는가 하면 상주조차 제대로 자리를 지키지 않는 이도 있었다. 식조차 제대로 치르지 못하고 무연고자로 화장되는 이들 역시 적지 않았다. 옥주는 상처를 치료받으며 자신의 최후에 대해 생각했다. 곁에 아무도 없을 것이다. 그 누구도 모르게 고요히 가겠지.

그러자 억울함이 밀려들었다. 삶을 계산할 수는 없겠지만, 이 정도로 손해 보는 장사를 할 줄은 몰랐다. 이 나이를 먹도록 아직까지 이런 격정의 감정이 남아 있다는 데에 또 놀랐다. 이건 단순한 외로움하고는 다른 문제였다. 아니, 외로움이긴 하지만 좀 더, 좀 더 뭐랄까…… 결말에 관한 문제였다. 아무도 자신과 같은 결말을 원하는 이는 없을 것이다. 누군가가 상상하는 최악이 되고 싶지는 않았다. 열심히 살았는데 어째서? 끝까지 보살핌을 받고 떠난 남편보다 못할 게 뭔가. 결국 운이다. 운은 사람을 가리지 않아. 세상은 불공평하지. 하지만 어차피 멋대로 돌아가는 게 세상의 이치고 운이라면, 나에게만 이렇게 가혹할 이유도 없는 것 아닌가.

상처 치료는 금방 끝났다. 의사는 당분간 상처 부위에 절대 물이 닿으면 안 된다는 말과 함께 진통제와 소염제를 처방해주었다. 그러면서 피곤한 목소리로 옥주를 문 개가 광견병에 걸리지 않아 다행이라는 말을 덧붙였다. 옥주는 사람이 광견병에 걸리면 죽을 때까지 갈증에 시달린다는 사실을 처음 알았다.

병원에서 돌아오는 길에 시장에 들렀다. 손을 다쳤어도 먹을 건 먹어야 했고, 가만히 있는다고 누구 하나 입에 숟가락 넣어주지 않으니까. 평소 같았으면 직접 만들었을 반찬들을 가게에서 샀다. 정육점에 들러 돼지고기를 조금 사 시장을 나오는데 과일 가게가 보였다. 한구석에 제철이 아닌데도 진열된 석류가 보였다. 문득 전날의 눈동자가 스쳐 지나갔고, 옥주는 가격을 물은 뒤 석류를 두 개 사서 집으로 돌아왔다. 무슨 생각으로 그 시큼한 과일을 샀는지 모르겠다. 마지막으로 석류를 먹은 게 언제더라? 기억도 나지 않는다. 남편과 아들 둘 다 신 과일을 좋아하지 않아 먹을 일이 없었다. 어렸을 때는 이 붉은 과일을 무척 좋아했는데. 맛이 있어서라기보다는 보석 같은 알들을 오래도록 관찰하다가 입 안에 밀어 넣고 톡, 씹는 게 좋았다.

옥주는 집 문 앞에 섰다. 열쇠를 꺼내려다 애초에 문을 잠그지 않고 나갔었다는 사실을 기억해냈다. 그것은, 붉은 눈의 아이는 집을 나갔을까. 옥주는 손잡이를 돌려 문을 열었다. 먼지 쌓인 홀 너머로 쪽문이 보였다. 그리고 쪽문 문턱에 걸터앉아 있는 아이도 보였다. 그것이 고개를 들어 돌아온 옥주를 바라보았다. 적의 없는 눈동자였다. 바닥에 아무렇게나 놓인 빈 접시가 보였다. 생고기를 담아두고 간 접시였다. 그것의 입가에는 핏물이 묻어 있었다.

옥주는 그것 앞으로 다가갔다. 문득 이 풍경이 아주 그립고 익숙한 것처럼 느껴졌다. 이 공간에도 그런 시절이 있었다. 늘 누군가 자신을 맞아주고, 라디오 음악 소리가 들리던, 생기 넘치던 시절이. 집에 돌아와 낯선 이와 눈을 마주치는 게 이리도 두렵지 않은 일이었다니. 죽어가는 눈을 보지 않는 게, 살아 있는 눈을 보는 게 이렇게 심장 뛰는 일이었다니. 그것이 비록 사람인지 괴물인지 모를 것이라 하더라도 말이다. 옥주는 검은 비닐봉지를 바닥에 내려놓고 그것 옆에 걸터앉았다. 진통제를 먹었는데도 붕대 안쪽의 찢긴 상처가 쓰라렸다. 무섭지는 않았다. 이상할 만큼 무섭지 않았다. 무섭기는커녕 어째선지 자신이 그것을 들인 게 아니라, 그것이 자신을 찾아왔다는 생각까지 들었다.

어쩌면 정말 그런 걸지도 몰라.

벌레 날아다니는 소리가 들릴 정도의 고요함 속에서 옥주가 봉투를 뒤져 붉은 과일을 꺼냈다. 눈앞의 과도를 집어 석류에 칼집을 낸 뒤 힘을 주어 반으로 쪼갰다. 그 잠깐 사이에도 상처 부위가 쓰라렸다. 옥주는 반쪽짜리 석류를 그것에게 내밀었다. 그것이 사람의 형태를 하고 날고기를 먹는다는 건 알았다. 전날 돼지고기를 먹고 토한 게 썩은 고기여서인지, 아니면 돼지고기를 먹지 못해서인지는 모르겠지만. 그것의 눈이 붉어짐과 동시에 살을 뜯은 걸 보아서는 요새 심야 영화에 종종 출연하는 좀비라는 존재처럼 사람 고기를 먹어야만 살 수 있는 건 아닐까 하고 추측할 뿐이었다. 과일은 어떨까? 먹을 수 있을까? 그것은 옥주가 건넨 석류를 한 손에 받아 들고는, 어떡하느냐는 듯한 얼굴로 옥주를 바라보았다. 옥주는 생선 알처럼 모여 있는 덩어리에서 알 하나를 떼어 그것에게 보란 듯이 입으로 가져갔다. 어금니로 과육을 씹자 입 안에 상큼한 신맛이 퍼졌다. 과육 안의 작은 씨는 굳이 뱉어내지 않고 삼켰다. 옥주가 소리 내어 물었다.

"너도 먹어볼래?"

그러자 그것은 말을 알아듣기라도 한 것처럼, 석류알 하나를 집어 제 입 안으로 가져갔다. 오독, 하는 소리가 났다. 태어나서 신맛을 처음 느껴본 사람처럼 그것의 미간이 내 천 자로 구겨졌다. 옥주는 손을 뻗어 그것의 미간을 곱게 눌러 폈다. 그것이 눈을 깜빡였다. 그리고 얼마 지나지 않아 시큼한 맛이 마음에 들었는지, 석류 반쪽에 얼굴을 처박고 뜯어 먹기 시작했다. 입 주위가 순식간에 과즙으로 물들었다. 옥주는 그것의 손목을 붙잡고 석류를 옮겨 들었다. 그것이 얼굴을 구겼고, 눈동자에 난폭한 빛이 돌려는 찰나 옥주는 손수 한 알을 떼어 그것의 입에 밀어 넣었다. 오독, 하는 소리가 났고 그것의 눈에서 붉은 기가 가셨다. 옥주는 먹이를 먹여주는 어미 새처럼 그것에게 한 알씩 석류알을 먹였다. 버석하고 푸른 입술에 손끝이 닿을 때마다, 인간치고는 뾰족해 보이는 앞니와 송곳니에 손톱이 부딪칠 때마다 옥주는 저 이빨이 자신의 말단을 그대로 물어뜯는 모습을 상상했다. 손부터 시작해서 팔뚝을, 목덜미를, 가슴과 다리를, 머리만 남기고 샅샅이 자신을 먹어치우는 아이를 상상했다. 등에 한기가 돌았으나, 퍽 나쁜 상상은 아니었다. 그것은 입을 빼끔대는 아기 새처럼 옥주가 주는 걸 받아먹었다.

*

장례식장을 쉰 지 일주일이 지났다. 그것과 함께 살게 된 지도 일주일이 지났다. 옥주는 그것을 어느새부터 "석류야"라고 부르기 시작했다. 그럼 그것은 꼭 이름을 알아듣는 고양이처럼 쪼르르 옥주에게로 다가왔다. 옥주는 때가 찌든 석류의 손톱을 깎아주고, 씻기고, 다진 날고기를 먹였다. 둘은 주로 함께 쪽방에서 시간을 보냈고, 석류는 남편의 옷을 입었다. 품이 많이 남아 옷핀으로 고정해주는 것도 옥주의 일이었다. 옥주는 더 이상 위층에 올라가는 걸 꺼리지 않았다. 간혹 갑자기 집에 공무원이나 동네 사람들이 들를 때면 석류를 위층 방에 숨겼다. 위층에서는 더 이상 죽음의 냄새가 나지 않았다. 남편의 옷가지에서도 마찬가지였다.

석류는 대부분 옥주의 말을 잘 따랐다. 대부분이라는 건 그러지 않을 때도 있다는 말이다. 주로 위협을 느끼거나 허기를 참지 못했을 때 석류는 난폭해졌다. 그럴 때는 아무리 이름을 불러도 반응하지 않았고, 옥주가 누구인지조차 기억하지 못했다. 석류가 주로 배를 채우는 건 옥주가 정육점에서 얻어 오는 돼지 부속 부위들이나 소의 생간, 버려지는 곱창 따위였다. 도축한 지 얼마 되지 않은 날고기를 먹으면 발작은 수그러들었지만, 그렇다고 허기가 완전히 해결되는 건 아닌 듯했다. 석류는 고기를 먹은 후에도 끊임없이 뭔가를 입에 넣고 싶어 했고, 이불이나 벽을 갉았으며 잘 때는 이를 갈았다. 자다가 느껴지는 압박감에 눈을 뜨면 석류가 붉은 눈을 빛내며 이를 드러내고 침을 흘리고 있을 때도 있었다. 옥주는 자신이 언제든지 먹힐 수 있다는 걸 알았다. 자신이 키우는 건 말 안 듣는 손주나, 길고양이 같은 게 아니었다.

하지만 그래도 상관없었다. 석류가 자신을 먹어도 상관없다는 말이었다. 처음 마주한 순간부터 그랬다. 옥주는 아이러니하게도 언제 자신을 해칠지 모르는 석류 덕분에 두려움을, 공포를 덜어낼 수 있었다. 외롭게 혼자 죽음을 맞이하고 이불 속에서 썩어갈지도 모른다는 공포를. 석류를 키움으로써 자신은 혼자 죽지 않을 것이다. 썩지도 않을 것이다. 자신이 죽고, 더 이상 고기를 줄 사람이 없으면 눈앞의 양분인 자신을 붉은 눈의 석류가 먹어치울 것이다. 기왕이면 석류가 아주 깨끗이 자신을 발라 먹었으면 좋겠다고 생각했다. 더 이상 썩을 살점도 없을 만큼 깨끗이, 오랫동안 배고프지 않게 두고두고 발라 먹었으면 했다. 그러나 그것은 아마 좀 더 나중의 일. 그런 미래를 위해서는 석류가 자신의 곁에서 버텨야만 했다.

옥주는 석류가 제대로 된 양분을 섭취하지 못하고 있음을 직감했다. 석류에게 짐승의 고기는 군것질 같은 것일 뿐, 필수영양소에 속하지 않는 듯했다. 눈이 붉어지고, 발작을 일으키는 주기가 점점 빨라졌다. 원래도 말랐던 석류는 끊임없이 고기를 먹는데도 눈에 띄게 말라갔다. 한밤중에 발작을 일으키더라도 늙은 옥주가 쉽게 제압할 수 있을 만큼 힘을 잃었다. 제대로 된 식사를 하지 못했으니 당연한 일이었다. 옥주는 꼭 자신이 저 가엾은 짐승을 굶긴 것만 같은 착각에 빠졌다.

평소와 같이 일어나 쌀을 씻어 안치는 아침이었다. 붕대 속 상처는 아직도 자주 쓰라렸고, 노화한 피부는 전처럼 빠르게 재생하지 못했다. 그래도 팔을 쓸 수 있을 만큼은 회복이 되어 일상생활은 어렵지 않았다. 옥주는 작은 상에 전날 정육점에서 얻어 온 천엽과 선지를 그릇에 담아 올리고, 자신이 먹을 식사를 차렸다. 요즘 들어 고기를 자주 사 가는 탓에 정육점 사장이 집에서 구미호라도 키우는 거냐며 우스갯소리를 던졌다. 가게를 바꿔야 하나 싶은 생각이 들었다. 텔레비전에서는 아침 뉴스가 흘러나오고 있었다. 공중파를 겸하는 지역 채널이었다. 딱딱한 얼굴의 아나운서가 익숙한 장소를 배경으로 두고 소식을 전하고 있었다.

"부영 저수지 근처에서 의문의 시신이 발견되었습니다. 피해자는 두 달 전에 실종된 70대 노인 A 씨로, 실종 당시 중증 치매를 앓고 있던 상태였습니다. 시신의 상태로 추정했을 때, 저수지 부근에서 조난당한 피해자가 산짐승에게 습격당한 것으로 보입니다."

옥주는 매료된 것처럼 그 짧은 뉴스에 집중했다. 화면은 스산한 저수지와 과학 수사대를 비춘 후 다음 코너로 넘어갔다. 시신으로 발견된 노인은 근방 요양 병원에 입원 중이었고, 얼마 전부터 보호자가 병원비를 납부하지 않아 다른 시설로 이송하던 중 실종되었다고 했다. 노인은 자신이 죽은 후에 방송을 탈 줄 상상이나 했을까? 아무도 찾아오지 않는 병실에서 오랜 시간을 버텼을 텐데. 옥주는 아직 이불 속에서 잠들어 있는 석류를 바라보았다. 요즘 들어 잠자는 시간이 늘어나고 있었다. 식비가 부담될 정도로 고기를 먹어치우지만 손목은 갈수록 말라가고 얼굴은 창백해졌다. 옥주는 그런 석류를 흔들어 깨우며 중얼거렸다.

"석류야, 넌 나보다 오래 살아야 한다."

석류가 느리게 눈꺼풀을 들어 올렸다. 찰나 붉은빛이 돌았던 눈동자는 옥주의 얼굴을 마주하자마자 곧 검은색으로 돌아왔다. 석류는 부스스한 머리를 넘기며 일어나 밥상 앞에 앉았다. 둘은 말없이 식사를 했다. 밥상을 거의 비웠을 때 석류가 포크를 떨구고 목을 부여잡았다. 어깨가 들썩이더니 좀 전에 먹은 것들이 그대로 쏟아져 나왔다. 옥주는 서둘러 물을 먹이고, 껴안아 다독였다. 석류의 이가 자신의 목덜미에 닿는 것이 느껴졌다. 옥주는 눈을 감았다. 석류가 자신을 물어뜯기를 기다렸다. 그러나 석류는 끝내 옥주를 물어뜯지 않았고, 옥주에게서 떨어져 나와 구석에 몸을 웅크린 채 경련하듯 떨었다. 그러기를 한참, 석류가 거친 숨을 몰아쉬며 고개를 들었다. 눈동자에 붉은빛은 없었다. 다만 허기에 사로잡힌 듯 무릎걸음으로 기어가 밥상 위의 선지를 들이마시듯 목구멍으로 부어 넣었다. 그 모습을 보며 옥주가 뭔가를 결심한 목소리로 말했다.

"오늘은 너도 제대로 뭐 좀 먹어야겠다."

"……."

석류는 맨손으로 젤리 같은 선지를 집어 들며 눈을 깜박일 뿐이었다.

식사를 끝낸 후, 옥주는 어디론가 전화를 걸었다. 묘 이장 문의, 인력 대여 업체였다. 남편의 묘를 급히 파야 할 것 같다고 말하자, 사장이 이장을 할 것이냐고 물었다. 옥주는 간밤에 꿈자리가 사나워서 관에 물이 찼는지 확인을 해봐야 할 것 같다고 답했다. 곧 인부를 붙여주겠다는 답이 왔다. 옥주는 가격을 책정한 후 전화를 끊었다. 병자처럼 파리한 얼굴의 석류가 눈을 깜빡였다. 옥주는 석류를 바라보며 말했다.

"석류야, 나갈 채비 하자."

여전히 석류가 그 말을 알아들었는지는 알 수 없었다.

인부는 점심쯤에 삽과 장비들을 들고 도착했다. 석류는 옥주가 시장에서 사 온 검은색 티셔츠에 꽃무늬 냉장고 바지를 입고, 머리에 리본 핀을 꽂은 채 마스크와 선 캡까지 쓴 완벽 무장 상태였다. 그에 비해 옥주는 밀짚모자를 얹은 간편한 복장으로 남자의 차에 올랐다. 남편의 묘는 그리 멀지 않은 뒷산에 있었다. 늘 익숙한 것을 고집하던 사람이라 화장을 하지 못하고 굳이 산에 묻었는데, 당시에는 귀찮고 번거롭던 게 이런 식으로 쓰일 줄은 몰랐다. 관 속의 시체는 완전히 백골이 되는데 꽤 오랜 시간이 필요하다고 들었다. 아직은 썩어가는 중일 것이다. 신선하지는 않겠지만……. 살아 있는 사람을 밥으로 줄 수는 없는 노릇이니까. 그나마 다행이었다. 화장을 해서 뼛가루만 남았다면 석류에게 먹일 게 없었을지도 모른다. 생판 모르는 사람의 묘를 파고 싶지는 않았다. 요즘에는 다들 화장을 해서, 매장을 하는 곳이 거의 없는 추세이기도 하고 말이지.

묘까지 가는 길은 심란한 마음 반, 이상하게 들뜨는 마음이 반이었다. 석류는 낯선 인부 때문에 긴장이 되는지 옥주의 손을 잡고 놓지 않았다. 석류 특유의 차가운 피부가 닿자 옥주는 기분이 좋아졌다. 손을 붙잡고 봉고차 뒷자리에 나란히 앉은 옥주와 석류를 향해 인부가 가볍게 물었다.

"손주인가 봐요? 무덤 파는 게 애들한테 좋은 장면은 아닐 텐데."

"예. 돌봐줄 데가 없어서 데리고 나왔습니다."

"어쩔 수 없죠 뭐. 그래도 날씨가 맑아서 다행입니다."

인부는 사람 좋게 웃었다. 산에는 금방 도착했다. 남편이 증조부에게 물려받았다는 땅은 애매한 거리를 두고 도로가 생긴 탓에 가드레일을 넘어 임시로 만들어둔 흙 계단을 타고 올라가야 했다. 옥주가 석류와 함께 앞장섰고, 인부가 커다란 가방을 인 채 따라왔다. 10분 정도 오르자 갈대와 잡초가 허리께까지 자란 구역이 나타났고, 그 안쪽을 또 5분 정도 걷자 남편의 묘가 나왔다. 묘는 총 세 개였다. 하나는 남편의 것, 나머지는 시부모의 것. 옥주는 이제 막 풀이 자라기 시작한 묘 앞에 서서 말했다.

"일단 이 묘만 작업하시면 됩니다. 뭐 도울 것 있으면 알려주세요."

인부가 고개를 끄덕인 후 곧바로 일을 시작했다. 날씨

는 역시나 더웠고, 옥주는 돗자리를 펴고 미리 챙겨 온 아이스박스에서 얼음물과 과일 따위를 꺼냈다. 석류가 호기심 가득한 눈으로 그 과정을 지켜보았다. 묘하게 신이 난 듯한 모양새였다. 인부가 부지런히 삽질을 할 때마다 먼지가 날렸다. 돗자리에 누워 옥주가 쪼개 주는 석류를 먹던 석류는 기다림이 지루했는지 어느새 잡초 사이를 헤집고 뛰어놀기 시작했다. 그 모습이 영락없는 손주의 모습이라 옥주는 오랜만에 웃었다. 흙이 연해서 작업은 예상보다 이르게 끝났다. 노을이 막 지기 시작할 때 관 뚜껑이 나왔다. 인부는 땀을 훔치며 말했다.

"관 짝이 메마른 걸 봐서는 물이 고이진 않은 것 같습니다만…… 어떻게 할까요, 확인했으니 다시 덮을까요?"

옥주는 고개를 저으며 답했다.

"멀쩡한 무덤을 파기까지 했는데 관 뚜껑 열어서 확인해봐야겠어요. 손주랑 잠시 기도 좀 할 테니 차에 가서 좀 기다려주시겠습니까. 흙 덮을 때 다시 부르죠."

"예, 알겠습니다."

퍽 단호한 요구에 인부는 머리를 긁으면서 삽과 장비를 한쪽에 챙겨 정리했다. 인부가 산을 내려가자마자 옥주는 인부가 미리 손봐놓은 관 뚜껑을 열었다. 남편이 안에 있었다. 보기 거북한 모습에 반사적으로 눈살이 찌푸려졌으나, 시간이 별로 없었다. 옥주는 석류를 불렀다. 잡초 사이에서 뒹굴던 석류가 바지에 흙을 묻힌 채로 다가왔다.

"석류야, 이거 봐라."

옥주가 가리키는 무덤 안쪽을 바라본 석류의 눈이 순간 붉게 반짝였고, 오랜 허기짐을 떠올린 배에서 꼬르륵 소리가 났다. 역시, 이게 맞는 거다. 석류가 꼭 허락을 구하듯이 옥주를 바라봤다. 옥주는 남은 석류 하나를 집어 남편의 갈비뼈 위에 두었다. 그리고 석류에게 보란 듯이, 다른 석류 반쪽을 들어 한입에 먹는 시늉을 했다. 이렇게, 한입에, 먹는 거야. 저건 먹어도 돼. 석류가 코를 킁킁거리며 무덤 안쪽으로 들어갔고, 입맛을 다시는 소리가 났다. 이어서 석류를 처음 만났을 때 들었던 요란한 식사 소리가 귓가를 간질였다.

구덩이에서 나온 옥주는 뒤돌아서 쪼그려 앉아 남은 과일을 먹으며 인부가 내려간 길을 바라보았다. 하늘은 어느새 주황색을 지나 남색으로 물들고 있었다. 등 뒤에서 들려오는 썩은 살점 뜯는 소리는 그리 불쾌하지도, 무섭지도 않았다. 딱 30분만 기다려달라고 했으니, 인부는 아마 담배나 피우고 있을 것이다. 나도 담배를 피워볼까. 남편은 죽을 때까지도 그놈의 담배를 끊지 못했는데. 석류가 식사를 하는 사이에 한 대씩 피운다면 꽤 그럴듯한 그림이 될 것 같았다.

해는 천천히 졌다. 주변 잡초와 갈대가 오묘한 빛깔로 물드는 사이 석류는 식사를 마쳤다. 구덩이 안에서 꺼내달라며 팔을 활짝 펴는 모습이 어딘가 짠했다. 옥주는 미리 챙겨 온 물티슈로 석류의 입 주변을 닦고, 마스크를 씌웠다. 식사다운 식사를 한 석류는 기름칠이라도 한 것처럼 피부에 윤기가 돌았고, 기분이 무척 좋아 보였다. 배시시 웃는 모습은 천진해 보이기까지 했다. 옥주는 석류를 돗자리에 앉힌 후, 아이스박스를 들고 열린 관 안으로 들어갔다. 아직 살점이 붙어 있는 부위 중 그나마 멀쩡한 팔과 다리를 집어 아이스박스 안에 넣었다. 이 고기들로 석류가 얼마나 버틸 수 있을까? 기다리다 지친 인부가 옥주를 부르는 소리가 났다. 옥주는 무덤에서 나와 관 뚜껑을 덮고 손을 모아 기도하는 척하며 중얼거렸다.

"어차피 혼은 딴 곳으로 갔을 테니, 썩은 육신은 내가 좀 쓸게. 석류도 어쨌든 산 것인데 먹어야 살지."

그리고 삽을 들어 되는대로 흙을 덮었다. 그 모습을 본 석류가 괜히 맨손으로 옥주를 따라 흙을 밀어 넣었다. 기다리다 못해 언덕을 올라온 인부가 그 꼴을 보고는 이럴 줄 알았다며 삽을 빼어 들었다.

"어머님도 참, 밑에 멀쩡히 장정이 있는데 부르시지 않고."

구덩이는 옥주가 혼자 했을 때보다 훨씬 금방 덮였다. 돌아오는 길은 해가 완전히 진 탓에 주위가 하나도 보이지 않았다. 옥주와 인부가 손전등 불빛 하나에 의지한 채 애써 걷는 와중에 기력을 회복한 석류는 가파른 길을 날듯이 뛰어 내려갔다. 인부가 어째선지 손주분 안색이 좋아진 것 같다며 말을 붙였다. 옥주는 답하는 대신 저 아래에서 양팔을 흔드는 석류를 바라봤다. 꼭 과거의 무지한 시절로 돌아간 듯한 기분이었고, 묘한 충만함이 옥주의 배 속을 채웠다.

인부의 봉고차를 타고 집으로 돌아와 마당에서 잔금을 지불했다. 뒷자리 뒷정리는 내일 오전 중에 하기로 이야기를 마친 후 그는 떠났다. 하루 종일 밖에 있었던 탓에 몸이 땀투성이였다. 하지만 석류의 손은 냉장고에서 갓 꺼낸 것처럼 차가웠다. 석류는 땀을 흘리는 일이 없었다. 옥주는 그 냉기가 마음에 들었다.

현관문에 열쇠를 넣어 돌렸을 때였다. 맞은편 골목 안

쪽에서 언제부터 대기하고 있었는지 모를 차 문이 열리고, 웬 남자 두 명이 다가와 말을 걸었다.

"경찰서에서 나왔습니다. 최옥주 씨 맞으시죠? 짧게 몇 가지만 묻겠습니다."

남자가 지갑을 꺼내 공무원증을 꺼내 보였다. 옥주는 저도 모르게 석류를 등 뒤로 보냈다. 석류는 얌전히 있었지만, 차가운 손이 순간 밋밋해짐과 동시에 눈에 붉은빛이 돌았다. 석류는 지금 평소보다 기력이 좋은 상태고, 아이스박스 안에는 남편의 팔과 다리가 들어 있었다. 낯선 이들을 빨리 보내는 게 우선이었다. 옥주는 애써 태연히 고개를 끄덕였다.

"얼마 전에 들개에게 물려서 실려 가셨다면서요. 저 뒤쪽 저수지 사건 아시죠? 그것 때문에 조사 나왔는데…… 혹시 그때 물린 게, 진짜 들개였습니까?"

"개를 개라고 하지 뭐라고 하겠습니까."

"아니, 뭐. 밤이었고 연세도 있으시니 혹시 잘못 보신 건 아닌가 해서요."

"묻고 싶은 게 뭔데요?"

남자는 곤란하다는 얼굴로, 한참 동안 뜸을 들이더니 입을 열었다.

"혹시 사람 같지는…… 않았죠?"

그 말에 심장이 콱 조여드는 듯했다. 옥주는 바짝 마른 입술을 적시며 일부러 짜증을 섞어 답했다.

"사람이 사람을 왜 깨뭅니까. 그리고 제 눈이 아무리 어둡기로서니, 짐승하고 사람을 구별 못 할 정도는 아닙니다."

"예, 그렇죠. 아무튼 답해주셔서 고맙습니다. 그런데 뒤쪽은…… 손주분?"

옥주는 고개를 끄덕였다.

"구급대원 말 들어보니까, 당시엔 보호자가 없었다는데요."

"그때는 없었죠. 여름이라 휴가 간 아들이 잠시 맡겼습니다."

"예, 알겠습니다. 혹시 이 부근에서 수상한 사람이나 상태 이상해 보이는 부랑자 같은 사람 보면 저한테 꼭 신고해주세요. 알겠죠?"

남자는 명함 하나를 주고 떠났다. 옥주는 명함을 쥐고 집 안에 들어와 그대로 찢어 휴지통에 버렸다. 석류는 살이 올라 매끄러워 보이는 얼굴로 영문을 모른 채 옥주를 빤히 보고 있었다. 그 무구한 눈이 약속했다. 약속하면서 사랑스러웠고, 그래서 괴로웠다. 더 이상 보살필 것은 만들고 싶지 않았는데. 먹이고, 씻기고, 다듬어주는 건 이제 지긋지긋하다고 생각했는데.

옥주는 팔을 뻗어 석류를 껴안았다. 왜 이렇게 심장이 뛰는 걸까. 남자들이 찾는 건 석류가 분명해 보였다. 찾아서 뭘 어쩌려는 거지? 석류가 거리에서 사람을 어떻게 죽였든, 얼마나 죽였든 그것은 알 바 아니었다. 석류를 잃을 수는 없었다. 석류는 내가 죽을 때 곁에 있어야 했다. 죽음을 직감하면 갈비뼈 위에 석류를 올려놓을 것이다. 그럼 석류가 먹겠지. 당장 먹지는 않더라도, 허기가 머리를 지배하는 지점이 오면 굶주린 석류는 붉은 눈으로 샅샅이 나를 발라 먹을 것이다. 그래야 했다. 석류의 양분이 되어 이해 불가능한 죽음으로 남을지언정 외롭게 죽지는 않을 것이다. 그것은 옥주에게 남은 마지막 목표이자, 지금을 지속하게 하는 힘이었다. 그래서 석류가 필요했다. 옥주는 석류를 껴안은 채 속삭였다.

"너는 나를 떠나면 안 돼. 내가 주는 것만 먹으렴. 이 집에 너를 들인 건 나니까."

석류가 그 말을 제대로 알아들었는지는 알 수 없었다. 하지만 그 순간 석류는 꼭 옥주의 모든 것을 이해한 것처럼 팔을 올려 옥주의 등을 느리게 쓰다듬었고, 옥주는 그 어설프고 어설픈 손길이 자신을 구원하는 것만 같았다. 어디서 또 누군가가 들개에 물린 것인지, 구급차가 사이렌을 울리며 지나갔다. 옥주는 고개를 들어 멀뚱히 선 석류를 올려다보았다. 사이렌 조명이 석류의 얼굴을 붉고 환하게 비췄다.

이 괴물을 잘 보살펴야지. 옥주는 그렇게 되뇌며 야자수가 그려진 아이스박스를 열었다. 한때 남편을 이루었던 팔과 다리가 그 안에서 천천히 썩어가고 있었다. 장갑을 끼고 비닐 랩으로 부위들을 하나하나 꼼꼼히 감쌌다. 그리고 가파른 계단을 지나 지하실의 냉동고 앞으로 다가갔다. 다시 전원을 켜고 안에 냉기가 돌기를 기다렸다. 석류는 옥주 옆에 나란히 쪼그리고 앉았다. 냉동고가 덜거덕거리는 소리를 내며 돌아갔다.

옥주는 포장한 팔과 다리를 냉동고 안에 넣은 뒤 자물쇠로 손잡이를 잠갔다. 아주 조금씩 석류에게 줄 것이다. 허기에 지쳐 집을 뛰쳐나가기 직전에 길들이듯이 떼어 줄 것이다. 그렇다 하더라도 얼마나 버틸 수 있을까. 옥주는 문득 자신이 없어지고 난 후의 석류에 대해 생각했다. 다시 거리를 떠돌거나 혹은 집 안에 홀로 남은 석류에 대해서. 불현듯 조직 검사를 받아봐야겠다는 생각이 들었다.

냉동고 정리를 끝낸 후에, 옥주는 석류를 향해 손을 뻗었다.

"올라가자. 가서 과일이나 먹자."

석류가 옥주의 손을 붙잡았고, 둘은 함께 지하실 계단을 올랐다. 창문을 열었더니 바람이 제법 시원하게 불어왔다. 석류는 텔레비전 앞에 누워 꾸벅꾸벅 졸았다. 옥주는 늦여름의 습기를 느끼며 흉터가 남은 팔로 과일을 씻었다.

릴리의 손

Tropical Night

*

매일 밤 꿈을 꾼다. 가벼워지고, 붕 떴다가…… 점점 멀어지는 꿈. 나는 뭔가에 부딪쳐 튕겨 나가고, 정신을 차리면 침대 위다. 언제부터 이 꿈을 꾸기 시작했더라?

눈을 세 번 깜빡인다. 몽롱했던 정신이 선명해지는 순간, 연주는 이 질문이 부질없다는 사실을 떠올렸다. 매번 이런 식이었다. 잠에서 깨어날 때마다 의미도 답도 없는 지겨운 질문을 반복한다. 자신에게 '언제부터'는 하나도 중요하지 않은데.

연주의 기억이 존재하는 시점은 명확했다. 꿈을 꾸기

시작한 시점도 역시 명확하다. 연주가 기억하는 한, 기억의 시작과 동시에 꿈은 늘 함께였으므로. 연주의 기억은 장면이나 소리보다는 감각으로 시작된다. 그러니까, 가벼워지고, 붕 떴다가 점점 멀어져서…… 추락하는 감각. 눈이 시리게 빛나는 헤드라이트와 뺨에 닿은 시멘트 바닥의 거칠고 차가운 느낌, 몸 안쪽에서 흘러나오는 붉은 피 같은 것. 꼭 죽은 것처럼 태어나버린 그 순간.

책임 소재가 분명한 사고였다. 새벽 4시 반경, 운전자는 만취 상태로 도로를 달렸고 어째서인지 그 시간에 홀로 있던 연주를 치었다. 운전자가 그대로 도망치지 않고 구급차를 부른 게 다행이라면 다행이었다. 연주는 수술을 거친 이후에도 한참을 깨어나지 못했다. 몸을 움직이게 하는 이음매 곳곳이 망가졌다고 한다. 그나마 머리를 부딪친 것 이외에 치명상은 없었기에 생명에 크게 무리가 가지는 않았다.

사고 조사 과정에서 한 가지 이상한 점이 발견되었다. 당시 운전자의 블랙박스나 근처의 모든 CCTV가 먹통이었다는 점이다. 사고 지점을 기점으로 반경 1킬로미터 이내의 모든 화면이 무채색으로 버벅거렸다. 그 때문에 무엇이 어떤 보호 작용을 해서 연주가 살아남았는지는 끝내 알 수 없었지만, 어쨌든 연주의 생존은 기적에 가깝다고 했다. 또한 운전자의 과실도 너무 명확하여 사건은 깔끔하게 정리될 것이라고도 했다. 모든 건 당시 사고를 조사하던 담당 형사가 전해준 내용이었다.

하지만 사건이 끝난다고 문제가 사라지는 것은 아니다. 어떤 문제는 그때부터 시작되기도 한다. 연주의 사고 이전 기억이 단 하나의 이름을 제외하고는 전무했다. 남들은 교통사고로 죽을 뻔했다던데, 연주는 자신이 꼭 교통사고로 인해 다시 태어난 것 같은 기분을 느꼈다. 굳이 태어나지 않았어도 되는 삶을 말이지.

병실에서 눈을 뜨자마자 든 생각은, 비어버렸다는 것이다. 숨이 막힐 만큼 불쾌하고 허무했다. 내용물이 밖으로 지저분하게 흘러버린 주스 팩이 된 기분. 가지고 있던 걸 다 잃어버려서 볼품없는 껍데기만 남은 것 같았다. 그런데 우습게도 잃어버린 게 무엇인지조차 기억나지 않았다. 머릿속에 맴도는 정보는 이름뿐이었다. 연주. 이름이 뭐냐는 형사의 질문에, 연주는 '연주'라고 답했다. 당시 입고 있던 옷에서도 YJ라고 수놓아진 손수건이 나왔다. 형사는 고개를 끄덕이며 이름을 받아 적었다.

"나이는? 기억하는 걸 다 말해보세요. 그래야 돌아갈 수 있죠."

대충 스물두셋쯤이라고 답했지만 그마저도 확실치 않았다. 거울로 본 자신은 누가 봐도 성인에 가까워 보였으니까. 그 이상은 입을 뗄 수 없었다. 그보다 돌아간다니, 어디로 돌아간다는 말인가? 갈 곳을 모르는데. 있던 곳이 어디인지, 여기가 어디인지도 모르겠는데. 내가 누구인지도 모르겠는데. 애초에 돌아갈 곳이 있기는 했을까?

실종 신고 명단의 인적 사항을 뒤지고, 여러 방면으로 수소문을 해보았지만 연주를 아는 사람도, 찾는 사람도 없었다. 신분증도, 면허증이나 학생증도, 병원 기록조차 없었다. 당시 사고를 낸 운전자는 증언했다. 깜빡, 하고 눈을 감았다 뜨니 저 애가 도로 한가운데에 덩그러니 서 있었다고. 잘못된 장소에 복사 붙여넣기 된 이미지처럼. 놓여서는 안 될 곳에 놓인 정물처럼. 물론 당시 혈중알코올농도가 0.2퍼센트였던 운전기사의 말은 별 효력이 없었다.

모든 순간은 희미하고 빠르게, 또 가차 없이 지나갔다. 연주는 정말 갓 태어난 인간처럼 모르는 게 많았다. 에어컨 온도를 어떻게 조절하는지, 리모컨은 어떻게 사용하고 가습기의 뜻은 무엇인지. 그런가 하면 다른 사람들이 알아들을 수 없는 아주 낯선 단어나 말투를 쓰기도 했다. 마치 전혀 다른 세계에서 넘어온 인간처럼.

받아들이고 학습할 정보들은 끝이 없었다. 몸은 아프고 머릿속은 빼곡했다. 그는 텅 빈 내부를 어떻게든 채우기 위해 병원 내에 비치된 책이나 잡지를 닥치는 대로 읽었고, 간병인과 사회복지사를 귀찮게 했다. 자신이 미쳤다고 말하는 사람도 있었지만 그런 말은 하나도 신경 쓰이지 않았다. '차라리 미친 거였으면 좋겠네' 하고 무시하면 그만이었다. 정말로 무시할 수 없는 것은 공허함이었다. 강박적으로 뭔가에 집중하지 않으면 집요하게 고개를 들이미는 공허함. 의사는 아마도 그것이 상실한 대량의 기억 때문일 것이며, 교통사고로 인한 기억상실 증상은 드라마에 소재로 쓰일 만큼 생각보다 흔한 일이고, 시간이 지나 기억이 하나 둘 돌아오면 다 괜찮아질 것이라고 말했다. 모든 게 다 지금보다 나아질 것이라고. 하지만 끝내 사고 이전의 기억들은 돌아오지 않았고, 알 수 없는 기시감과 우울에 시달리는 밤이 이어졌다.

연주가 병원에 있는 동안 회복해야 하는 것은 부서진 몸만이 아니었다. 이미 눈 떠버린 세상에서 살아가기 위한 최소한의 울타리를 새로 구축해야 했다. 복지사의 도움을 받아 신분증을 발급받고 건강보험이라는 걸 들었다. 기간이 맞아 치른 검정고시는 다행히 어렵지 않게 합격했다. 그렇게 목발 없이 두 발로 걸을 수 있게 되고, 몸 상태가 정상으로 돌아오자 또다시 새로운 문제가 생겨났다. 바로 돈이었다.

조각난 뼛조각들을 이어 붙이는 데 든 수술비와 입원비, 두 발로 걸을 수 있기까지 든 재활 치료비, 그리고 그 밖의 자잘한 약값과 생활비. 많은 부분을 가해자인 운전자의 가족이 부담했지만, 그럼에도 한계는 있었다. 무엇보다 당장의 생활비와 퇴원 이후의 주거를 해결해야만 했다. 연주는 보호자가 없었고, 보다 특수한 경우였으므로 몇몇 국가기관과 자선 단체의 도움을 받기는 했으나 결국 물리적인 빚을 지게 되었다.

은행에서 소량의 생활비를 대출받은 날, 연주는 홀로 붕 떠 있던 세상에 비로소 착지했다고 느꼈다. 사고로 인해 태어난 그는 빚의 무게로 인해 이 땅에 발을 딛고 서게 된 것이다. 딱히 슬프다거나, 원망스럽지는 않았다. 아마도 이 모든 게 현실이 아닌 것만 같아서겠지. 금방이라도 눈을 감았다 뜨면 이곳이 아닌 곳, 원래 있던 어딘가로 돌아갈 수 있을 것만 같았다. 그곳이 어디인지는 모르지만…… 이곳이 아니라는 건 확실했다. 모든 건 그저 기분이었음에도 그랬다. 연주는 생각했다. 언젠가는, 돌아갈 수 있을 거라고. 어디로든, 어디로든.

그리고 매일 밤 꿈을 꾼다. 가벼워지고, 붕 떴다가…… 점점 멀어지는 꿈. 처음에는 사고 당시의 기억인 줄 알았다. 정신을 차리면 매번 침대 위에서 식은땀과 함께 눈물을 흘리고 있었다. 연주도 자신이 우는 이유를 몰랐다. 슬플 게 뭐 있다고. 차라리 사고의 후유증으로 인한 신체적 고통 때문이라면 이해가 갔다. 그게 아니라면 왜지? 애초에 가지고 있던 것이 없으니 잃은 것도 없고 안타까움을 느낄 것도 없었다. 그런데 매일 밤, 왜 눈물이 나는 거지. 몸이 가벼워지고 붕 뜨는 순간, 연주는 자신을 지탱하던 뭔가가 떨어져 나가는 기분을 느낀다. 이쪽이 아닌 다른 세계와 자신을 이어주던 동아줄이 싹둑 끊겨버리는 기분을. 끔찍한 단절의 감각을. 그리하여 아주 낯선 곳에 떨어지게 되는 절망감을.

입원해 있는 동안, 한번은 몰래 병실에서 나와 사고 현장에 갔었다. 사고 당시 입었던 옷을 입고, 신발을 신고서 비가 내리는 도로의 갓길을 걸었다. 간혹 차들이 빠르게 지나갔고, 헤드라이트 불빛에 심장이 덜컹였지만 멈출 수는 없었다. 자신이 한 번 죽었던, 그리고 또다시 태어난 현장을 두 눈으로 확인해야만 했다. 가봤자 볼 수 있는 건 칙칙하고 금이 간 시멘트 바닥뿐일 텐데 무슨 마음이었을까. 빗물에 입고 있던 검은 바짓단이 젖어들었다. 이상한 나라에 떨어진 앨리스가 된 기분이었다.《이상한 나라의 앨리스》. 그런데 이 동화 이야기를 누가 해줬더라.

처음 이곳에서 눈 떴을 때, 이상한 나라의 앨리스가 된 것 같았어. 그런데 우습게도 그게 뭐였는지 기억이 안 나는 거야. 말이 안 된다는 거 알아. 아무것도 모르면서 다짜고짜 그런 생각을 하다니. 그런데 정말 그랬어.

낯선 목소리가 귓가를 스치고 지나갔다. 연주는 자리에 멈춰 서서 주위를 둘러보았다. 시멘트 울타리의 잡초 사이로 희끄무레한 뭔가가 눈에 띈 것은 바로 그때였다. 버석한 연갈색의 식물 줄기들 사이로, 살아 있는 형체가 움직이고 있었다. 연주는 천천히 그것 앞으로 다가갔다. 비 때문에 시야가 흐렸으나, 점차 형체가 눈에 들어왔다. 털이 없었고, 오랫동안 바깥에서 구른 듯 자잘한 상처가 많았으며 다섯 갈래로 나눠져 움직이는 하얀……

손. 손이었다.

*

세상 곳곳에 '틈'이 벌어지기 시작한 것은, 대략 한 세기 전부터라고 추정된다. 말 그대로였다. 흰 종이 두 장을 겹쳐놓고 한가운데를 커터 칼로 죽 그으면 두 장 다 칼집이 남는 것처럼, 서로 마주할 일 없는 세상과 세상, 차원과 차원 사이에 '틈'이 벌어졌다. 그러니까 2085년과 2107년을, 2099년과 2195년을, 2123년과 2100년을 연결하는 구멍이 생겨버린 것이다.

최초의 '틈'이 벌어졌다고 기록된 시기는 2075년, 한때 서울이라고 불렸던 도시의 외곽 아파트촌에 위치한 베이지색 대리석 건물 3층의 핸드스파 숍이었다. 네 명의 직원과 다섯 명의 고객, 그리고 핸드스파 숍의 사장이자 건물주였던 쉰여덟 살 노인이 '틈'이 벌어지던 순간을 목격했다. 커터 칼로 지면을 가르듯이 허공에 기다랗고 검은 선이 생겼고, 누군가 양쪽에서 강제로 당기는 것처럼 시공간이 일그러지며 선이 넓어졌다. 그날, 홀린 듯이 '틈'으로 손을 뻗었던 쉰여덟 살 노인은 '틈' 너머로 사라져 영영 돌아오지 못했다고 전해진다.

이후로도 그런 식으로 사라지거나 운 나쁜 죽음을 맞이하는 이들이 출몰했다. 한번 벌어진 '틈'은 짧게는 5분, 길게는 하루 정도 벌어져 있다가 알아서 닫히고는 했는데, 틈이 닫힐 때 근처에 서 있거나 경계를 넘고 있던 경우에는 고강도의 힘이 밀집되어 날카롭게 벼려진 단면에 신체가 절단되는 사고를 입거나 심한 경우 죽음을 맞이하기도 했다.

"그 노인은 어떻게 되었을까? 최초로 틈을 넘은 실종자. 그때는 우리 같은 이방인 케어 담당 팀도 없었을 텐데."

"뭐…… 외롭게 떠돌다가 죽었겠지. 불쌍하게도."

"역시 그럴까? 이름이 같아서 그런지 좀 신경 쓰여."

2195년, 릴리와 연주가 하는 일은 바로 그런 '틈'을 넘어온 사람들, 즉 이방인들을 구조하고 사고 현장을 정리하는 일이었다. 한번 '틈'이 생긴 곳은 다시 틈이 벌어질 가능성이 높았기에, 모든 현장은 두 명 이상이 팀으로 움직이는 게 기본 방침이었다. 연주는 입사 5년 차, 릴리는 3년 차로 작년 초부터 함께 팀이 되어 꽤 좋은 팀워크를 발휘했다.

이방인들은 순간적으로 발생하는 이상 에너지의 압박

으로 여러 부작용을 겪는다. 그중에서도 제일 흔하게 발생하는 건 기억 상실이었다. 대부분 자신이 누구인지, 나이나 이름, 가족을 포함하여 살아온 흔적들을 모두 잊었다. 어차피 한번 틈을 넘어온 이상 살던 곳으로 다시 돌아갈 방법은 없었기에 잊는 게 더 낫다고 말하는 이들도 있었다. 모든 걸 온전히 기억하는데 돌아갈 수 없다면, 그것대로 견디기 힘든 비극이니까. 그런 이방인들을 구조하고 이후의 삶을 지원하는 게 바로 릴리와 연주의 일이었다. 하지만 잊는 게 낫다는 건, 겪어보지 않은 이들이 함부로 내뱉으면 안 되는 말이라고 릴리는 생각했다. 그건 정말, 모르고 하는 말이라고.

이방인들은 새 신분과 이름을 발급받은 후, 교육을 듣고, 지식과 언어를 익혔다. 그들을 위한 지원금이 나왔고 이쪽 삶에 완전히 적응할 때까지 머무를 기숙사도 제공되었다. 하지만 그럼에도 불구하고 이곳에서 처음부터 다시 시작하는 삶을 버티지 못하는 이들이 더 많았다. 어쩔 수 없는 일이었다. 한 인간의 안쪽을 채우던 것들이 한순간에 증발했는데, 무언가 잘못되었음을 느끼지 않는다는 게 더 이상한 일이었다.

이방인들은 평생 누군지도 모르는 사람을 그리워하곤

했다. 얼굴조차 모르는 누군가를 두고 왔다는 생각에 죄책감을 느끼기도 했다. 그리고 더 나아가서 그들을 기억하지 못하는 스스로를 경멸했다. 흰 종이에 연필로 쓴 글을 지우개로 지운다 해도 자국이 남듯이, 사라진 기억은 흐릿한 자국을 남겼다. 운 좋게 새 가족을 이루거나 사랑하는 이들을 만나 그 공허를 극복하는 이들도 있었지만, 어쨌든 '이방인'들의 삶은 대체적으로 외로웠다.

외로운 이들을 상대해야 하는 연주와 릴리 역시 직업병처럼 사소한 계기로 인해 쉽게 우울에 잠식되고는 했다. 그리고 언제나, 그 우울을 이겨낼 수 있게 해주는 것은 연주와 릴리, 서로였다.

"그때, 팀 회식 끝나고 벙커로 돌아가기 직전에. 네가 갑자기 고백하고는 내 뺨에 뽀뽀했어."

"아니지. 네가 취해서 잘 기억 못 하는 거 아니야? 네가 먼저 뺨을 붙잡아서 내가……."

누가 먼저 고백했는지에 대해서는 말이 갈린다. 하지만 둘 다 그다지 신경 쓰지는 않았다. 가끔 일부러 말싸움이 필요할 때, 혹은 시답잖은 일로 티격태격하고 싶을 때나 굳이 꺼내는 주제였다. 그날도 그랬다. 2200년이 얼마 남지 않은 지금까지도 사내 연애는 여러 가지로 피곤한 후기를 몰고 오는 탓에 둘은 아슬아슬하게 비밀 연애를 유지하는 중이었다. 평화롭고 느린 주말이었다. 릴리는 연주의 벙커 침대에 누워 군것질을 하며 시시콜콜한 잡담을 나누고 있었다. 릴리가 기억하기에는 분명, 연주가 먼저 입을 맞췄는데 장난인지 진심인지 연주는 자꾸 시치미를 뗐다. 그 태연함에 자신의 기억이 진짜인지 의심이 가기 시작할 무렵 중앙으로부터 긴급 호출이 떨어졌다.

7구역 23-1에서 중형 틈이 발생하였습니다. 담당이던 9번 팀이 부재중이므로 8번 팀 임시 출동 바랍니다. 빠른 상황 보고 부탁드립니다.

릴리는 다짜고짜 욕부터 했고, 연주는 차분히 몸을 일으켰다.

"휴일에 무슨 날벼락."

"우리 일이 이런 걸 어쩌겠어. 그래도 이번 달 월급은 좀 많겠다."

연주가 다가와 나가자며 릴리를 일으켰다. 릴리는 입술을 삐죽이며 바닥에 아무렇게나 던져둔 유니폼 재킷을 걸쳤다. 연주의 손이 릴리의 손을 붙잡았다. 보통 손보다 좀 더 차갑고, 묘하게 매끄러운 손. 마디마디의 굴곡이 더욱 선명히 만져지는 손. 릴리가 배시시 웃었고, 연주는 유니폼과 세트인 모자를 쓴 뒤 방문을 밀었다. 유선형의 새하얀 복도가 그들을 반겼다. 릴리는 한발 앞서가는 연주의 뒷모습을 보며 사랑스럽다고 생각했다. 그리고 그와 동시에, 입사하고 얼마 되지 않아 사수에게 들었던 이야기를 떠올렸다.

"그러니까, 연주는 사실……."

*

퇴원 이후에 연주는 더더욱 갈 곳을 잃었다. 사고 당시부터 도와주었던 형사와 복지사의 도움으로 당분간 복지원에 머무를 수 있었지만, 그마저도 1년 남짓이었다. 얼핏 알아본 도시의 주거비는 가늠이 되지 않을 정도로 터무니없었고, 살아가기 위해선 밀물처럼 쏟아지는 병원 밖의 정보들까지도 흡수해야만 했다.

그 과정에서 좋은 사람도, 나쁜 사람도 많이 만났다. 좋고 나쁘고를 나누는 기준은 명확했다. 조금이라도 도움을 주면 좋은 사람, 그렇지 않으면 나쁜 사람. 도움은 물질적이기도, 정신적이기도 했다. 그렇게 구별할 수밖에 없었다. 누군가는 좋은 사람인 줄 알았는데 나빴고, 누군가는 나쁜 사람인 줄 알았는데 좋았다. 이상한 세상에 잘못 떨어진 기분. 계속해서 그날 귓가를 스친 목소리를 떠올려보았지만, 무엇도 선명해지지 않았다.

복지원에서 나와 연주가 향한 곳은 대학가의 범위 안에 있으나 대학과 그리 가깝지 않은 낡은 여성 전용 고시원이었다. 연주는 창문이 없는 제일 작은 방에 머무르며 아르바이트를 했다. 주기적으로 연락을 주고받는 복지원 사람들의 추천을 받아 국비 지원이 되는 학원에 등록했고, 이런저런 기술도 익혔다. 일을 하고, 학원에 다니고, 생활을 꾸리며 어떻게든 살아가는 와중에도 뭔가 빠뜨린 것 같다는 생각은 떠나지 않았다. 아주 중요한 뭔가를 잊어버린 기분. 앞으로도 이렇게 모호한 상태로 살아간다고 생각하면 모든 게 부질없이 느껴지곤 했다. 주기적인 우울이 찾아왔고, 그 우울을 극복하기 위해 사람을 만났다. 그 사람으로 인해 치유받기도, 더 상처받기도 했다.

계속해서 꿈을 꿨다. 가벼워지고, 붕 떴다가…… 점점 멀어지는 꿈. 맞은편에 누군가의 얼굴이 있었던 것 같기도 하다. 하지만 역시나, 꿈을 꾸고 일어나면 아무것도 기억나지 않았다. 잠에서 깨어나면 연주는 매번 빈손을 바라보았다. 텅 빈 채로 아무도 잡아주는 이 없는 손을.

우리가 어떻게 손을 잡을 수 있지?

…….

그런데 우리라는 게, 하나는 나야. 그럼 나 말고 너는 누구야?

넌 어디에 사는 누구라, 나를 찾아오지 않아?

잠에서 깨어나 묵직한 공허를 느끼는 아침이면, 연주가 의식처럼 행하는 행동이 하나 있었다. 그는 스프링이 삐걱대는 침대에서 일어나 책상 앞으로 다가갔다. 그래봤자 고작 한 걸음이었지만. 침대와 벽이 닿는 모서리에는 이전에 벼룩시장에서 주워 온 어항이 뒤집어진 채 놓여 있었다. 연주는 곳곳에 흠집이 나 그리 투명하지 않은 어항을 들어 올렸다. 차갑고 묵직했다. 또한 익숙했다. 연주는 팔을 뻗어 어항의 안쪽에 둔 물체를 꺼내 들었다. 밤사이 냉기를 머금은 탓에 역시나 차가웠다. 하지만 믿을 수 없을 만큼 부드러웠다. 손. 사고 현장에서 발견한 유일한 물건.

그날, 연주가 주운 건 잘린 손목이었다. 더 정확히 말하자면 기계로 된 가짜 손. 로봇의 팔에서 갓 떨어져 나온 것처럼 잘린 단면의 안쪽으로 깜빡이는 전지와 각종 전선들이 보였다. 차갑고 복잡해 보이는 내부와 달리 겉면은 실제 피부와 크게 다르지 않았다. 아니 오히려 실제보다 더욱 부드러웠다. 내부에 자체 배터리가 남아 있는지 손은 간혹 움직였고, 꼭 뭔가를 찾는 것처럼 풀숲 주위를 헤집었다. 붙잡아야 할 것을 놓쳐버린 자의 손 같았다. 덩그러니 놓인 신체의 형상이 섬뜩할 만도 하련만, 그때의 연주는 그 헤매는 모습이 자신과 비슷하다는 생각을 했다. 결국 낯선 이의 의수일지, 고장 난 로봇의 일부일지 모를 것을 주워 주머니에 밀어 넣었고, 왔던 길을 걸어 병원으로 돌아왔다.

돌아오자마자 연주는 사라진 자신을 찾는 형사를 마주했다. 병원을 꽤나 뒤지고 다녔는지 형사는 거친 숨을 몰아쉬며 사건의 종료와 함께 먼 곳으로 발령이 났다는 소식을 알렸다. 그리고 무척 미안하다는 얼굴로 자주 찾아오겠지만, 지금처럼 자주는 오기 힘들 거라는 말을 했다. 연주는 고개를 끄덕였다. 사실 미안해할 필요는 없었다. 형사는 연주의 어깨를 두어 번 두드리면서도 눈을 마주치지 못했다. 연주는 고개를 들어 형사를 가만히 바라보며 재킷 주머니 안에 들어 있는 기계손을 쥐었다.

아마 표정은 좋지 못했을 것이다. 형사는 어쨌든 연주가 눈을 뜬 순간 가장 먼저 마주한 얼굴이었고, 낯선 세상에 발붙이고 살 수 있도록 도와준 사람이기도 했다. 그런 형사가 자신을 미궁에 빠뜨린 것만 같았다. 꿈에서 깨어날 때마다 느끼던 단절의 감각이었다. 그때였다. 손가락 사이사이를 벌려 깍지를 끼고서 힘을 주자 반사적인 반응인지, 기계손 역시 연주를 힘주어 쥐었다. 그 압박의 순간, 연주는 이 세계의 누군가가 자신을 지탱해주고 있다는 기분을 느꼈다. 사고를 당한 후 처음으로 느껴보는 안도감이었다.

연주의 표정이 미묘하게 풀리자 형사는 그제야 눈을 마주 보았고, 언제든지 도움이 필요하면 연락하라는 말과 함께 명함을 남겼다. 물론 이후로 형사에게 연락하는 일은 없었다. 오며 가며 한두 번 마주친 적이 있었지만, 형사도 굳이 연주에게 먼저 연락을 하지는 않았다. 그래도 형사가 마지막으로 베푼 친절은 아주 유용했다. 요즘 세상에 핸드폰이 없으면 아무것도 하지 못한다며 쓰지 않는 공기계를 넘겨주었기 때문이다. 나중에 복지사와 함께 쭈뼛거리며 대리점에서 유심을 넣고 개통을 했다. 일을 구하고, 살 곳을 구하다 보니 알게 된 사실이지만 정말로 핸드폰 없이는 할 수 있는 게 없었다.

퇴원을 하루 앞둔 새벽이었다. 연주는 식은땀과 함께 눈을 떴다. 몸을 일으켜 얼굴을 만지자 축축한 물기가 닿았다. 이번에도 역시 그 꿈이었다. 평소와 다른 점이라면, 가벼워지고, 붕 떴다가 점점 멀어지는……. 그 찰나에도 자신의 손에 감겨 있던 손깍지. 자리에서 일어나 커튼을 쳤다. 6인실에서 유일하게 개인 공간을 만들어주는 가림막이었다. 다행히 창가 쪽 자리라 한쪽만 치면 되었다.

그는 냉장고 위의 개인용 서랍을 열어 손을 둘둘 말아 둔 재킷을 꺼내 들었다. 사고 당시 입고 있었다는 재킷은 보통 재질과는 많이 달랐다. 바깥을 돌아다녀본 결과 알아낸 사실이었다. 훨씬 두툼했고, 미끄러우며 빳빳했다. 안쪽에는 알 수 없는 기호와 숫자가 쓰여 있었는데, 형사의 말로는 연주의 신원을 알아내기 위해 옷가지까지 쭉 조사했지만 어떤 브랜드의 옷인지, 어느 회사의 유니폼인지 끝내 알 수 없었다고 한다. 옷의 재질 역시 마찬가지였다. 일상복이라기보다는, 보이지 않는 에너지로부터 신체를 보호하기 위해 둘러 입는 장비 같았다.

연주는 손을 품에 안은 채 침대에서 내려왔다. 달빛이 침대를 환히 비추고 있었다. 그는 쪼그려 앉은 자세로 보조 침대 위에 손을 올려둔 뒤 양손으로 턱을 괴었다. 그리고 가만히, 달빛을 머금은 신체의 일부를 관찰했다. 배터리가 거의 닳은 것일까. 손은 처음 발견했을 때처럼 크게 움직이지도, 연주의 손을 힘주어 꽉 쥐지도 못했다. 와달라는 듯이, 닿아달라는 듯이 손끝을 움찔거리는 것이 다였다. 인조 피부 위에 얹힌 인조 손톱이 반짝였다. 한 번도 물어뜯거나 씹어서 상처 낸 적이 없는, 상처 나본 적 없는 손톱이었다. 그 끝이 아주 미약하게, 연주를 향해 떨렸다. 검지가 앞으로 향했고, 그다음은 중지가, 약지 다음엔 다시 검지가 번갈아 움직이며 연주가 있는 방향으로 조금씩, 조금씩 다가왔다. 꼭 연주를 알아보는 것처럼. 그러고는 이내 딱딱하게 굳어 멈춘 채 더 이상 움직이지 않았다. 배터리가 끝내 바닥을 보이고 만 듯했다.

사실 오래 버텼다. 애초에 로봇이나 실제 인간처럼 '본체'에 덧붙어 있어야 하는 부위였다. 있어야 할 곳에서 튕겨져 나와 마지막 에너지를 쥐어짜내는 모습에서 연주는 어떤 동질감을 느꼈다. 연주는 더 이상 움직이지 않는 손을 붙잡았다. 이번에도 깍지를 끼고서, 진짜 피부보다 조금 더 부드러운 가짜 피부를, 기계손의 손등을 자신의 뺨에 가져다 대었다. 어떤 온기도, 혈액이 오고 가는 두근거림도 없었다. 움직이지 않는 손은 그저 신체의 일부를 본뜬 고장 난 부품일 뿐이었다. 그래도 버릴 수 없었다. 연주가 눈을 뜬 후 이 세상에서 맞닿은 어떤 피부보다도 따뜻했고, 안온했다. 눈을 감은 채 의수의 주인을 상상했다. 머릿속에 무수하고 희미한 이목구비들이 스쳐 지나갔고, 모든 성별과 형태를 오갔다. 그 틈새에 유난히 선명히 각인되는 조합이 있었다. 평범하다면 평범하고, 특이하다면 특이한 어떤 얼굴이 그려졌다. 주근깨가 수놓아진 콧잔등, 옅은 눈동자를 가진 누군가. 이름도 모르는 너.

불현듯 발밑에 커다란 구멍이 뚫린 것처럼 밑도 끝도 없이 추락하는 기분이 들었다. 심장이 아팠고, 이유 없이 눈물이 흘렀다. 존재하는지조차 확실치 않으면서 이토록 선명한 그리움이라니. 연주가 할 수 있는 일은 머릿속의 얼굴을 밀어두고 손을 붙잡는 것밖에 없었다. 그는 손을 품에 안은 채 다시 빳빳하고 무거운 병원 이불 속으로 파고들었다. 기계손의 손끝이 턱을 건드렸고, 계속 눈물이 흘렀다. 뭔가 잃어버렸다는 사실이, 그리고 잃어버린 것을 끝내 찾을 수 없으리라는 예감이 와닿았다. 기억은 돌아오지 않을 것이다. 지금껏 '이방인'이 기억을 찾은 경우는 없었으니까……. 그런데 '이방인'이 뭐지?

누군가 물을 마시는지 냉장고를 여닫는 소리가 났다. 병원 특유의 거친 질감의 이불이 유독 큰 소리로 바스락거렸다. 그 소리에 또 누군가 몸을 뒤척였고, 병실 문을 여닫는 소리가 이어졌다. 연주는 몸을 둥글게 말고 눈을 감았다.

내일은 사람들에게 기계를 잘 고치는 곳을 물어봐야겠다. 배터리를 갈아 끼운다면 다시 움직일지도 모른다. 그렇게 생각하며 잠이 들었다. 아마 오늘 밤도 똑같은 꿈을 꿀 것이고, 내일 아침에도 똑같은 공허를 느끼며 잠에서 깰 것이다. 그러다 갑자기 궁금해졌다. 손목을 잃어버린 로봇은, 혹은 손목의 주인은 어떻게 되었을까. 자신의 일부가 떨어져 나가는 기분은 어떨까. 그 사람은 지금 내가 느끼는 끔찍한 기분을 이해할 수 있을까? 아니면 지금쯤 새로운 손목을 마련했을까? 아마 평생 알 수 없지 않을까.

다음 날, 연주는 퇴원 수속을 도와주는 복지사에게 전날 궁금했던 것들을 물었다. 복지사는 골똘히 생각하더니 기술자들이 모여 있다는 어떤 건물의 사무실을 추천했다. 꼭 그 사무실이 아니어도 근방에 비슷한 업계 사무실이 모여 있으니, 적당히 발품을 팔면 될 거라면서.

당분간 몸을 의탁하게 될 복지원의 입원 수속을 마치자마자 연주는 끼니도 거른 채 손을 들고 그곳에 찾아갔다. 사고 현장에 들른 이후로 첫 외출이었다. 복지사 없이 혼자 움직이는 건 그 자체로 고된 눈치 싸움이었다. 낯선 사람들 틈에 끼어 걷고 대중교통을 타서 낯선 곳으로 이동했다. 모든 걸 새로 시작하는 기분이었다. 이런 시작을 원하는 이도 있겠지? 이 시작과 낯섦이 그들에게 갔으면 좋았을 텐데.

그렇게 도착한 건물은 앞에 작은 천이 흐르고 있었다. 세 개의 건물이 천을 가로지르는 세 개의 다리로 쭉 이어진 구조였다. 고개를 들자 대문짝만하게 박힌 상가 이름이 눈에 띄었다. 한낮의 해가 뜨거웠다. 사방으로 짐을 멘 사람들이 분주히 오갔으며 천을 따라 늘어선 가게에서는 각종 부품들을 팔았다. 연주는 인도 위를 달리는 오토바이를 피해 건물 안으로 뛰어들어갔다. 복지사가 알려준 사무실은 3층에 있었다. 이름 없이 호수만 적힌 문을 열자, 배달 음식을 먹고 있던 중년 남자가 고개를 들었다. 남자가 둥그런 플라스틱 의자를 턱짓했다. 연주는 의자에 앉아 식사가 끝나기를 기다렸다. 지루하고 초조한 시간이 흘렀다. 그릇을 대충 비닐에 넣어 문밖에 내놓은 남자가 연주를 불렀다. 연주는 그제야 챙겨 온 손을 꺼내 보였다.

"이거 좀 고쳐주세요."

불쑥 튀어나온 손에 남자는 뒷걸음치며 작게 소리를 질렀다. 연주는 더욱 가까이 손목을 들이댔다. 손목 안으로 보이는 단면의 전선들을 확인한 후에야 남자는 민망했는지 연이어 헛기침을 했다. 남자가 자리에 앉아 손목을 둘러보며 말했다.

"의수야? 아니면 연구소 발표작? 어디에 연결되어 있었어? 이렇게 정교한 건 처음 보는데."

단순히 주웠다고 말하면 남자가 제대로 봐주지 않을 것 같다는 생각이 들었다. 그렇다고 잘 아는 척 거짓말을 했다가는 나중에 답변하기가 더 곤란해질 수도 있을 것이다. 연주는 입술을 짓씹어대다가 결국 아무 말도 하지 않았다. 다행히 남자는 연주를 흘긋 올려다본 후 손을 계속 살필 뿐이었다. 벽에 붙은 각종 상장과 상패로 보아 경력이 적지 않아 보였는데, 남자에게도 손은 퍽 신기한 대상인 것 같았다. 그러기를 한참, 연주가 입을 열었다.

"다시 움직이게만 해주세요. 분명 움직였어요. 안에 배터리 같은 게 있을 거예요."

"그게, 이게 참……. 뭐가 어떻게 되어 있는지 알아야 고치지."

남자가 손을 내려놓더니 작업대 뒤의 방으로 들어갔다. 안에서 뭔가를 뒤지는 소리가 났다. 연주는 초록색 판 위에 덩그러니 놓인 손을 바라봤다. 얘를 움직이게 하는 게 그렇게 힘든가. 고작 손인데. 남자는 창고에서 뭔가를 잔뜩 들고나와 손목 주변에 댄 채 고개를 길게 빼기도, 때가 낀 손톱으로 두드리기도, 매만지기도 했다. 그럴 때마다 연주의 미간 사이에도 주름이 생겼다. 그가 손을 함부로 대하는 것 같아 마음에 들지 않았다. 연주는 플라스틱 의자를 끌어와 남자의 작업대 맞은편에 부러 큰 소리를 내며 걸터앉았다. 작업이 방해될 만큼 아주 가까운 거리였다. 손목의 단면을 돋보기 같은 걸로 들여다보던 남자가 별로 상관없다는 듯이 무심하게 물었다.

"이거, 다른 정보는 없어? 그냥 던져준다고 다 고칠 수 있는 게 아니야. 내가 만능도 아니고."

하지만 연주는 정말로 아는 게 없었다. 숨기는 것이래 봤자, 사고 현장에서 주웠다는 것이 다였으니까. 연주는 가만히 고개를 저었다. 남자는 계속 손을 관찰하고, 핀셋 같은 것으로 안쪽을 찔러보고, 전선을 빼냈다가 다시 집어넣기를 반복했다. 어느새 매끄럽던 손의 피부에도 검은 때가 묻어났다. 돌아가면 저 자국을 다 지워버려야지, 하고 연주는 생각했다.

가만히 앉아 있는 것이 힘들 만큼의 시간이 지났다. 얼굴 하나를 겨우 내밀 수 있을 만큼의 작은 창 너머로 해가 내려가는 것이 보였다. 연주는 어느새 꾸벅꾸벅 졸았다. 그사이 몇 번이나 다른 손님과 남자의 친구들이 오갔다. 다들 기묘하리만치 실제와 가까운 가짜 손에 관심을 가졌고, 몇몇은 남자 곁에 남아 연주가 알아듣기 힘든 용어로 대화를 주고받았다. 그들은 결국 주위에 둘러앉아 함께 손을 연구하기 시작했다. 연주는 한 발 물러서서 그 모습을 바라보았다.

창밖이 완전히 까맣게 물들자 분주함이 느껴지던 건물 안도 한순간에 고요해졌다. 허리가 아파 왔고, 끼니를 거른 탓에 배도 고팠다. 연주가 무어라고 입을 열려는 순간, 남자가 안경을 벗어 눈을 비비며 물었다.

"이게 움직였다고 했지?"

연주는 고개를 끄덕였다. 남자는 한숨을 쉬며 손목을 집어 연주에게 건넸다. 남자는 고개를 저으며 말했다.

"못 고쳐. 나도 이게 어떤 원리고, 어떤 부품과 기술로 만들어졌는지 당최 모르겠다. 일단 시중에 보급되는 걸로는 이런 의수를 만들 수 없어. 피부도 마찬가지야. 이 바닥에서 현역으로 30년 넘게 있었지만 이만큼 실제와 비슷한 피부는 본 적이 없어. 꼭 미래에서 온 거 같다. 어디 비밀 연구소 주위에 버려져 있는 걸 주워 온 건가? 이런 걸 도대체 어디서 구했어?"

하루를 꼬박 투자했는데 얻은 게 없었다. 너무 허무해서 화가 날 지경이었다. 연주는 저도 모르게 날 선 목소리로 물었다.

"그래서 다시 움직일 수 없다는 말이에요?"

남자는 가만히 고개를 끄덕였다. 연주는 손을 수건으로 감싸 주머니에 집어넣었다. 익숙한 뼈대와 감촉이 닿자 마음에 안정이 찾아왔다. 빨리 이곳을 떠나고 싶었다. 그대로 뒤돌아 나가려는 연주를 남자가 다시 붙잡았다.

"짐작 가는 게 있기는 하다만…… 아니다. 워낙 말도 안 되는 거라."

연주는 멈춰 서서 남자를 돌아보았다.

"어디까지나 추측이야. 그게 누군가의 팔을 대신하던 의수였다면, 아마 달려 있던 신체와 신경을 공유했을 거다. 왜, 공상과학영화에 나오듯이. 꼭 텔레파시처럼……. 의수로서는 가장 최대의 발전이지. 진짜 손이나 다름없었다는 말이야. 움직이게 하는 원동력은 전기나 배터리 같은 게 아닐 거야. 그런 건…… 나도 모르겠어. 난생처음 본다."

남자는 몇 번 입을 달싹이더니, 더 이상 말하지 않았다. 연주는 그대로 사무실을 나왔다. 빠르게 걷던 걸음은 곧 뜀박질로 바뀌었다. 폐가 아파 올 때까지 뛰었다. 밤공기가 싸늘했고, 꺼둔 핸드폰을 켰더니 시설로부터 부재중 전화가 몇 통이나 와 있었다. 그는 담당자에게 메시지를 보낸 뒤

고요에 잠긴 상가 건물 사이를 가로질렀다. 골목 어디선가, 왁자지껄 웃는 소리, 드릴 소리, 철문을 내리는 소리, 누군가 고함을 지르는 소리가 들려왔다. 이곳은 도시랬지. 도시의 소리란 이런 거구나, 하고 생각하며 연주는 버스에 올라탔다.

이후로도 몇 번, 다른 사무실이나 내로라하는 기술자들을 찾았지만 결과는 매번 같았다. 좀 더 나중에, 나이가 들어 어느 정도 생활이 안정된 후에 모 대기업 연구원 출신이라는 교수까지도 찾아갔으나 손은 다시 움직일 수 없었다. 하지만 그러든 말든 손은 늘 연주와 함께였다. 악몽인지 기억인지 모를 꿈에서 깨어난 아침이면 누구보다 먼저 연주의 손에 닿았다.

*

"연주는 사실 이방인이야."

"연주 선배가요?"

처음 릴리에게 그 사실을 알려준 건, 입사 초기의 담당 사수였다. 틈을 넘어온 이방인의 생활 관리나 지원에 대해 배우던 때였다. 지금 와서 떠올려보면, 그 선배는 나름의 소신을 가지고 그 말을 했던 것 같다. 이방인이라고 다들 힘든 삶을 사는 것은 아니라든가, 충분히 극복이 가능하다든가 하는 희망적인 메시지를 담고 싶었겠지. 하지만 그렇다고 남의 사정을 아무한테나 말하는 것은 좀 아니지 않나. 물론 당시에 릴리는 아무 말도 하지 못했지만 말이다. 선배는 마치 교과과정의 이해를 돕기 위한 사료를 말하듯이 태연하게 설명했다.

"한 10년 좀 안 됐지? 딱 10년 되었나? 저기 8구역 U벙커 근처. 거기서 일반 사이즈보다 훨씬 규모가 큰 틈이 벌어졌고, 그 틈으로 이방인들이 흘러들었어. 평소보다 인원이 훨씬 많았지. 사실 한 번에 한두 명도 케어하기 힘든데, 수십 명이 한 번에 들어왔으니 그냥 난장판이었어. 옛날이야기 보면 뭐 전쟁, 피난, 그런 단어 나오잖아? 꼭 그 모양이었다나 봐? 나도 당시엔 어렸으니까 잘 몰라. 연주도 그 중 하나였대. 하필 닫히는 틈새에 팔이 껴서 한쪽 손을 잃은 최연소 이방인. 요새는 뭐, 편하다고 일부러 의수로 갈아끼우는 사람들도 있다지만 당시엔 동정 여론이 컸어."

선배는 오른쪽 손가락으로 자신의 왼쪽 손을 가리킨 뒤, 말을 이었다.

"다행히 이방인들 중에서는 가장 적응을 잘했어. 어려

서 그랬던 거 같아. 이후 이방인들 케어에 중요한 사례가 됐지. 모범적으로 이방인 지원 프로그램을 받으며 커서 자신과 같은 이방인들을 지원하는 부서에서 일하고 있으니까. 같이 일하면 배우는 것도 많을 거야. 잘해봐."

그리고 대략 1년 후에 릴리는 연주와 팀이 되었다. 연주는 실제로도 조용하고 온화한 사람이었고, 같이 있으면 꼭 온실에 누워 있는 것처럼 편안한 기분이 들었다. 언제부터 연주에게 마음이 갔을까? 소수로 움직이는 이방인 부서 팀 특성상 연인 사이로 발전하는 건 딱히 드문 일은 아니었다. 매일매일 그동안의 삶을 통째로 잃어버린 사람들을 마주해야 했고, 그들이 공허를 극복하거나 극복하지 못하는 모습을 실시간으로 접해야 했다. 우울은 쉽게 전염되는 것이어서, 이방인을 대하는 직원들 역시 만성적인 우울에 시달렸는데, 그런 이들이 가장 가까운 곳에서 비슷한 부류의 우울을 겪는 이들에게 의지하는 건 어찌 보면 당연한 것이기도 했다.

흔하지만 포근한 짧은 기억으로 지나갔을 수도, 남들과 같이 평범한 기관 내 부부가 되었을 수도 있을 것이다. 매번 연주와 티격태격하며 싸우지만, 릴리는 그 사소한 다툼마저 좋아했다. 처음 고백한 게 누구인지는 헷갈렸으나 릴리는 연주가 먼저 자신에게 보였던 호의를 선명히 기억했고 오랫동안 곱씹었다.

담당했던 이방인이 무사히 보호기관에서 퇴소한 날이었다. 앞으로 지내게 될 임시 아파트까지 그를 데려다준 후, 연주와 기관으로 돌아왔다. 도시 전체에 적정 온도를 유지하는 장치가 24시간 돌아가고 있는데도 묘하게 후덥지근했고, 릴리는 계속 땀을 흘렸다. 건강 문제도 아니었는데 이상한 일이었다. 그때 연주가 뭔가를 꺼내 건넸다. 얇고 부드러운 천 조각이었다. 이게 무엇이냐는 얼굴로 바라보자, 연주는 답했다.

"손수건."

손수건은 역사가 깊은 소지품이었다. 그냥 부드러운 섬유 조각에 불과했으나, 바로 그 이유로 온갖 것들이 자동으로 바뀌어가는 요즘까지 살아남을 수 있었다. 물론 자질구레한 것을 챙겨 다니는 행위가 촌스러운 것이 되어버렸으므로 실제로 손수건을 소지한 사람은 소수에 불과했지만 말이다.

릴리는 연주가 건넨 손수건을 받아 들었다. 그리고 고맙다는 말과 함께 얼굴을 닦았다. 이후에 빨아서 가져다주겠다고 했고, 그렇게 벙커에서의 만남으로 이어졌다. 옛날

옛적 고문헌에서나 볼 법한 고전적이고 촌스러운 수법. 하지만 그래서 좋았다. 연주가 살다 온 세계를 엿본 느낌이 들었기 때문이다. 깨끗이 빤 손수건을 돌려준 날, 출근했을 때 돌려줘도 되는데 굳이 주말 저녁 벙커 문을 두드린 그날, 연주는 새로 나왔다는 과자와 알코올이 섞인 캔 음료를 흔들며 말했다.

"같이 마실래요?"

혼자 몇 캔을 비운 건지 입에서 달큼한 향이 났고 얼굴이 붉었다. 릴리는 홀린 듯이 안으로 들어가 연주가 건네는 것들을 먹고 마셨다. 원래 그런 성격이 아닌데도 그랬다. 그러다 문득 정신을 차려보니 잔뜩 취한 채로 연주의 방에 대자로 뻗어 있었다. 옆에서 속삭이는 목소리가 들려왔다. 마찬가지로 천장을 보고 누운 연주가 들릴 듯 말 듯한 목소리로 중얼거렸다.

"처음 이곳에서 눈 떴을 때, 이상한 나라의 앨리스가 된 것 같았어."

릴리는 잠긴 목소리로 물었다.

"이상한 나라의 앨리스가 뭔데?"

"나도 몰라. 아니, 몰랐어. 우습게도 그게 뭐였는지 기억이 안 났어. 말이 안 된다는 거 알아. 아무것도 모르면서 다짜고짜 그런 생각을 하다니."

연주는 고개를 돌려 릴리를 마주 봤다.

"나중에 고전 사료를 뒤지다가 그게 엄청 옛날에 쓰인 동화라는 걸 알았지. 내용을 찾아보니 내가 왜 그렇게 느꼈는지 알겠더라."

릴리는 눈을 깜빡였고, 연주는 계속 말했다.

"내가 이쪽 세상으로 넘어왔을 때, 유일하게 움켜쥐고 있던 것이 손수건이었어. 우습지 않아? 손이 달린 팔은 잃어버렸는데 손수건은 남았다는 게. 나중에 기관에서 신체검사를 받은 후에야 내가 보통 사람보다 손에 땀이 많이 나는 체질이라는 걸 알았어. 그러니까 손수건은, 내가 잊어버린 저쪽 세상의 누군가가, 내 체질을 잘 알고 있는 누군가가…… 나를 위해 쥐여준 것 아니었을까? 그런 생각을 하니까, 고작 천 조각인데도 버릴 수가 없더라."

연주는 릴리 앞에 앉아 그가 깨끗이 빨아 온 손수건을 펼쳐 이리저리 펄럭였다. 모서리에 파란색 실로 YJ라는 이니셜이 수놓아져 있었다.

"신체검사 직후에 시술을 받아서 지금은 땀도 안 나거든. 어차피 왼손은 가짜니까 날 리가 없고. 그런데도 가지고 다니는 게 습관이야. 보는 사람마다 다 촌스럽다고 하지만 뭐 어때. 이방인들은 여기서 뭘 하든 어차피 늘 촌스럽고 불쌍한 사람 취급인데 뭐."

그러고는 불쑥 상체를 일으켰다. 멍한 얼굴로 바닥을 헤집어 부스러기가 남은 과자 봉지를 집었다.

"이런 기분 모르겠지? 어느 날 갑자기 알맹이는 빠져나가고 껍질만 남은 기분. 원래 껍질은 알맹이를 보호하기 위해 생기는 거잖아? 그런데 알맹이가 없는 거야. 그럼 안에 아무것도 없는 껍질을 누르면 어떻게 되게? 그냥 푹 찌그러지는 거지, 뭐."

연주가 입에 과자를 털어 넣었다. 무거운 정적이 찾아들었다. 가만히 듣고 있던 릴리가 뒤늦게 입을 열었다.

"아마 내가 완전히 그 마음을 느끼기는 힘들겠지. 난 이방인이 아니니까. 하지만…… 짐작할 수는 있어. 우리 엄마도 이방인이었거든. 아빠는 우리처럼 이방인 관리직이었고."

이번에는 연주가 릴리의 말을 가만히 들었다.

"엄마도 어렸을 때 넘어온 편이라 그리 어렵지 않게 적응했다고 들었어. 딱히 크게 힘들어하지는 않았다고, 아빠 말로는 그래. 그런데 또 모르는 일이지. 아빠는 엄마가 아니고, 엄마가 되어본 적도 없으니까."

연주가 느리게 자리에서 일어나 새 캔을 꺼내 왔다. 딱 한 캔이었다. 연주가 기다란 손가락으로 캔을 힘주어 땄고, 청량한 소리가 방 안에 울려 퍼졌다. 낮은 온도에 보관되어 있던 탓에 캔 표면으로 미세하게 김이 서렸다. 연주가 그것을 릴리에게 건넸다. 릴리는 그것을 받아 든 후, 단숨에 반 넘게 들이마셨다.

"엄마는 활발했어. 직장에서 친구도 많았고, 여기저기 잘 놀러 다니고, 배우고 싶은 게 있으면 바로 배워야 직성이 풀리는 성격이어서 오히려 내가 감당하기 힘들 정도였거든."

릴리는 잠시 말을 골랐다. 연주는 가만히 기다렸다.

"그런데 엄마가 갑자기, 진짜 갑자기 눈물을 뚝뚝 흘리는 날들이 있었어. 그럴 땐 되게 난감해. 엄마도 자기가 왜 우는지 모르는데 그냥 막 눈물이 난대. 엄마도 모르는데 내가 할 수 있는 게 뭐가 있겠어. 그냥 가만히 그 시간이 지나가기를 기다리는 거지. 그럴 때면 엄마가 너무 낯설고…… 슬펐어. 그런 생각이 들었거든. 나는 엄마를 평생 완전히 이해할 수 없겠구나. 당연하잖아. 본인도 본인을 이해할 수 없게 되어버렸는데."

릴리는 남은 음료를 한 번에 들이마셨다. 그러는 사이

에도 연주의 시선은 릴리에게 박힌 듯이 고정되어 있었다. 입가에 과자 부스러기를 묻힌 채로.

“어렸을 때는 그 사실이 엄청 힘들었는데 나이가 들고 생각해보니까, 그건 사실 당연한 거야. 어떻게 타인이 타인을 완전히 이해해? 텔레파시가 통하지 않는 이상.”

릴리는 연주를 돌아보며 덧붙였다.

“그래도, 엄마가 말했었거든. 내가 있어서 다행이라고. 이해 못 하면 뭐 어때. 내가 있는 것만으로 이해 같은 거 없어도 힘이 된다는데. 결국 지금 누구랑 있느냐가 중요한 거 아니겠어?”

그날, 릴리는 연주와 더 많은 이야기를 나눴고 더 많은 술을 마셨다. 머리가 깨질 것 같은 두통과 함께 정신을 차렸을 땐 자신의 벙커 침대 위였다. 어떻게 방으로 돌아왔는지도 기억나지 않았다. 혹시 주정을 부린 건가 싶은 불안이 엄습하기 무섭게, 누군가 방문을 두드렸다. 초췌해 보이는 몰골의 연주였다. 연주는 엉킨 머리를 뒤로 쓸어 넘기며, 민망하다는 듯이 방문 너머로 물었다.

“어제 우리 너무 많이 마셨나 봐. 같이 해장하러 갈래?”

지금에 와서는 아득하기만 한 기억이다. 릴리는 연주와 함께 일을 하고, 시간을 보내며 가능한 한 다양한 미래를 상상했다.

그러나 그중 어느 것에도 이런 엔딩은 없었는데.

발밑에서 천둥이 쳤다.

"조금만, 조금만 더 버텨봐 릴리, 절대 힘 빼지 마."

뻥 뚫린 발밑이 공허했다. 릴리는 눈을 감았다 떴다. 눈을 깜빡이는 데에는 얼마만큼의 에너지가 소모되는 걸까? 그 짧은 찰나마다 몸은 추를 매다는 것처럼 무거워졌다. 그러니까, 이게 어떻게 된 일이더라?

연주와 함께 긴급 호출을 받아 틈 발생지에 이방인을 픽업하러 왔다. 이방인은 복식사에서 배운 2060년대 남성의 일반적인 복장을 하고는 넋이 나간 채로 자신이 넘어온 틈새를 물끄러미 응시하고 있었다. 갈 곳 잃은 눈동자가 서글퍼 보인다고 생각한 그 순간, 바닥에 미세한 진동이 느껴졌다. 처음엔 착각인 줄 알았다. 두 번째에는 원래도 종종 겪었던 빈혈 증상인 줄 알았고, 세 번째에야 정말로 땅이 진동하고 있다는 걸 인지했다. 고개를 틀어 연주를 바라보았다. 그리고 뭘 어떻게 할 틈도 없이 순식간에 몸이 가벼워지고, 붕 떴다가…… 점점 멀어졌다. 연주로부터.

순식간에 벌어진 사고는 꿈이 아니었다. 아니, 이걸 사고라고 볼 수 있을까? 한번 찢어진 종이를 아무리 풀로 붙여봤자 흔적이 남듯이, 틈새가 벌어진 장소도 마찬가지였다. 이곳이 아직 완전히 안전하지 않다는 건 모두가 아는 일이다. 하지만, 한번 찢어진 지점이 아닌 같은 구역 내의 다른 지점에 24시간 내 새 틈이 벌어지는 경우는 들어본 적이 없었다. 그동안 없던 사례였다. 단숨에 생겨나 가로로 벌어진 틈새는, 정확히 릴리의 발밑을 집어삼켰고 연주의 발한 뼘 앞에서 멈췄다.

연주는 몸을 굽혀 떨어지는 릴리를 가까스로 붙잡았다. 절벽처럼 가파르게 벌어진 틈의 안쪽은 끈적한 어둠이었고, 저 아래는 또 다른 시공간과 연결되어 있을 것이다. 이 손을 놓치면 릴리가 다시는 이곳에 돌아올 수 없는 것은 물론 살아남을 수 있을지조차 확실치 않았다.

릴리는 지금의 상황을 제대로 파악하기 위해 애썼다. 최대한 떨지 않고, 연주와 자신 둘 중 하나라도 안전할 수 있는 방안을 찾기 위해. 그는 얼굴을 잔뜩 일그러뜨리고 있는 연주를 올려다보았다. 단정했던 머리카락들이 앞으로 쏟아져 자꾸 그를 가렸다. 불과 한 시간 전까지만 하더라도 연주와 함께 지루하고 따스한 주말을 보내고 있었다는 사실이 믿기지 않았다. 지금 릴리와 연주를 유일하게 이어주는 것은 손. 연주의 오른팔과 기계 팔과 릴리의 왼팔이 열다섯 개의 손가락으로 얽혀 있다. 무게가 더해질수록 오른팔이 끊어질 것처럼 아파 왔다.

"릴리, 조금만 버텨봐. 아니, 내가 버틸게. 곧 구조 팀이……."

릴리는 텅 비어 있는 아래를 힐긋 내려다보았다. 싱크홀처럼 까맣고 깊게 벌어진 틈. 이 일을 하면서 언젠가는 이방인이 될 수도 있을 거라고 생각했지만, 그 상황이 이렇게 갑작스레 들이닥칠 줄은 몰랐는데. 하지만 원래 모든 일들이 그렇게 벌어지는 것 아닌가.

자신을 붙잡은 연주의 손이 파들거렸다. 그 떨림을 릴리는 고스란히 느꼈다. 힘이 빠져나가고 있다는 것이 너무 명백한 것은 물론, 연주마저도 점점 틈새의 안쪽으로 빨려 들어오고 있는 것 같았다. 막 생겨난 대형 틈은 아직 불안정했고, 언제든 줄어들 수도, 또 더 커질 수도 있었다. 이래서는 둘 다 위험해진다.

그때 어디선가 투둑, 소리가 났고, 릴리는 소리가 난 쪽을 바라보았다. 무게를 이기지 못한 연주의 왼쪽 어깨와 의수의 이음매가 거칠게 뜯겨 나가는 소리였다. 신경이 이어져 있기에 연주는 무척 고통스러워 보였다. 꽉 깨문 입술에서 피가 흘렀고, 연주의 눈에서 방울방울 떨어지는 눈물이 릴리의 뺨에 닿았다.

릴리는 다른 한쪽 팔을 뻗어 무엇이라도 붙잡기 위해 손을 휘저었다. 그럴 때마다 연주의 팔에서 계속 신경과 피부조직이 끊어지는 소리가 났다. 무게를 견뎌내지 못하는 연주의 몸이 틈새로 딸려 왔다. 손에 잡히는 것들은 족족 버티지 못하고 틈새의 안쪽으로 사라졌다. 구조 팀이 올 때까지 버틸 수 있을까. 그때까지, 틈이 닫히지 않고 버텨줄까…….

하지만 그 바람이 단 한 번이라도 이루어진 적이 있다면, 그들은 애초에 이방인이 되지 않았을 것이다. 연주의 팔에 의지해 간신히 허공에 떠 있는 와중에 피부 위를 간질이는 묘한 파동이 느껴졌다. 갑작스레 심장박동이 빨라지면서 구역질이 치밀었고, 머리가 깨질 듯이 아프기 시작했다. 틈이 닫히기 시작할 때, 일그러진 에너지가 밀집되면서 나타나는 증상이었다. 연주도 비슷한 상황으로 보였다. 연주의 오른팔에는 퍼렇게 선 핏대가, 매끈한 왼팔에는 찢겨진 가짜 피부가 보였다. 릴리는 고개를 돌려 틈의 꼭짓점을 바라보았다. 지퍼를 잠그듯이, 저 멀리서 빠르게 봉합되는 과정이 시야에 들어찼다. 연주는 여전히 울고 있었다. 그리고 그런 연주를 보며 릴리는 결심했다. 흙바닥을 뒹구는 송신기 너머로 구조 팀이 출발했다는 목소리가 들려왔지만 그들은 아마도 늦을 것이다. 틈이 닫히는 속도가 너무 빨랐다. 릴리가 연주를 바라보며 뭐라고 말하려는 찰나, 연주가 먼저 말했다.

"놓으라는 소리는 하지 마."

"틈이 닫히고 있어. 이방인이 된다고 죽는 거 아니야."

"그래도 싫어. 안 돼."

그 와중에도 잘 벼린 칼날 같은 틈은 점점 좁아졌다. 릴리는 연주의 남은 팔을 지켜주고 싶었다. 그는 심호흡을 내쉰 뒤, 붙잡을 것을 찾던 다른 한 손으로 제 손목을 쥔 연주의 손가락들을 하나씩 떼어냈다. 연주가 미쳤냐며 욕설을 뱉었고, 릴리는 맞다고, 미쳤다고 답했다. 마지막 순간 연주의 얼굴을 직시했을 때, 그리고 밑으로 밑으로 정처 없이 떨어지기 시작했을 때에야 릴리는 아무래도 마지막 말로 "그래, 미쳤다!"는 좀, 너무 낭만하고는 거리가 멀지 않나…… 하고 생각했다. 빠르게 멀어지는 릴리를 향해 연주가 함께 떨어질 결심이라도 한 것처럼 상체를 숙여 너덜너덜해진 왼팔을 뻗었고, 그 순간 점점 좁아지던 틈이 완전히 닫혔다. 검은 틈은 지표면의 균열만을 남긴 채 언제 그랬냐는 듯이 뻔뻔하게 자취를 감추었다.

그렇게 릴리는 붕 떴다가 점점 멀어졌다. 더 이상 연주는 보이지 않았다. 완전히 닫혀버린 저쪽 세상. 이제 이곳은 내가 살아본 적 없는 세상이다.

툭, 하는 소리가 들렸다. 떨어지는 자신의 위로 함께 떨어지고 있는 건 연주의 왼쪽 손이었다. 릴리는 그것을 붙잡기 위해 팔을 뻗었다. 어쩌면 다시는 잡지 못하게 될 연주의 손. 저걸 붙잡아야 하는데. 공중에 뜬 몸을 허우적거렸지만 마음대로 움직여질 리 없었다. 전선 몇 가닥이 튀어나온 손과는 점차 거리가 벌어졌다. 안간힘을 다해 붙잡으려는 찰나, 릴리는 눈을 두어 번 감았다 떴고, 정신을 차렸을 땐 낯선 도로에 멀뚱멀뚱 서 있었다. 순간 시야가 하얗게 물들었다. 고개를 돌리자 자신을 향해 돌진하는 헤드라이트가 보였다. 다가오는 불빛을 보며 떠올린 것은 단 두 글자의 이름. 연주. 귀를 찢는 경적 소리와 함께 연주가 된 릴리는 또다시 붕 떴고, 이전의 어떤 것도 기억하지 못했다.

*

연주는 열심히 살았다. 되는대로 배우고 벌고, 만나며 열심히 살았다. 텅 빈 듯한 기분을 감추기 위해 더욱 악착같이 뭔가를 익혔다. 여러 아르바이트와 직장, 계약직과 정규직을 오가다가 그리 나쁘지 않은 회사에 안착한 후로는 제법 안정적인 일상을 꾸릴 수 있었다. 가끔은 자신이 사고를 당했다는 사실도, 기억이 통째로 없어진 사람이라는 것도 믿기지 않곤 했다. 비가 내리면 온몸이 쑤신 것만 빼고.

연주가 사는 방은 아주 조금씩 나아졌다. 집이라고 부를 수 있을 만큼이 되자 선물을 들고 찾아오는 이들도 생겨났다. 누군가와 마음을 나누고, 축하를 하고, 함께 울고 웃기도 했다. 만났다 헤어지고, 화내고 포기하며 관계를 이어갔다. 그런 와중에도 연주는 종종 전과 같은 꿈을 꿨다. 붕 떴다가, 누군가와 멀어지는 꿈을.

불현듯 눈물이 쏟아지는 날은 점점 횟수가 줄어갔다. 더 시간이 흐른 뒤엔 그 눈물을 닦아주는 이와 가정을 이뤘다. 여러 굴곡을 넘어서며 살아가는 과정에서 간혹, 계시 같은 목소리가 들려오곤 했다.

밥을 먹을 때, 장을 보는 와중에, 휴가 기간 해변의 파라솔 아래에서, 반려자의 퇴임식장에서, 노후 자금을 끌어 마련한 가게의 오픈일에, 딸애가 열어준 생일 파티에서, 딸애의 결혼식에, 그리고 눈물을 닦아주었던 이의 장례식에, 홀로 걷는 산책길에, 홀로 밥을 먹고 다시 홀로 자고 일어나 눈물을 닦은 아침에, 가게의 규모를 넓혀 베이지색 대리석 빌딩으로 이사 가기로 결정했을 때, 가게에 문제가 생겼다며 직원으로부터 전화가 걸려 온 어느 날.

릴리, 하고 부르는 목소리가.

그 모든 순간, 누군가의 손은 늘 연주의 곁에 있었다.

*

릴리야, 잘 지내? 잘 지낸다는 게 뭔지도 잘 모르겠네, 이제. 지금은 아침 8시 13분이야. 눈을 뜨자마자 이 편지를 써. 2195년에도 보낼 수 없는 편지가 있다는 사실이 서글프다. 너에게 보낼 수가 없으니, 사실 이건 편지가 아닌 일기에 가깝지.

네가 사라진 지 꽤 많은 시간이 흘렀어. 나는 새 손목을 붙였어. 신경을 잇는 수술은 두 번째지만, 여전히 낯설어. 회복하는 내내 네가 나오는 꿈을 꿨어. 너는 고전 영상 자료에나 나올 법한 병원에 누워 있고,

낯선 이들과 대화를 나누다가 잠들어. 그리고 새벽에 일어나 갑자기 울지. 사람들은 너를 내 이름으로 불러.

또 어떤 날은, 네가 정말 작은 방 안에 있어. 창문조차 없는 방 안에서 내 잘려 나간 왼손을 빤히 바라보고 있어. 꿈에서처럼, 그날 떨어져 나간 내 왼쪽 손이 너와 함께 있다면 그나마 위안이 될 것 같아. 가끔 그런 생각을 해. 내게 달려 있던 손이 너에게 있다면, 내 신경을 공유한 일부를 네가 만진다면, 우리는 아직 연결되어 있는 게 아닐까 하고. 가끔 새로 붙인 왼손을 누가 쓰다듬는 것 같은 착각이 들어. 놀라서 옆을 보면 아무도 없어. 이게 환상통이라는 걸 알아. 하지만…… 한순간 나의 온 신경을 쏟는다면, 아주 찰나의 감각은 너에게 닿을 수도 있지 않을까? 우리가 다시 손을 잡을 수 있을까? 그런 날이 올까?

불가능하다는 걸 알아. 전부 내가 기대를 놓지 못하는 탓이겠지. 나는 아직도 같은 부서에서 일해. 새로운 틈이 발생할 때마다 일종의 계시 같다고 느껴. 저 안쪽에는 네가 있을 수도 없을 수도 있는 세상이야. 또 네가 나와 함께였던 20대일 수도, 내가 아닌 누군가와 함께인 50대일 수도 있는 세상이야. 매번 저 틈을 넘는 상상을 해. 하지만 늘 상상에서 멈추고 말아. 내가 할 수 있는 건 웃는 것밖에 없어. 매일매일이 어떤 굴레 안에 있는 것 같아. 너도 이럴까? 처음엔 비극이었다가, 다음엔 희극이었다가. 한때는 내 안의 비극이 고갈되고 있는 것 같다고 느꼈어. 네가 옆에 있을 때 그랬어. 근데 그러면 항상 더 나쁜 게 오더라. 지금은 그마저도 없어. 이 상황이 희극 같기도 해. 내가, 우리가 이 순환으로부터 벗어날 수 있을까?

사실 답을 알고 있어.

이 순환을 끝내는 방법도 알아. 그런데 아직은 때가 아닌 것 같아. 그 이야길 하고 싶어. 오늘부로 정부가 '틈'의 에너지와 특성을 이용한 타임머신 연구에 들어간대. 너를 데려간 그 이례적인 대형 틈이 차원을 관통하는 자국을 크게 남겨서, 덕분에 어떤 원리의 실마리가 풀렸다나 봐.

있잖아, 릴리. 네가 사라지고 난 후에 내 방에서 나눴던 대화들을 곱씹어봤어. 최초의 이방인이 내 이름과 같았다는 걸 기억해? 2075년, 한때 서울이라고 불렸던 도시의 외곽 아파트촌에 위치한 베이지색 대리석 건물. 3층 핸드스파 숍. 쉰여덟 살 노인. 지금은 그 나이가 노인인 나이가 아닌데 그렇게 기록이 되어 있더라. 오늘 기록을 다시 읽어봤거든. 사진이 남아 있으면 좋았을 텐데…… 없더라고. 그리고 내 꿈속의 너는 내 이름으로 불리며 늙어가고 있어.

릴리. 나는 아마도 세상을 만지는 시도를 할 거야. 동시에 내가 잃어버린, 떨어져 나간 나의 일부를 찾아 나설 거야. 오랜 시간이 걸리겠지. 찾아 나서는 과정보다 기다려야 하는 시간이 더 길지도 몰라.

이거 하나만 기억해줘. 물은 어디로든 가고 어디로든 흐르잖아. 아마 세상도 곧 그렇게 될 거야. 이건 확신이야. 내 애정이, 내 목소리가 너에게 어떤 방식으로든 닿을 거라고 믿어. 내 꿈속의 네가 진짜 너라면, 내 손을 잘 간직해줘.

* 마지막 편지 부분은 최윤의 작품 〈둠즈데이 비디오〉(2020) 영상의 일부를 참조했다.

새해엔
쿠스쿠스

Tropical Night

* * *

[유리야, 학교 그만뒀다는 게 무슨 소리야?]

길게 단잠을 자고 일어났더니 엄마에게 메시지가 와 있었다. 말풍선 옆의 숫자는 한 시간 전을 가리켰다. 본가에서 이 10평짜리 원룸까지는 한 시간 반가량이 걸린다. 내가 침대에서 나오자마자 한 일은 현관 비밀번호를 바꾸는 거였다. 엄마가 멋대로 들어오지 못하도록.

번호 키를 바꾼 후에는 냉동 만두를 돌려 배를 채웠다. 오랫동안 보일러를 때지 않은 탓에 바닥이 얼음장 같았다. 엄마가 집에 들어온다면 분명 감기 걸린다며 잔소리를 늘어놓을 테지만, 오늘은 그럴 일이 없다. 엄마에게 문을 열어주지 않을 테니까.

보일러 온도를 높이는 대신에 전기장판을 켰다. 그리고 헤드셋을 쓴 채 다시 침대에 앉아 이불을 뒤집어썼다. 전기장판 덕에 이불 안쪽이 금세 따뜻해졌다. 막 자고 일어난 탓에 다시 잠이 오지는 않으니, 오롯이 버텨야 했다. 버텨내야만 한다. 그러지 않으면, 저 문을 열어 다시 엄마를 받아들이고 나면 나는 또 질 테니까. 엄마의 눈물과 비교와 한탄과 후회에 또 지고 말 테니까. 이건 스스로에게 거는 주문이자, 나를 지켜내기 위한 방어였다. 어쩌면 다음 단계로 나아가기 위한 관문이기도 했다.

플레이리스트를 고르기 위해 휴대전화를 열었더니 그 새 추가로 도착한 메시지들이 알림창에 주르륵 떴다.

[엄마가 잘못 안 거지? 그렇지?]

[왜 메시지를 안 봐? 무슨 일 생긴 거야? 걱정되니까 답 좀 하렴.]

[지금 가고 있다. 일단 만나서 이야기하자.]

엄마는 메시지도 엄마같이 보낸다. 애정과 우려가 듬뿍 묻어나는 문장에 눈물이 고이기도, 숨이 막히기도 했다. 하지만 아직 울 때가 아니다. 나는 더 이상 흔들리지 않기 위해 알림창을 껐다. 밖에서 차 소리가 난다 싶더니 얼마 지나지 않아 누군가가 계단을 오르는 소리가 들려왔다. 나는

'헬스장에서 듣기 좋은 노래-고막 주의' 플레이리스트를 재생시키고서 이불 속으로 파고들어갔다. 쾅쾅 시끄러운 음악이 고막을 뚫고 머리통을 사방에서 두드려댔지만 헤드셋은 귀에 쿠션을 가져다 댄 것처럼 편안했다. 꼭 음악을 듣는 게 아니라, 음악 속에 들어가 있는 기분이었다. 그 와중에도 엄마가 두드리는 문소리는 비트에 묻히지 않고 심장을 타격했다. 볼륨을 좀 더 높였다. 이번에는 휴대전화가 진동했다. 나는 스피커폰으로 전화를 연결한 뒤, 거의 울 것 같은 목소리로 무슨 일이냐며 문 좀 열어달라는 엄마에게 말했다.

"그냥 가 엄마. 제발 그냥 가."

그리고 말을 듣지 않고 전화를 끊었다. 엄마는 계속 다시 전화를 걸었고, 나는 계속 거절했다. 엄마가 전화를 걸 때마다 음악이 끊겼지만 차단은 할 수 없었다. 나는 엄마를 차단하고 싶은 게 아니다. 오히려 너무 사랑하기 때문에 배신감을 희석시킬 만한 시간이 필요한 것뿐이다. 엄마가 나를 그렇게 만들었다.

얼마나 시간이 흘렀을까. 이불 속에서 깜빡 잠들었던 것 같다. 눈을 떴더니 창밖이 까맸다. 요즘 들어 잠을 깊게, 많이 잔다. 학교에서 일할 때에는 상상조차 할 수 없었던 호사다. 마치 그때 놓친 잠들을 몰아 자는 것 같다. 헤드셋을 벗고 일어서서 현관문에 귀를 기울여보았다. 더 이상 엄마의 소리는 들려오지 않았다. 기척도 들리지 않는다. 하지만 방심할 수는 없었다. 창밖으로 보이는 주차장에는 아직 엄마 차가 떠나지 않고 있었다. 그럼 엄마는, 문밖에서 잠들었을까? 나처럼? 엄마라면 그러고도 남을 사람이다. 열쇠 기사를 불러 번호 키를 통째로 뜯어내지 않은 게 다행이라면 다행이었다. 나는 작은 엽서 한 장을 꺼내 적었다. 오래전에, 엄마와 함께 처음으로 해외여행을 가서 사 온 엽서였다.

[학교에는 돌아가지 않아. 그러니까 엄마도 당분간 나 찾아오지 마.]

당분간, 이라는 말을 쓰고서 한참을 고민했다. 새해의 첫날까지는 보름이 남았다. 이미 당분간은 넘어섰는지도 모른다. 하지만 네임펜으로 쓴 탓에 글자를 지우려면 새 엽서를 꺼내야 했으므로 나는 당분간, 이라고 써진 엽서를 집어 그대로 문틈 사이로 내보냈다. 문 너머에서 엄마의 가라앉은 목소리가 들려온 건 10분가량이 지나서였다.

"너, 엄마가 네 편 안 들어줘서 그래?"

그리고 종이를 있는 힘껏 찢는 소리가 났다.

"……대화하고 싶지 않아. 엄마는 내 말 안 듣잖아."

"그래서 반항하는 거니? 중학생도 아니고 서른 다 된 애가 왜 그래?"

"지금도 그렇잖아. 엄마 하고 싶은 말만 하잖아."

"넌 꼭 너 하고 싶은 대로 해야 속이 편하지? 너만 맞고 엄마는 다 틀리고. 나만 나쁜 년이지. 나도 그런 거 젊었을 때 안 겪어봤는 줄 알아? 다 그렇게 살아. 나도 버틴 걸 네가 못 버틸 이유가 뭔데. 내가 널 어떻게 키웠는데. 다 너 잘 되라고 하는 거잖아. 엄마 말 들어서 실패한 적 없잖아. 아니면…… 너 설마 나 괴롭히려고 일부러 이러는 거니?"

더 듣고 있기가 힘들었다. 주먹을 들어 현관을 세게 내리쳤다. 꽤나 큰 소리에 놀란 듯, 문밖의 엄마가 입을 다물었다. 나는 다시 한번 현관을 쳤다. 계속, 계속 두드렸다. 쾅, 쾅, 쾅, 엄마가 내 말을 무시하고 계속 문을 두드렸던 것처럼. 연이은 소음에 다른 집 사람들이 문을 열고 무슨 일이냐며 짜증을 냈다. 엄마는 죄송하다는 말을 반복하고서 그제야 건물을 나갔다. 엄마가 차에 오르고, 흰색 소나타가 원룸촌을 완전히 벗어난 뒤에야 마음 편히 숨을 내쉴 수 있었다.

문을 열었더니 잘게 찢긴 엽서가 보였다. 그것을 한데

모아서 쓰레기통에 버렸다. 간신히 봉해놓은 마음의 뚜껑이 금방이라도 튀어 오를 것처럼 달그락거렸다. 엄마는 바뀌지 않을 것이다. 지금 저 모습이 엄마가 살아온 삶 자체일 테니까. 하지만 엄마와 나는 다르다. 나는 엄마의 삶을 살아본 적 없다. 엄마 역시 내 삶을 살아보지 않았다. 그 당연한 사실을 왜 받아들이지 못하지? 누구 하나 들르는 이 없는 원룸에서 홀로 순간과 감정을 곱씹다 보면 늘 같은 물음을 마주했다. 나는 왜 나를 괴롭게 한 그들보다도 엄마가 더 원망스러운 걸까. 나는 왜 엄마를 쉽게 용서할 수 없나. 그리고 문득 깨닫는 것이다. 애정과 배신감은 정비례한다는 걸. 또한 아직도 나는 엄마를 믿고 싶어 한다는 걸 말이다.

"나는 늘 누군가에게 복수하는 상상을 해."

언젠가 연우 언니가 잔뜩 취해 중얼거린 말이 뇌리를 스쳤다. 언니가 사라지기 2년쯤 전이었던 걸로 기억한다. 복수. 누구를 향한 복수인지, 이제야 어렴풋이 알 것 같았다. 엄마가 말했지. 괴롭히려고 일부러 이러는 거냐고. 맞다. 난 일부러 이러는 거다. 이건 엄마를 상처 입힌다는 점에서 복수와 비슷하다. 하지만 나는 엄마를 괴롭히려는 게 아니다. 단지 이해받고 싶을 뿐이다.

창밖은 금방이라도 눈이 쏟아질 것처럼 흐렸다. 내가 싫어하는 날씨다. 텔레비전을 켜고 인스턴트 죽을 데워 소파에 앉았다. 휴대전화 액정에 모르는 사람이 보낸 메시지가 하나 떠 있었다.

[나는 모로코에 있어.]

프로필에는 아무 사진도 없이 점 하나만 저장되어 있었다. 오래전에 연이 끊긴 유학 간 지인 중 한 명이겠거니 하고 알림을 지웠다. 메시지창에는 굳이 들어가지 않았다. 편의점에서 파는 전복죽에서는 비린 참기름 맛이 났다. 오늘은 직장이었던 사립학교를 그만둔 지 57일이 되는 날이고, 연우 언니가 사라진 지 1년째 되는 날이다. 새해가 되기까지는 보름이 남았다.

인스턴트 전복죽을 먹으며, 나는 수년 전의 어느 날을 떠올렸다. 오늘처럼 새해가 얼마 남지 않은 날이었다. 해장을 죽으로 하던 사람이 있었지. 연우 언니는 들이부은 술을 그대로 쏟아내면서 말했다. 유리야, 나는 늘 복수하는 상상을 해. 그리고 내 생각에 너랑 나는 닮았어.

* * *

연우 언니는 작은고모의 딸이었다. 나와는 한 살 터울. 어렸을 때 우리는 제법 친했던 걸로 기억한다. 부모님에게 일이 생기면 언니네 집에서 신세를 지곤 했었다. 함께 늦은 시간까지 텔레비전을 보고 찰흙 놀이를 하다 한 학년 위인 언니의 친구들 이야기를 동화처럼 들으며 잠들었다. 고모네 집은 언니의 공부를 핑계로 유선 방송을 끊어놓은 탓에 공중파 방송밖에 나오지 않았는데, 늦은 시간에 하는 건 대부분 각종 교양 다큐들이었다. 그중 우리가 좋아하는 건 세계 방방곡곡의 풍경을 보여주는 여행 다큐였다. 우리는 밤마다 사막에도 갔고 심해에도 갔다. 프랑스 미술관에서 달리의 그림을 보고 미국의 햄버거를 맛보았다가 말레이시아의 리조트에서 잠들었다.

고모네와 우리 집이 멀어지기 시작한 건 내가 초등학교에 막 입학했을 무렵이었다. 보험사에 다니던 고모부가 실적을 위해 아빠에게 효율이 좋지 않은 보험을 들어주길 강요했다. 고모부는 원래부터 허세가 심했고, 뭐든지 우기면 되는 줄 아는 사람이었다. 언니의 집에 묵을 때 고모와 고모부가 싸우는 소리에 잠이 깬 게 한두 번이 아니었다. 하지만 한번 싸우면 일주일 이상 냉기가 맴도는 우리 집과 달리 고모네는 다음 날 아침이면 애초에 싸움이라고는 한 적 없었던 것처럼 굴었고, 언니 역시 크게 신경 쓰지 않는 듯 보였다. 나는 그게 늘 신기했다. 어떻게 아무렇지 않을 수 있는지. 언니의 의연함을 배우고 싶다고도 생각했다. 고작 한 살 차이였지만, 당시 나에겐 고모나 고모부보다도 언니가 더 어른스럽게 느껴졌다.

고모와 고모부가 번갈아 보험을 강요한 탓에 아빠를 대신해 크게 싸운 건 엄마였다. 이후 명절에 모인 자리에서 고모는 대놓고 엄마의 신경을 긁는 말을 해댔고, 할 말은 다 하고 살았던 엄마와 말다툼이 벌어졌다. 둘의 다툼은 금세 가족과 가족의 다툼으로 번졌다. 고모부가 아빠에게 막말을 던졌고, 아빠는 그동안 빌려준 금액을 들이대며 소리를 질렀다. 그러는 사이 나와 연우 언니는 작은방에서 이불을 뒤집어쓰고 노래를 들었다. 노래가 끝나면 저번에 본 다큐에 대해 이야기했다. 피라냐가 사실은 엄청 겁이 많은 물고기라는 이야기, 아나콘다는 먹이를 씹지도 않고 바로 삼킨다는 사실, 시체 썩는 냄새를 낸다는 식물 이야기 같은 시시콜콜하지만 흥미로운 잡지식들을. 엄마가 우리의 은신처였던 이불을 걷어내고, 잔뜩 가라앉은 목소리로 집에 가야 하니 옷 챙겨 입으라며 나를 끌어내기 전까지.

최악의 설이었던 걸로 기억한다. 이후로 내가 고모네 집에 가는 일은 없었다. 다니던 초등학교가 달랐던 탓에 언니를 만나기도 힘들었다. 단지 그렇게 된 것이다. 같은 아파트 단지에 살았으므로 여전히 두 가족은 꽤 자주 마주쳤지만, 이전처럼 서로를 살갑게 대하지는 않았다. 더 이상 급한 일이 생겼을 때 아이를 서로의 집에 맡기지도 않았다. 친인척 사이에 흔히 일어나는 다툼이었지만, 그것이 첫 균열이 되어 엄마와 고모 사이의 어떤 경쟁에 불을 지폈다는 게 오랜 시간이 지나 당시를 되돌아본 내가 내린 결론이었다.

엄마는 고모를 원수처럼 싫어했다. 당시 다툼 말고도 어른들 사이에 얽힌 여러 금전적인 문제가 있었으나, 초등학생에 불과했던 나는 그런 것까지는 알 수 없었다. 그렇게 한동안 아예 연을 끊다시피 지내던 연우 언니와 나는 내가 고학년이 되고, 언니가 중학교에 입학하자 이런저런 정보를 주고받기 위해 다시 연락하기 시작했다. 어차피 두 다리만 건너면 모르는 사람이 없는 작은 도시의 작은 동네였으므로, 완전히 서로를 모른 척하기란 불가능했다. 그리고 그 시기를 기점으로, 연우 언니를 향한 내 감정은 전혀 다른 형태로 모습을 바꾸었다.

언니는 배치고사 전교 1등이라는 타이틀로 중학교 생활을 시작했다. 언니가 대표로 단상에 오른 입학식 날 고모는 비싼 양식을 사겠다며 우리 가족을 초대했다. 엄마는 언니가 무슨 학원을 다니는지 캐물었고, 고모부는 나 역시 잘할 것이라며 멋대로 머리를 쓰다듬었다. 엄마가 포크로 파스타의 홍합 살을 바르며 말했다.

"연우 얘가 원래 참 야무졌잖아요. 유리랑 같이 피아노 학원 다닐 때에도 유리는 체르니도 못 쳤는데 연우는 합동 연주회까지 나가고. 걔는 어쩜 그렇게 못하는 게 없을까. 그때 참, 피아노 학원에 돈 엄청 썼어요. 지금 보니까 돈만 아까운 거 있죠. 애들 크니까 전공시킬 거 아니면 쓸모도 없더라고요."

아마 아홉 살 때였을 것이다. 동네에 새 주상복합건물이 들어섰고, 상가 층 대부분을 각종 학원들이 꿰찼다. 학부모들 사이에 유행처럼 도는 학원 리스트가 있었다. 그중 서울의 유명 여대 피아노과를 나와 프랑스 음악단에서 활동하던 피아니스트가 고향에 내려와 차렸다는 피아노 학원은 한 타임에 스무 명이 넘는 아이들이 다닐 만큼 인기가 만발이었고, 원장 상담이라도 하려면 일주일 전부터 예약을 잡아야 하는 곳이었다. 교육열에 불타오르던 엄마는 50:1의

경쟁률을 뚫고 나를 학원에 등록시켰다. 나는 피아노는커녕 악기에 그 어떤 관심도 없는 아이였다. 한 달쯤 다녔을까. 하루는 집에 왔더니 엄마가 막 수화기를 내려놓으며 물었다.

"학원은 어때, 다닐 만해?"

나는 다니기 싫다고 답했다. 이유는 수도 없었다. 도에서 도까지 닿지 않는 손을 있는 힘껏 찢어 벌리는 것도, 독방 같은 곳에서 암호 같은 음표를 보는 것도, 무엇보다 회초리를 든 학원 원장과 독방에 함께 있어야 하는 것이 싫다고. 엄마는 틈만 나면 피아노 학원에 가져다 바치는 금액을 읊으며 돈 아깝지 않게 네가 잘해야 한다고 말했으므로, 어차피 내가 피아노를 잘 치지도 않고 흥미조차 없다면 그 돈을 아끼는 게 엄마의 재정난에 조금이라도 도움이 되지 않을까 싶었다. 주산 학원, 태권도 학원, 논술 학원 등을 유행처럼 돌리던 시기였다. 그건 내가 엄마에게 처음 건넨 거부의 표현이자, 나름대로 논리를 두고 계산하여 도출한 결론이었다.

엄마의 입에서 튀어나온 답은 전혀 예상치 못한 것이었다. 그렇게 끈기가 없으면 안 된다는 것이다. 네 나이면 체르니도 떼고, 합동 연주회 같은 것도 하던데 왜 그렇게 못하느냐는 것이다. 엄마의 반응이 이해되지 않던 나는 반문했다.

"집에 돈 없다면서. 나 학원 끊으면 좋은 거 아니야?"

엄마는 불같이 화를 냈다. 피아노 학원 보낼 돈도 없는 줄 아냐며, 돈 몇 푼이 문제가 아니라 네 태도가 문제라고. 투자를 하면 성과를 내야 하는데 너는 지금 그만두겠다는 소리나 하고 있잖아. 그럼 지금까지 학원에 들인 돈은 뭐가 돼? 엄마랑 아빠가 힘들게 번 돈을 땅바닥에 버리겠다는 거밖에 더 되니?

그런데 난 피아노에 투자해달라고 한 적이 없는데. 학원에 다니라고 한 건 엄마랑 아빠잖아. 억울했다. 그 순간 나는 수확하기도 전에 썩어버린 농작물처럼, 아주 쓸모없는 존재가 된 것 같은 기분이 들었다.

불현듯 떠오른 기억이었다. 밥을 먹는 둥 마는 둥 하자 언니는 내 그릇 위에 자기 몫의 튀김을 올려주었다. 그날, 엄마가 통화한 사람이 고모였다는 건 다음 날 학원에서 만난 연우 언니를 통해 알았다. 언니가 같은 학원의 고급반이었다는 것과 우수 학생으로 선정되어 작은 연주회를 연다는 사실도. 물론 모두 한참도 더 전의 일이었다. 나는 결국 피아노 학원을 자주 빼먹었고, 연습실에서 몰래 과자를 먹은 걸 원장에게 들켜 잔뜩 혼이 난 뒤에야 피아노를 그만둘 수 있었다. 그러는 사이 언니는 세 번의 연주회를 가졌다. 나는 튀김을 다시 언니의 그릇으로 되돌려주었다.

고모네와 식사를 하고 집으로 돌아오는 차 안에서 엄마는 배치고사, 그거 대학 갈 때 아무 필요도 없는 점수라는 말을 주문처럼 중얼거렸다. 그리고 주문은 저학년 때 보낸 무수한 학원에 쏟은 돈이 얼마나 아까운지, 중학생 내신 전문 학원은 또 왜 이렇게 비싼 건지, 피아노 학원에 들인 돈을 모았으면 가게도 차렸겠다는 말로 이어졌다. 나는 창밖에 얼굴을 고정시킨 채 말했다.

"그래서 내가 다니기 싫다고 했었잖아."

"네가 언제? 그런 적 없어. 학원도 네가 다니고 싶다고 떼써서 보낸 거잖아."

그런 적 없다. 나는 엄마가 거짓말을 하는 건지, 정말로 기억하지 못하는 것인지 혼란스러웠고 너무도 쉽게 내 탓을 하는 태도가 당황스러웠다.

"아니야. 분명히 다니기 싫다고 말했어. 화내면서 계속 다니라고 한 건 엄마잖아."

엄마는 아무렇지도 않은 표정으로 대꾸했다.

"그럼 네가 제대로 말하지 않았나 보지. 네가 연우처럼 딱 부러지게 말했으면 내가 기억을 못 하겠니? 학원 보내달래서 보냈더니 농땡이나 피우고 말이야. 돈 귀한 줄을 몰라."

내가 굳은 표정으로 입을 다물자, 엄마는 뒤늦게 화제를 돌렸다. 엄마는 늘 그런 식이었다. 자신에게 불리한 대화는 무시해버리고, 내가 화를 내면 어설픈 칭찬으로 무마하려고 한다. 절대 자신이 틀렸다는 걸, 틀릴 수도 있다는 걸 인정하지 않는다. 아빠나 다른 어른들과 대화할 땐 그러지 않으면서 나랑 대화할 때는 유독 그랬다.

그날 밤에 나는 크게 체했고 고모가 사준 비싼 음식을 전부 토해냈다. 며칠을 앓다 눈 떴을 때, 엄마는 누워 있는 나에게 새 학원의 팸플릿을 가져와 들이밀었다. 다음 달부터 다니기로 했어. 요즘 다들 선행 학습 한다더라. 연우 다니는 곳이래. 너도 좋지?

* * *

학교를 그만두기 전이었다. 한 번도 깨지 않는 깊은 잠을 자본 지가 너무나 까마득해 정말 이러다 죽겠다 싶어서,

엄마에게 물어본 적이 있다.

“엄마, 나 중학교 다닐 때부터 다녔던 한영학원 있잖아. 기억나?”

“응, 기억하지. 연우랑 같이 다녔잖아. 네가 다니고 싶다고 떼써서.”

“나 거기 다니기 싫었어. 거기 원장이 나 싫어해서 맨날 때렸어.”

“넌 맨날 다 다니기 싫다고 하잖아.”

“방금은 내가 다니고 싶다고 했다며.”

“그게 지금 중요하니? 기억도 잘 안 나는 옛날 일을 가지고는.”

엄마는 별것 아니라는 듯이 말을 돌렸다. 나는 좀 지긋지긋하다고 생각했다.

“그것보다, 오늘 네 고모 쓰러져서 병원 실려 갔단다. 연우 걔 웨딩사진 찍으러 갔다가 사라져서 뭐 범죄에 휘말린 거라느니, 하며 요란을 떨었었잖니? 그런데 부동산에서 갑자기 전화가 왔대. 오피스텔 짐 빼라고. 알고 보니까 일부러 그랬던 거야. 일부러. 보증금은 진즉 빼 갔대. 짐도 노트북이나 귀중품은 없고, 딱 상자에 정리가 되어 있던 걸 보면 작정하고 어디로 튄 거지. 참, 걔가 그런 짓을 저지를 줄

누가 알았겠니? 그렇게 자랑을 입에 달고 살더니만 사람 일은 어떻게 될지 모르는 거더라. 신랑 쪽이 소송한다고 그러고 난리도 아니란다. 그게 부모 얼굴에 먹칠하는 짓이지 뭐야. 혹시, 넌 뭐 아는 거 있어? 연우랑 친했잖아."

연우 언니가 결혼식을 파투 내고 사라졌다는 소식 뒤로, 엄마는 틈만 나면 그 얘기를 해댔다. 내가 연우 언니와 친했나? 가끔 엄마의 말을 듣다 보면 엄마가 알고 있는 나와 실제 내가 전혀 다른 인물이라는 생각이 들었다.

* * *

언니는 뭐든지 잘했다. 공부는 물론 운동도, 악기도, 그림이나 논술까지 못하는 게 없었다. 대회에 나가면 늘 상을 받아 왔다. 지는 쪽은 항상 우리였다. 여기서 '우리'란 나와 엄마를 뜻한다. 아빠는 대부분 무관심했는데, 엄마와 싸우거나 밖에서 화나는 일이 있을 땐 고모네를 들먹이며 엄마를 깎아내렸고 엄마의 스트레스는 또 고스란히 나에게로 향했다.

연우 언니와 같은 학원에 다녔지만 나는 전교 1등으로 입학하지 못했다. 나는 언니에게 계속 퉁명스럽게 대했고,

언니는 다른 친구들과 다니느라 더 이상 나를 챙기지 않았다. 고모는 시험 기간 때마다 엄마에게 전화를 걸어 속을 긁었다. 고모에게 전화가 걸려 온 날이면 엄마는 하루 종일 기분이 좋지 않았다. 고모의 이야기를 그대로 나에게 전함과 동시에 또 나를 사랑한다고 말했다. 마무리는 늘 같았다.

"그러니까, 유리 네가 엄마를 당당하게 해줘야 해. 어디 가서 부끄럽지 않게."

나는 계속 내 가치를 증명해야만 한다는 강박에 시달렸다. 그로 인한 스트레스와 압박이 심해질수록 고모네와 연우 언니를 향한 미움은 커져갔다. 시험 기간이면 언니가 피치 못할 사정으로 망하길 바랐고, 가끔 고모가 죽을병에 걸리는 상상을 했다. 나는 그들이 불행해지길 바라다가 그런 생각을 하는 나 자신이 너무 끔찍해서 죽고 싶기도 했다.

그렇게 우리는 금방 고등학생이 되었고, 입시를 치렀다. 연우 언니는 그간 쌓아온 높은 내신과 완벽한 수능 성적으로 Y대 의예과에 붙었다. 언니가 서울에 가자 대부분의 시간을 홀로 보내게 된 고모는 필요 없는 약속까지 만들어가며 우리 집에 쳐들어오곤 했다.

고모가 하는 이야기의 8할은 의대생 연우 언니의 학교 생활이었다. 처음 사귄 남자 친구 이야기. 얼마 전에 S대 학생들과 했던 미팅에서 모두들 완벽한 연우 언니를 얼마나 탐냈는지. 성적 장학금을 타다 주겠다며 얼마나 호언장담을 했는지. 고모의 이야기 속 언니는 동화 속 공주처럼, 드라마 속 주인공처럼 행복하고 완벽하기만 한 인간이었다. 그런데 문득, 그런 생각이 드는 것이다. 고모는 어떻게 언니의 일상을 저리 자세히 알고 있는 걸까?

대학에 적응하기 바쁜 언니가 고모에게 자잘한 일상을 하나하나 이야기해주는 모습이 잘 상상이 가지 않았다. 둘 사이가 많이 살가웠던가? 어렸을 때를 떠올려보았지만 딱히 각별하지는 않았던 것 같다. 고모가 늘 언니 이야기를 하는 것에 비해 언니는 집 이야기를 거의 하지 않았고, 가족 모임에서도 늘 한 발 뒤에 물러나 장승처럼 가만히 있을 뿐이었다. 어쩌면 고모의 이야기 속 언니는 사실 고모가 되고 싶은 존재가 아닐까. 물론 이런 상상 역시 나의 망상에 불과하겠지만.

이야기가 끝날 때면 고모는 엄마가 일부러 골라 내놓은 무른 배를 포크로 찍으며 늘 이렇게 말했다.

“연우는 내가 만든 작품이야.”

연우에게 내 인생을 다 갈아 넣었다고. 속 썩이지 않고 잘 자라주어서 얼마나 기쁜지 몰라. 나는 맞은편에 앉아 배를 자르는 엄마의 얼굴을 바라봤다. 대결에서 억울하게 진 선수 같은 표정을 하고 있었는데, 이상하게도 그 얼굴이 유독 고모와 닮아 보였다. 그때 처음으로 나는 연우 언니가 사실 나와 같을지도 모른다는 생각을 했다. 그해 설에 언니는 고향에 오지 않았으므로, 고모가 말한 이야기 중 어디까지가 진실이었는지는 알 수 없었다.

그렇게 학창 시절의 끝이 다가오고 있었다. 나는 막연히 대학에 가면 이 실체 없는 고통이 끝나리라고 여겼다. 다음 해에 나는 집에서 제일 가까운 광역시의 한 사대에 진학했다. 엄마는 기뻐했고, 내가 이미 교사라도 된 양 주변 사람들에게 이야기하고 다녔다. 비로소 인정받은 듯한 충만감에 나 역시 들떴는데, 어딘가 찝찝한 기분이 남았으나 애써 무시했다. 무엇보다 집에서 나가 혼자 살 수 있다는 사실이 기뻤다.

일찍이 짐을 정리해 자취방에 들어간 나는 언니가 그랬듯이 설에 고향에 내려가지 않았다. 낯선 동네에서 새로 사귄 친구들과 함께 보냈다. 늦은 시간까지 놀고 집에 돌아와서야 휴대전화에 찍힌 다섯 통의 부재중전화가 눈에 띄었다. 한 번은 아빠, 나머지는 엄마였다. 급한 일인가 싶어 다시 전화를 걸어보았다. 엄마는 피곤한 목소리로 오늘 하루

동안 엄마가 홀로 해낸 노동의 양을 읊더니, 이내 오랜만에 만난 고모네 이야기로 넘어갔다.

"연우가 이번에 장학금 탔다고 네 고모가 얼마나 자랑하는지, 귀에 딱지가 앉는 줄 알았다. 너도 열심히 해서 엄마 기 좀 세워줘. 장학금 받을 수 있지?"

내가 아무 답도 하지 않자 엄마는 또 덧붙였다. 사랑해, 우리 딸. 엄마는 늘 기도해. 즐거운 설날 보내렴. 나는 또 나지막이 나도, 하고 답했다.

이후로도 나는 집안 어른들의 입을 통해서만 언니의 소식을 전해 들었다. 각종 대회의 수상과 스펙, 성적으로 정의된 언니는 더 이상 나에게 하나의 얼굴로 와닿지가 않았다.

그런 연우 언니를 다시 만난 건 대학교를 막 졸업했을 무렵, 친구와 함께 간 학교 근처의 칵테일 바에서다. 먼저 알은척을 한 건 언니였다. 친구가 일하는 곳이라 여행도 할 겸 놀러 왔다는 언니는 마지막으로 보았을 때와는 생판 다른 모습이었다. 순한 인상의 둥근 얼굴은 어디 가고, 날카롭고 예민한 눈매가 도드라졌으며 머리부터 발끝까지 세련되게 가꾸어져 있었다. 언니는 무척 반가운 표정으로 나에게 번호를 물었고, 거절할 이유가 딱히 없던 나는 다소 떨떠름한 기분으로 연락처를 넘겼다. 그리고 그날 새벽에, 언니에게서 만나자는 연락이 왔다.

처음에는 피하고 싶었다. 다시 만난 언니는 꼭 고모의 이야기처럼 완벽한 모습 그 자체였기 때문이다. 긴 시간이 흘렀음에도 나는 모든 면에서 언니보다 부족했고, 나은 게 없어 보였다. 오랫동안 잊고 살던 열등감과 질투가 고개를 들었다. 사실 그건 당시의 내 상황 때문이기도 했다. 연이은 시험 실패는 사람을 작아지고 치졸하게 만든다. 합격률이 좋은 사대 영어교육과를 졸업했지만 나는 어째선지 계속 임용고시에 낙방했다. 1차 필기를 붙는 데 2년이 걸렸다. 분명 붙을 것이라 생각했는데 떨어지는 상황이 반복되자 나도 나를 믿을 수 없게 되었다. 3년 만에 간신히 붙은 2차에서는 너무 긴장한 나머지 수업 시연 중 실수를 연발했다. 결과는 역시나 불합격이었다. 물론 이런 시험은 1차의 점수가 합격 유무를 가른다고 하니 실수들이 실제로 영향을 주었는지는 알 수 없으나, 그것은 자신감의 문제였다.

시간이 흐를수록 보잘것없어지는 나에 비해 언니는 탄탄대로를 걷고 있었다. 고모의 말로는, 졸업 후 유학을 계획 중이라고 했다. 그때 내 머릿속에서 언니는 태어나서 단 한 번도 위기나 곤경에 빠져본 적 없는 사람이었고, 그런 언니가 나에게 연락을 했다는 사실 자체가 당시 나에겐 어떤 기만처럼 다가왔다. 하지만 언니는 나의 사정 같은 걸 알 리 없었고, 꽤나 집요하게 언제 만날 수 있냐며 잡고 늘어졌다. 결국 더 이상 미룰 수 없게 되었을 때 나는 언니를 만났다.

"잘 지냈어, 유리야?"

나는 떨떠름한 표정으로 고개를 끄덕였다. 어딘가 피곤해 보이던 언니는 씩 웃으며 다행이라고 대꾸했다. 피곤해 보이는데 집에서 쉬지, 라는 생각이 들었지만 입 밖에 내지는 않았다.

"우리 둘이 노는 거 진짜 오랜만이다. 어렸을 땐 맨날 같이 놀았는데. 그치."

언니는 자연스럽게 소주 한 병과 맥주 한 병, 그리고 두루치기를 시켰다. 뚜껑을 돌려 여는 소리가 시원했다. 동기들이 먼저 자리를 잡게 된 이후로 술자리 자체가 멀어진 지 오래였기에 그 소리가 꽤 반가웠다. 집 앞 밥집 겸 맥줏집에서 간단히 반주에 안부나 묻고 헤어지려던 계획은 그렇게 무산되었다.

그날 엄청나게 많은 술을 마셨다는 것 말고는 무슨 대화를 했는지 잘 기억나지 않는다. 술에 취할 이유는 충분했다. 나는 연이은 임용 실패로 제정신이 아니었고, 그때 안 사실이지만 언니는 대학 내 파벌과 벅찬 실무, 망한 연애

등으로 고통받고 있었다. 뭐랬더라. 나는 피를 보는 게 무서워. 쳐다보기만 해도 토할 거 같아. 그 사실을 언제 알았는지 떠올려보니까, 고등학교 1학년 때였던 거 같아. 반 애들이 담임 몰래 공포영화를 틀어놓았는데, 그걸 보고 속이 메스꺼워졌었거든. 심장이 빈맥처럼 뛰었어. ……그런데 난 어쩌자고 의예과에 왔을까?

그랬던 것 같다.

언니도 나도 너무 많이 마신 날이었다. 나는 자존심을 지킨다고 이유도 말하지 않고서 질질 짰고, 영문을 모른 채 나를 위로하던 언니도 같이 울었다. 알코올과 새벽의 힘인지, 함께 울면 울수록 우리 사이에 존재했던 공백이 메꿔지는 기분이 들었다. 한 달, 1년, 10년, 20년가량을 거슬러 올라간 나는 어느 찰나를 기억해냈다. 최악의 명절로 남은 설 당일. 어른들의 고함으로부터 나를 보호해주던 이불과 이불 안에서 맞잡고 있던 손을.

우리는 한참을 같이 울고서 가게를 나왔다. 새벽의 공기는 정신이 번쩍 들 만큼 차가웠지만 감정에 매몰된 우리를 구해주지는 못했다. 그날 나는 내 밑바닥을 까 보였다. 말 그대로였다. 가게 옆 전봇대에서 구토를 하다가 넘어져 오물 위를 굴렀고, 난데없이 웃다가 울다가 또 속이 울렁이면 시큼한 토사물과 함께 누구에게도 보일 수 없었던 감정의 덩어리를 토해냈다. 어쩌면 다시 만나지 않을 사이라는 생각에 그렇게 솔직할 수 있었는지 모른다. 그리고 그건 언니도 마찬가지였다. 숙취 해소제를 사서 내 자취방으로 가는 길이었다. 언니가 잔뜩 새는 발음으로 중얼거렸다.

"유리야, 나는 늘 복수하는 상상을 해. 그리고 내 생각에 너랑 나는 닮았어."

그리고 고개를 약간 기울인 채 나를 바라보며 말했다.

"너 착한 척 되게 열심히 했잖아. 그런데 너 안 착하잖아. 난 다 알아. 어떻게 아냐고? 그야 착할 수가 없거든. 착하면 그게 호구인 거거든. 왜냐하면 외숙모랑 우리 엄마는 존나 닮았으니까."

나는 말없이 언니의 점점 작아지는 목소리를 들었다.

"너가 나 싫어했던 거 다 알아. 얼굴에 쓰여 있었어. 근데 그거 알아? 나도 너 존나 싫어했어. 엄마가 맨날 네 얘기하면서 너네 부모님 욕했는데 어느 순간부터 그게 다 진짜 같고 그래서 차라리 없었으면 좋겠다 생각했어. 그래서 스트레스받을 때마다 너네 집이 망하는 상상을 했어. 그런데 나중에 생각해보니까, 난 그냥 우리 집과 너네 집을 비교하는 엄마 목소리가 듣기 싫었던 거야."

언니의 주정을 들으며 나는 생각했다. 언니는 겨우 망해라였지만, 나는 죽였어. 장례식장에 홀로 앉아 있는 언니까지 상상했는걸. 언니는 그 안에서 끔찍하게 불행했어. 다행히 그 말은 하지 않았다.

"그런데 나 지금 속이 너무 쓰려. 편의점에서 죽 하나만 사다 주라. 같이 나눠 먹자."

자취방에 도착한 언니는 곧장 마신 걸 다 토해내더니 그 뒤로도 한참 동안 술주정을 계속했다. 나는 언니를 내 방에 눕혀두고 편의점에서 그렇게 언니가 노래를 부르던 인스턴트 죽을 사 왔다. 그새 정신을 좀 차린 언니는 콧노래까지 부르며 조그마한 플라스틱 숟가락으로 죽을 뜨며 정말로 노래하듯이 말했다.

"이거 진짜 맛있어. 우리 엄마가 나 편의점 가는 거 진짜 싫어했거든. 학원 근처 편의점에 땡땡이치는 애들이 죽치고 있어서, 혹여 걔네랑 놀다 나도 놀게 될까 봐. 웃기지. 걔네가 나랑 왜 놀아줘? 난 매일 배고팠어. 엄마가 해주는 건강한 밥을 먹어도 먹어도 배가 고픈 거야. 편의점에서 이 죽 하나를 꼭 먹어야 배가 찼어. 이걸 그런데 아직도 먹고 있네."

언니가 죽을 한 스푼 떠 내 입에 내밀었다. 나는 그리

당기지 않았지만, 거절하기도 뭐해 받아먹었다. 생각보다 맛있었고, 전복은 씹히지 않았지만 바다의 향이 났으며…… 참기름 냄새가 고소했다. 그날 밤에 우리는 죽을 나눠 먹으며 바랠 대로 바랜 어린 시절의 기억을 곱씹었다. 그때 했던 유치한 놀이들. 문구점에서 사 먹은 불량 식품과 색색의 고무찰흙. 함께 봤던 만화와 교양 다큐들.

"우리 엄마랑 외삼촌이 싸웠던 명절에 같이 다큐 봤던 거 기억나? 난 그때 처음으로, 비행기를 타보고 싶다고 생각했던 거 같아. 모로코의 사막과 새해에 대한 특집 다큐였어. 거기 사람들은 쿠스쿠스라는 걸 먹는다고. 좀 더 포슬포슬한 노란 밥알처럼 생긴 음식이었는데, 우린 그걸 너무 먹어보고 싶어서 찰흙으로 만들었잖아. 당연히 먹진 못했지."

기억난다. 여태껏 어디에 꽁꽁 숨어 있었나 싶을 정도로 선명히 기억났다. 붉은 찰흙으로는 그릇을 만들고, 얇은 노란색 고무찰흙을 잘게 떼서 음식을 만들었다. 결국엔 고모가 방이 지저분해졌다며 화를 냈던 것 같다. 찰흙으로 만든 쿠스쿠스는 한순간에 짓뭉개졌었지. 나는 입 안에 맴도는 말을 숨기지 못하고 그대로 내뱉었다. 그 말을 해야 할 것만 같았다.

"먹으러 가자. 쿠스쿠스."

* * *

언니와 쿠스쿠스를 먹으러 가진 못했다. 그날 이후로 우리는 가끔 메시지를 주고받았지만 오래가지 못했고, 끝내 연락이 끊겼다. 별다른 계기는 없었다. 오래도록 쌓인 목적이 모호한 감정을 풀기에 하룻밤은 너무 짧았고, 그냥 그 정도 거리가 우리에게 알맞았던 것이다. 그렇게 시간은 흘렀다. 언니가 강남의 유명 피부과에서 일하게 되었다는 것과 고모가 교회 집사님을 통해 소개해준 사업가 남자와 결혼을 앞두고 있다는 소식이 함께 들려왔다. 엄마가 손수 프로필 사진을 눌러 사진까지 보여줬는데, 언니와는 어울리지 않아 보이는 남자였다. 나는 잠시 쉬었다가 다시 도전한 네 번째 임용에 실패했고, 1년 동안 짧은 기간제와 여러 알바를 전전하며 간신히 자취 생활을 유지했다. 언니는 이미 나와 너무 다른 세상의 사람이 되어 있었다. 그래서 새벽에 걸려 온 몇 통의 전화와 메시지들을 보고도 응답하지 않았다. 답했다면 뭔가가 달라졌을까?

언니가 사라졌다는 그때, 나는 엄마가 지인의 소개로 넣어준 사립학교에서 전공과 무관한 제2외국어 교사로 근무하고 있었다. 학생부장은 막 40대에 들어선 이사장의 조카였는데, 아직 20대 후반인 내 친구들을 소개시켜달라며 귀찮게 굴었다. 나는 최대한 유하게 돌려 매번 거절 의사를 내비쳤지만, 그럴 때마다 말도 안 되는 업무량이 떨어졌다. 학생들보다 한 시간 일찍 도착해야 하는 등교 지도에서부터 축제 기획, 심지어는 기숙사 사감 업무까지도 내가 맡았다. 나에게 넘겨진 업무의 태반은 원래 학생부장의 업무였고, 나머지는 학생부장과 친한 다른 교사들의 업무였다. 업무 분담의 당위성 같은 건 그 앞에서 아무 소용도 가지지 못했다.

새벽 6시에 출근해 밤 9시에 퇴근하는 날들이 이어졌다. 나는 매일같이 학생부장의 괴롭힘에 시달렸다. 그건 괴롭힘이라고밖에는 볼 수 없었다. 권력이 있는 교사가 나를 대놓고 무시하자, 학생들도 부장의 눈치를 보며 나를 꺼리기 시작했다. 하루는 계속되는 수면 부족으로 보고서에 사소한 실수를 하나 했다. 급하지 않은 보고서였고, 금방 수정할 수 있는 실수였음에도 불구하고 부장은 학생들이 오가는 복도에서 나에게 고함을 지르며 막말을 내뱉었다. 복도의 온 눈동자가 내 쪽으로 쏠렸다. 순간 숨을 쉬기 힘들어짐과 동시에 시야가 마구 일그러졌다. 마지막 장면은 손을 높이 들어 올리는 부장의 모습이다. 들어 올린 손이 내 쪽으로 향하기 직전 나는 어둠 속으로 빨려 들어갔다. 어깨와 머리에 충격이 닿았고, 사방에서 웅성대는 소리가 들려오는 걸 마지막으로 나는 정신을 잃었다.

이유는 수도 없었다. 연이은 수면 부족과 극도의 스트레스, 공황. 눈을 떴을 땐 걱정이 가득한 표정의 엄마가 눈앞에 있었다. 순간 눈물이 차올랐고, 이대로 살 수는 없다는 생각이 들었다. 나는 엄마한테 내가 당했던 부당한 모든 사건들을 털어놓았다. 말해도 말해도 끝이 없었다. 엄마는 내가 울먹이며 이야기를 쏟는 내내 어깨를 부드럽게 쓰다듬어주었다. 그 손길이 무척 따뜻했다. 가끔 휴지를 가져다 눈물 자국을 닦아주기도 했다. 엄마는 내가 하는 말을 들으며 내내 가만히 고개를 주억거렸고, 나는 엄마가 나를 이해했다고 여겼다. 할 만큼 했다고 생각했다. 교사가 내 길이 아니라면, 학원이든 아니면 다른 일을 해서라도 먹고살 수 있을 거였다. 나는 오랫동안 참고 참아왔던 말을 전했다. 엄마가 힘들게 구해다 준 자리인 줄은 알지만 더 이상 학교에서 일하지 못할 것 같다고. 사람이 일할 수 없는 학교라고. 엄마는 내 눈을 바라보며, 둥근 손끝으로 땀에 젖은 잔머리를 넘겨주었다. 그리고 나를 꼭 껴안으면서 답했다.

"네가 사립학교 일이 처음이라서 그래. 부장 비위 좀

잘 구슬려서 맞춰보렴. 이사장 조카라며. 학교 이사장이 이 일대 유지란다. 한번 말뚝 박으면 평생 교사 소리도 듣고, 그거보다 괜찮은 직장이 없어. 지금은 힘들어도 다 빛 볼 날이 있다. 엄마가 너한테 들인 게 얼만데 아무 일이나 하면 안 되지. 다 널 위해서 하는 말이야. 참고 극복할 줄도 알아야 해. 넌 할 수 있어. 우리 유리, 엄마가 많이 사랑하는 거 알지?"

그건 내가 지금껏 느꼈던 어떤 감정보다도, 가장 강렬하고 커다란 배신감이었다.

그리고 우습게도, 그 순간 문득 연우 언니가 떠올랐다. 언니가 술에 취해 지껄인 말들을 무수히 곱씹었다. 퇴원 다음 날 다시 새벽 등교 지도를 나갔을 때도, 학생들이 나를 가리키며 수군거리는 모습을 목격했을 때도, 누구 하나 괜찮으냐고 묻지 않던 교무실에서도, 내 책상 위에 쌓인 무수한 서류를 보면서도, 아무렇지 않은 표정으로 다가와 내 어깨를 두드리는 부장과 '오늘 하루도 파이팅!'이라는 메시지를 보낸 엄마를 떠올리면서 곱씹고 또 곱씹었다. 나는 늘 복수에 대해 생각했어. 술에 취해 받침도 제대로 발음하지 못하던 흐트러진 언니의 목소리가 듣고 싶었다. 하지만 언니는 사라졌지. 홀연히 어디론가. 어제와 오늘, 나는 가장 믿고 사랑하는 사람에게 모든 걸 털어놓았지만 바뀐 건 없었다.

그래서 나는 집 안에 스스로 갇히기를 선택했다. 사직서를 낸 뒤, 교육청 게시판에 그동안 녹음한 폭언 파일을 올리고 방에 틀어박혔다. 모든 SNS를 지우고 메신저 앱은 초기화시켰다. 쏟아지는 연락은 다 차단하거나 무시했다. 바깥의 일이 어떻게 처리되었는지는 알 수 없었다. 나중은 몰라도 지금은 찾아보지 않을 것이다. 부장은 징계를 받을 수도, 단순한 착오 혹은 해프닝으로 끝날 수도 있었다. 나는 다만, 누구보다 나를 상처 입힌 엄마에게 복수하고 싶었다. 당신이 잘못되었다는 걸, 나에게 잘못을 저질렀다는 걸 인정하게 하고 싶었다. 그게 설령 스스로를 망치는 방법일지라도 말이다.

* * *

엄마가 다녀간 다음 날, 나는 새벽같이 들려오는 노크소리에 눈을 떴다. 낯선 목소리와 함께 연장을 꺼내는 소리도 났다. 또다시 엄마였다. 열쇠 기사를 부르고야 만 것이다. 나는 안에 사람이 있으니, 한 번 더 열려고 한다면 경찰에 신고하겠다고 외쳤다. 전날처럼 문도 최대한 시끄럽고 요란하게 두드렸다. 아침의 소음을 반기는 이는 없기에, 하나둘씩 항의하는 이들이 생기자 엄마는 다시 돌아갔다. 나를 향해 무어라고 따지는 것 같았지만 귀를 막고 듣지 않았다.

아침부터 신경을 쏟았더니 속이 허했다. 대충 우유에 시리얼을 부어 끼니를 때우는데 이번에도 낯선 이에게 메시지가 도착했다.

[여기는 날씨가 맑아. 거기는 한겨울이겠네. 오늘은 시장 근처에 있는 카페에 가서 엄청 엄청 단 커피를 먹었어. 다음 주에는 사막에 가기로 했어. 낙타를 탈 거야.]

짧은 편지, 혹은 여행 일지 같았다. 누군지 궁금했으나, 먼저 물을 용기와 의욕이 없었다. 나는 이번에도 알림창을 지우고 소파에 늘어졌다.

모로코. 사막과 쿠스쿠스.

유일하게 떠오르는 얼굴이 있었다. 설마. 나는 소파에서 급히 상체를 일으켜 다시 메시지창에 들어갔다. 특유의 조곤조곤한 말투는 연우 언니가 분명해 보였다. 언니는 갔구나. 정말로 그곳에 갔구나. 알은척을 해야 하나? 뭐라고 물어야 하지? 짧은 시간에 머릿속에 무수한 질문들이 스쳐 지나갔지만, 나는 결국 이번에도 아무 말도 하지 못했다. 타인에게 내 소리를 낸다는 사실이 두려웠다. 답을 한다면 대화가 이어질 테고 그럼 나 역시 내 이야기를 해야 할 것이다. 애써 흥분한 마음을 가라앉히고 창에서 나오려는 순간이었다. 언니가 이번에는 사진을 보내왔다.

[혼자 보기는 아깝다고 생각했는데 네가 떠올랐어.]

언니가 보낸 건 모로코의 밤하늘이었다. 옥상에서 찍은 듯, 편안한 남색의 하늘 아래 곳곳에 오래된 벽과 알록달록한 천들이 휘날렸다. 지금까지 내가 보아온 풍경과는 너무 달라서 꼭 인터넷에서 다운받은 익명의 가상 세계 같아 보였다.

나는 답장 없이 사진을 저장했다. 그리고 창에서 나와 앨범에 저장된 밤하늘을 확대시켜 오래, 아주 오래 보았다. 내가 누워 있는 곳은 고작 10평짜리 원룸인데, 눈앞에는 모로코의 밤하늘이 펼쳐졌다. 죽었는지 살았는지도 몰랐던 사촌 언니가 보낸 풍경. 한때 내가 미워하고 질투했던 사람. 그 이후로, 나는 하루 종일 집 안에 틀어박혀 모로코에 대해 찾기 시작했다. 그곳의 날씨와 풍경과 사람과 문화와 음식에 대해. 시간은 어제보다 훨씬 빨리 흘렀고, 그러는 사이 또 새해가 하루 가까워졌다.

엄마는 일주일 내내 찾아왔다. 처음에는 문을 두드리더

니, 나중에는 소용이 없다는 걸 알았는지 앞에서 대화를 시도했다. 한탄, 회유, 협박, 눈물, 고함……. 나는 매번 헤드셋과 이불로 모든 것을 차단했다. 이불 속에서 노트북으로 모로코 관련 다큐를 틀어놓은 채 음악에 휩싸여 있으면 꼭 언니와 함께했던 최악의 명절이 떠올랐다. 모두 난장판이었지. 어른들은 서로를 상처 입히려 안달 나 있었고. 그래도 이불 속은 꽤 포근했던 것 같다.

엄마가 찾아오는 것처럼, 내가 밤하늘의 사진을 저장한 걸 기점으로 언니 역시 매일같이 모로코의 일상과 풍경을 전했다. 고여 있던 나는 언제부턴가, 너무 당연하게도 소식을 기다리게 되었다. 그렇다고 언니가 아름다운 이야기만 하는 건 아니었다. 언니는 가끔 술에 취해 찍은 것처럼 잔뜩 흔들려 알 수 없는 사진도 보냈고, 잘 나온 셀카뿐 아니라 못 나온 셀카도 보냈으며 짜증을 내거나 우울감을 내비치기도 했다. 인종차별을 당하기도 하고 소매치기를 당하기도 했다. 엉망인 맞춤법으로 욕을 하기도 했다. 나는 그래서 좋았다. 언니가 완벽하지 않다는 사실이. 끝까지 멋지게 도망친 언니도 나처럼 엉망진창인 때가 있다는 사실이. 몇 번이나 답장을 적었다 지웠다. 언니는 응답을 재촉하지 않았다. 그냥 공유할 뿐이었다. 새해까지는 일주일이 남았다.

남은 일주일 동안 엄마는 오지 않았다. 간혹 창밖에 익숙한 차가 대어져 있는 걸 보면, 아무 말 없이 문 앞에 서 있다가 돌아가는 것일 수도 있다. 내가 무수히 그랬던 것처럼. 나는 지금 엄마의 심정을 짐작할 수 없었다. 화가 날까, 실망했을까, 절망적일까, 슬플까, 후회할까. 내 걱정을 하긴 하려나? 진심으로? 나는 아직 이런 부질없는 짐작을 물고 늘어질 정도로 엄마를 많이 사랑한다. 그래서 계속 의심하고 최악을 가정하게 되는 지금이 괴롭다. 다시 한번 묻고 싶었다. 병원에서의 답을 후회하냐고.

그렇게 한 해의 마지막 날이 다가왔다. 모두들 새해의 첫 해를 보기 위해 떠났는지 원룸 밖은 유독 고요했다. 하루 종일 자고 자고 또 잤다. 너무 많이 자서 두통이 올 때쯤 오랜만에 들려오는 노크 소리에 눈을 떴다. 시간은 오후 9시를 가리키고 있었다. 나는 현관 앞으로 다가가 문에 귀를 대어보았다. 기척은 분명했는데 상대는 아무 말도 하지 않았다. 그때 문 밑으로 작은 엽서 하나가 들어왔다.

[새해인데 떡국은 먹어야지. 끼니 거르지 마.]

그렇게 적혀 있었다. 엽서를 주워 머뭇대는 사이, 문밖에서 너무 밉고 그리웠던 목소리가 들려왔다.

"앞에 음식 한 거 두고 갈게. 새해 첫날에 배곯는 거 아니야."

그리고 계단을 내려가는 소리가 들렸다. 나는 한참 동안 문 앞에 서 있다가 걸쇠를 걸고서 문을 열어보았다. 떡국이 들어 있는 텀블러와 각종 반찬이 담긴 용기가 보였다. 조심스레 그것을 챙겼다. 그리고 그것을 냉장고에 넣지도 못하고 안은 채로, 현관에 주저앉아 좀 많이 울었다.

다리에 아무 감각이 없어질 때까지 그러고 있었던 것 같다. 퉁퉁 부은 눈으로 간신히 자리에서 일어섰을 때였다. 휴대전화가 짧게 진동했다. 음식들을 정리하고 내용을 확인했다.

[내일은 쿠스쿠스 먹을 거야. 새해 복 많이 받아.]

올해의 마지막 날에 받은 새해 첫 덕담이었다.

자고 일어나 엄마가 두고 간 떡국을 데워 먹었다. 새해 첫날 아침은 평소와 그리 다르지 않은 기분이었다. 떡국에서는 인스턴트 죽과는 확연히 다른 깊은 맛이 났다. 식사를 끝내고 휴대전화를 보았더니 평소와 다름없이 모로코에서 온 메시지가 도착해 있었다. 이제는 작년이 되어버린 어제의 마지막 덕담도, 올해의 첫 메시지도 연우 언니라는 사실이 새삼스럽기만 했다. 이번에는 사진도 함께였다. 연노랑의 알알들 위에 먹음직스러워 보이는 붉은색 소스와 채소가 올려져 있었다.

[쿠스쿠스. 내가 먼저 먹었어.]

[별로 맛은 없다. 밍밍해.]

그리고 잠깐의 침묵 후에, 언니는 물었다.

[너도 먹으러 올래?]

나는 수십 번의 계산과 고민 끝에 수백 번 썼다가 지우고를 반복한 답장을 비로소 전송했다. 한번 보낸 답장은 수신자가 확인한 이상 회수할 수 없다. 얼마 지나지 않아 말풍선 옆의 1이 사라졌다.

[응. 갈게.]

가장 작은 신

Tropical Night

1.

초인종이 울렸다. 수안이 집 밖으로 나가지 않은 지 딱 2년째 되는 날이었다. 수안은 문 앞으로 다가가 외쳤다.

"문 앞에 두고 가주세요."

지금 도착한 건 아마 생수일 것이다. 수안은 대부분의 식재료와 생필품을 택배로 주문했다. 엊그제 물이 떨어져서 새로 주문했는데, 먼지바람 때문에 배송이 지연되었다. 이틀 동안은 어쩔 수 없이 화학약품 맛 나는 수돗물을 받아 마시며 버텨야 했다.

수안은 문 앞에 쪼그리고 앉아 가만히 귀를 기울였다. 별다른 소리는 들려오지 않았다. 물건을 두고 돌아간 것일까? 하지만 그렇다기엔 택배를 내려놓을 때 나는 둔탁한 소리가 들리지 않았다. 쭈뼛대며 일어선 수안은 문손잡이를 쥐고 망설였다. 택배 기사를 마주하기가 껄끄러워 늘 배송 메시지에 문 앞에 두고 가달라는 말을 남긴다. 어느 정도 익숙해진 기사들은 알아서 물건을 놓고 사라지는데, 가끔 이렇게 굳이 초인종을 누르는 사람들이 있다. 보통은 일을 시작한 지 얼마 되지 않은 신입들이 그렇다. 이번에도 그럴 것이다. 수안은 심호흡과 함께 손잡이를 잡아 돌렸다. 덜그럭, 쇳소리가 나는 순간 다시 초인종이 울렸다. 수안은 몸서리를 치며 문에서 몸을 떼어냈다. 그리고 잔뜩 구겨진 얼굴로 크게 외쳤다.

"그냥 두고 가달라니까요!"

바스락거리는 기척과 함께 가느다란 목소리가 들렸다.

"수안아, 나 미주야."

"미주?"

낯선 이름. 수안의 지인들 중에 미주라는 이름은 없다. 수안은 짜증스럽게 답했다.

"잘못 찾아오신 거 같은데요. 그런 사람 몰라요."

"푸른고등학교 동창, 3학년 3반 이미주 기억 안 나?"

아, 수안의 입에서 작은 감탄사가 새어 나왔다. 그러나 곧장 이상하다는 생각이 따라붙었는데, 문밖의 이미주가 자신이 알고 있는 이미주가 맞는다면 이 상황은 더더욱 말도 안 되는 것이다.

수안이 알고 있는 이미주는 고등학교 3학년 때 같은 반이었던 게 고작인, 수안과 그리 친하지도 않던 동급생이었다. 연락처도 모르고, 교류를 한 적도 없고, 당연히 주소를 알려준 적도 없다. 얼굴조차 잘 기억나지 않는다. 그녀가 갑자기 집에 찾아올 이유가 없다. 사실 미주뿐만이 아니라 그누가 찾아오더라도 이상하긴 할 테지만.

수안의 인간관계는 집에 틀어박힌 2년 사이에 대부분 거덜 났다. 재혼한 엄마도 새아빠를 따라 미세먼지가 덜하다는 북유럽의 어느 산동네로 떠나갔다. 수안을 찾아올 사람은 택배 기사 말고는 아무도 없었다. 수안은 굳게 닫힌 문을 방패 삼아 귀찮은 기색을 숨기지 않고 말했다.

"무슨 일이야."

"미안, 갑자기 와서 좀 놀랐지. 다른 게 아니라 지난주에 동창회가 있었거든. 다들 너랑 연락 안 된다는 소식 듣고 걱정돼서 와봤어. 나도 이 근처 살아."

"주소는 어떻게 알았어?"

"지우가 알려줬어. 그, 동창회장."

동창회. 그런 걸 한다고 메시지가 오긴 했다. 몇몇 지인들에게도 간만에 연락이 왔지만 대부분 무시했다. 어차피 가봤자 자신을 두고 수군거리기만 하겠지. 수안은 눈을 질끈 감고 대꾸했다.

"나 멀쩡히 살아 있으니까 이제 가봐. 아니면 무슨 볼일이라도 남았어?"

아무리 동창회장이라고 해도, 남의 주소를 마음대로 넘기면 안 되는 것 아닌가. 그보다 주소를 넘긴 적이 있었나? 어쩌면 집에 틀어박히기 전에 알던 친구들이 알려준 걸 수도 있겠다. 하여튼 사람들은 제 일이 아닌 것에는 뭐든지 건성이다. 수안은 삼중 잠금쇠가 잘 걸려 있는지 확인하고, 그럼에도 안심이 되지 않아 손잡이를 꽉 움켜쥐었다. 쇠와 손바닥 사이로 습기가 들어찼다. 수안이 다시 한번 꺼지라고 외치자 문 너머에서 미주가 답했다.

"미안해. 아무래도 내가 너무 갑자기 와서 네가 당황했나 보다. 그럼 다음에 올게."

그리고 발소리가 들렸다. 멀어지는 소리와 함께 요동치던 심장박동도 점차 가라앉았다. 미주가 다시 와도 자신을 만날 수는 없을 것이다. 수안은 문손잡이에서 손을 떼고 현관에 쓰러지듯 주저앉았다. 하루치 에너지를 전부 써버린 것만 같았다.

힘이 전혀 들어가지 않는 몸을 겨우 일으켰을 때였다. 거실에 놓아둔 핸드폰에서 귀가 찢어질 것 같은 사이렌이 울렸다. 액정이 요란하게 반짝이며 붉은 텍스트를 띄웠다. 급성 먼지바람 경보음이었다. 수안은 가만히 서서 창밖을 빤히 응시했다. 원래도 뿌옇던 하늘이 점점 더 짙어지고 있었다.

올 테면 오라지. 나는 어차피 이 안에서 나가지 않을 테니까.

급성 먼지바람. 2년 전부터 나타난 그 현상은 수안이 집 안에 틀어박히게 된 직접적인 이유이자, 현재 사람들을 공포에 떨게 만드는 의문의 재해였다. 처음엔 그저 하늘을 뿌옇게 가리는 미세먼지였다. 그것이 어느 순간부터 점점 짙어지더니, 바다 한가운데의 해무처럼 시야를 완전히 가리는 정도에 이르렀다. 눈을 감았다 뜰 때마다 훌쩍 먼지가 쌓였다. 어디서 나타났는지 모를 먼지들은 꼭 지구를 침략한 외계의 물질 같았다. 기관지염과 폐병, 피부염 발병 그래프가 직각과 비슷한 곡선을 그렸다. 일상생활을 방해할 정도로 공기 중 농도가 짙어지더니 태풍이 오는 8월 말에서

9월 즈음에는 강풍에 뒤섞여 먼지바람이라는 기현상을 만들어냈다. 강한 기류에 먼지와 각종 유해 물질들이 뒤섞여서 마치 해일처럼 거리를 휩쓰는 것이다.

먼지라는 건 어디에나 존재하는 아주 작은 것. 그 작은 것들이 인간의 눈에 쉽게 띄지 않는 틈새나 환부에 침입해 상태를 변형시키고 곪게 만들었다. 손톱을 뜯다 생긴 미세한 상처에 들어가 악취를 풍겼고, 밀봉한 음식물의 어딘가에 묻어 있다가 균을 퍼뜨렸다. 식물들은 말라갔고 미세먼지를 제대로 걸러내지 못한 식수는 다른 병을 키웠다.

먼지바람의 형태는 각양각색이었다. 규모에 따라 다르지만, 가끔은 어디 연구소의 폐기물 창고라도 휩쓸고 도달한 것인지 독성을 띤 가스를 뿜기도 했으며, 태풍이 아니라 토네이도 수준의 파괴력을 가지기도 했다. 바람에 정면으로 휩쓸렸다가 영영 돌아오지 못한 사람들도 많았다. 상처 부위에 바람이 닿으면 상처가 썩었고, 방독마스크를 쓰지 않은 채 숨을 들이마시면 기관지가 상했다. 노약자가 먼지바람에 휘말려 사망한 사건은 매일 한두 건씩 꾸준히 보도되었다. 당연하게도 예방은 불가능했다. 먼지바람이 불기 시작하면 5분 안에 재난 경보 문자를 울리는 정도가 최선이었다. 이 때문에 수안처럼 아예 집 밖으로 나가길 거부하는 사람들이 점점 늘어나는 추세였다.

자유롭게 거리를 활보할 수 있었던 과거는 점차 빛바랜 유물이 되어갔다. 수안은 아직 미세먼지 저감 조치가 내려져봤자 하늘이 조금 흐리고 말던 시절, 대학교 교양수업 시간에 배웠던 어떤 이야기를 떠올렸다. 세상에 존재하는 모든 물건과 물질에 그만의 신이 있다고 믿는 어느 민간신앙에 대한 내용이었다. 갈수록 알 수 없이 급변하는 바깥을 보며 수안은 생각했다. 만약에 먼지의 신이 있다면 제대로 미쳐버린 게 분명하다고.

* * *

첫 먼지바람이 불어왔을 때, 수안은 최종 면접에서 아홉 번째 떨어져 거리를 배회하고 있었다. 당시만 해도 방독마스크를 쓰고 돌아다니면 야외 활동을 아주 못 할 정도는 아니었다. 수안은 뿌연 공원 풍경을 보며 벤치에 멍하니 앉아 있다가 난데없이 발생한 첫 번째 먼지바람에 휘말렸다. 위력이 그리 세지 않을 것이라고 예상했던 태풍 다육은 공기 정화 식물에서 따온 이름이 무색하게 막대한 피해를 남겼다. 신종 재해로 인한 첫 대규모 사망자가 발생한 날이었다. 금세 밤이 도달한 것처럼 갑작스레 어두워진 공원의 한 가운데에서 수안은 벤치 밑으로 기어들어가 어떻게든 방독 마스크를 사수하기 위해 양팔로 얼굴을 가리고 몸을 웅크렸다. 곧 점차 따가워지는 피부, 그리고 숨이 막혀오는 고통과 함께 정신을 잃었다.

깨어나보니 일주일이 지나 있었다. 다행히 방독마스크가 잘 막아준 덕에 내부 장기들은 큰 손상을 입지 않았지만 마스크를 사수했던 양팔과 쓰러지면서 긁힌 피부 이곳저곳이 처참한 모습으로 곪아 있었다. 기관지와 폐의 기능이 크게 저하된 탓에 당분간은 요양을 해야 한다고 의사는 다그치듯이 말했다.

요양, 요양을 하기 위해서는 공기 좋은 곳에 가야 하는데 그건 불가능한 요구였다. 대신 수안은 밖에 나가지 않기를 선택했다. 처음부터 밖에 나가지 말아야지 한 것은 아니었다. 경보음이 울리는 날에는 밖에 나가지 말아야지, 했을 뿐인데 경보음이 매일 울렸다. 일주일에 네 번 울리던 것이 하루에 네 번씩 울렸다.

공기 정화 특수 방독면이 개발되어 미세먼지 수치가 높은 날에도 야외 활동을 할 수 있게는 되었지만, 수안은 여전히 밖에 나가지 않았다. 혼자 지내는 날이 길어질수록 마음속에 벽이 생겨났다. 아주 작은 먼지들이, 온몸의 구멍을 파고들어 무수한 거절의 기억을 심어놓은 듯했다. 먼지보다 사람이 두려워졌다. 사람과 얼굴을 마주 보고, 대화를 주고받고, 교류를 한다는 것이 아주 멀고 어렵게 느껴졌다. 수안은 아무도 찾지 않았고 아무도 수안을 찾지 않았다. 택배 기사 이외에는 말을 거는 이가 없는 방에서 그녀는 2년을 살았다.

쾅.

누군가 거칠게 문을 두드렸다. 과거를 배회하던 수안은 순식간에 다시 현실로 돌아왔다. 인터폰과 문 너머에서 미주의 목소리가 겹쳐 들려왔다. 몇 번이고 초인종이 울렸다. 금방이라도 큰일이 날 것처럼 다급하고 난감하게 들리는 목소리였다.

"수안아, 정말 미안한데 잠시만 집에서 쉬다 가도 될까? 밖에 급성 먼지바람이 불고 있어서. 그칠 때까지만 가만히 있다 갈게. 정말이야."

수안은 입술을 잘근잘근 씹으며 고민했다. 아무리 건물 안에 있는다 해도 현관문과 시멘트 벽이 먼지들을 완전히 막아주지는 않는다. 고성능 청정기를 작동시키지 않는 한 먼지바람 속 미세 입자의 영향을 받을 수밖에 없는데, 수안이 사는 이 낡은 다가구 건물의 복도에 그런 첨단 기기가 돌아가고 있을 리 만무했다. 왜 하필 오늘 같은 날, 이런 시간에 미주가 자신을 찾아온 건지 짜증이 치솟았다. 하나 완전히 내칠 용기도 없었다. 외면하는 데에도 용기가 필요했다. 수안은 인터폰 화면을 꼼꼼히 확인했다. 미주 이외의 다른 일행은 없는 듯했고, 문 너머의 기척도 분명 한 사람의 것이었다. 문득 인터폰 화면을 고개까지 틀어가며 요리조리 뚫어져라 바라보는 자신이 우습게 느껴졌다.

"저기 수안아, 듣고 있어? 귀찮게 안 할게. 밖이 정말 위험해서 그래. 오래 안 있어. 진짜야."

수안은 결국 문을 열었다. 미주는 깔끔한 투피스에 검은색 방독마스크를 쓰고 서 있었다. 앞머리 틈새로 보이는 미주의 눈이 크게 떠졌다. 미주가 방독면을 당겨 벗었다. 콧잔등에 꼭 상처처럼 길쭉한 자국이 나 있었다. 수안은 고개를 숙이고 말했다.

"바람만 그치면 바로 나가."

아직 들어오라는 말도 하지 않았건만 미주는 거리낌 없이 안으로 들어섰다. 수안은 아무 말도 하지 않았다. 다만 너무 자연스레 자리를 잡고 앉은 미주에게 수돗물을 건넸다. 미주가 고맙다고 말하며 웃었다. 수안은 침실 문턱을 밟고 서서 미주를 향해 물었다.

“너 나랑 안 친했잖아. 이렇게 찾아온 이유가 있을 거 아냐. 사이비나 보험이면 소용없어.”

“그런 거 아냐.”

“그럼 왜?”

“그냥 와봐야겠다고 생각했어. 귀찮아할 것 같았지만, 그냥 그랬어.”

“너 신기 있냐?”

미주가 고개를 가로저었다. 더 이상의 대화는 없었다. 미주는 거실 바닥에, 수안은 부엌 식탁 의자에 앉아 널찍한 베란다 창을 바라봤다. 아무것도 보이지 않았다. 뿌옇기만 한 풍경 사이사이로 덜컹, 덜컹 유리가 흔들렸다. 먼지바람이 지나가고 있었다. 바람이 지나간 거리는 회색 가루 같은 먼지로 가득할 것이다. 수안은 무채색의 거리를 떠올렸다. 마지막으로 보았던 삭막한 풍경. 곪은 피부는 나았고, 상처는 흔적이 되었지만 수안의 시간은 그때에 멈춰 있었다. 먼지바람은 20분 후에 가셨다. 미주는 정말로 가만히 앉아 있다가 갔다.

미주가 돌아간 뒤에 수안은 다시 평소처럼 인터넷으로 생필품을 주문하고, 낮잠을 자고, 집 안을 깨끗이 치운 뒤 공기청정기를 작동시켰다. 텔레비전에서는 다음 주 일기예보가 흘러나왔다. 일주일 내내 먼지 비가 내린다는 소식이었다. 먼지 비를 맞으면 흙탕물을 뒤집어쓴 것처럼 피부가 굳고, 쉽게 염증이 생긴다. 수안은 텔레비전을 끄고 생각했다. 이번 주도 못 나가겠네. 수안은 안심했다.

뉴스가 끝나자 먼지바람의 희생자를 추모하는 다큐 방송이 나오기 시작했다. 지금껏 수십 번도 더 본 버스 사고 현장이 또다시 재생되었다. 수안은 텔레비전을 껐다.

* * *

미주의 기습은 한 번으로 끝나지 않았다.

"수안아, 나 미주인데 먼지 비를 잔뜩 맞았거든. 화장실 좀 써도 될까?"

수안은 뭐라 답하지도 못하고 그대로 굳었다. 저번 만남이 끝일 줄 알았는데 미주는 이제 더욱 스스럼없이 찾아왔다. 느닷없는 방문이 연속 3일째였다. 이틀 내내 무시했는데, 지치지도 않고 미주는 또 초인종을 눌러댔다. 그냥 이대로 집에 없는 척하자. 수안은 발뒤꿈치를 든 채 조심스레 방으로 들어가 이불을 머리끝까지 뒤집어썼다. 그러자 미주가 문을 거칠게 두드리며 빌라가 떠나가라 외쳐댔다.

"수안아! 정말 안에 없어? 너 밖에 안 나간 지 꽤 됐다고 들었거든. 무슨 일 생긴 건 아니지? 왜 말이 없지. 수안아! 잠시만 기다려, 내가 구급차 부를게! 119에 신고를…… 여기 주소가 어디지. 여기요, 사람이!"

짜증이 머리 꼭대기까지 치솟았다. 수안은 이불을 내던지고 나와 현관문을 확 열어젖혔다. 막 핸드폰에 119를 입력하던 미주가 수안을 보고는 씨익 웃었다. 그러자 갑자기 힘이 빠졌다.

"뭐야, 난 또 무슨 일 생긴 줄 알았잖아."

"무슨 일이 생기긴 뭘 생겨. 이제 가."

"고독사하는 사람들이 얼마나 많은데. 미세먼지 때문에 더 많아졌다고."

미주의 말에 뒤통수를 얻어맞은 기분이 들었다. 죽음에 대해서는 생각해본 적 없다. 지금처럼 집 안에서 생활하다 보면 그 끝은 분명 고독사가 될 것이다. 내 시체는 누가 치워줄까? 죽을 때가 되면 먼지바람이 분다고 해도 밖에 나가는 게 차라리 나을 수도 있겠다. 그럼 인명 피해를 파악하는 재해 관리 기관 공무원들이 나의 죽음을 알아줄 테니까.

멍한 얼굴의 수안을 지나 미주는 잽싸게 화장실 안으로 들어갔다. 곧바로 물소리가 들려왔다. 어이가 없어서 헛웃음이 나왔다. 사람이 어떻게 저리 뻔뻔하지? 고등학교 때도 저런 성격이었나? 차를 끓이고 거실에 팔짱을 낀 채 앉자, 어느샌가 물소리가 그쳤다. 씻고 나온 미주가 환하게 웃으며 고맙다고 말했다. 웃는 얼굴이 마냥 해맑았다. 그녀는 조잘조잘 별 영양가 없는 말들을 늘어놓았다.

"오늘 진짜 급한 미팅이 있었거든. 중요한 거였는데 갑자기 먼지 비가 내리니까 그쪽에서 일방적으로 미팅을 취소하잖아. 난 이미 코앞에 도착했는데. 옷은 다 젖었지, 미팅은 파투 났지, 어떡해야 하나 고민하는데 네 집 앞인 거야. 그래서 저번에 쉬었다 가게 해준 보답이라도 할 겸 왔지."

"보답?"

미주가 싱긋 웃으며 가방 안에서 뭔가를 꺼내 흔들었다. 소주 한 병과 봉지 라면, 그리고 숙취 해소제였다. 숙취 해소제는 요즘 인터넷에서도 수시로 광고하는, 기관지 강화와 숙취 해소 기능이 결합된 기묘한 신제품이었다. 공기 정화나 기관지 보호, 피부 장벽 강화 같은 걸 아무 데나 갖다 붙이는 건 먼지가 기승을 부린 몇 년 전부터 새로운 업계 트렌드가 되었다. 수안은 당황한 얼굴로 그녀를 바라봤다. 씻기만 하고 돌아갈 줄 알았는데. 식탁 위에 초록색 병을 내려놓으며 미주가 중얼거렸다.

"아는 사람이 10년 넘게 쇠 깎는 일을 했어. 그게 미세먼지가 엄청 많이 나오는 일이란 말이야. 일이 끝나고 나면 꼭 소주를 마셨어. 그래야 목에 낀 먼지들이 싹 씻겨 나가는 거 같다고."

그러고는 허락도 하지 않았는데 의자 하나를 쑥 빼 앉았다. 수안이 초조히 눈알을 굴리며 떨자, 미주가 태연하게 이리 와 앉으라며 손짓했다. 수안은 주먹을 꽉 쥔 채 부엌으로 향했다. 소주잔이 하나밖에 없었다. 늘 혼자 마셨으니까. 싱크대 앞에서 소주잔을 든 채 망설이는 사이, 멀뚱멀뚱 앉아 있던 미주가 훌쩍 다가와 하나뿐인 커피잔을 멋대로 꺼냈다.

"난 이걸로 마실게."

미주가 커피잔에 소주를 가득 따라 한 번에 들이켰다. 이후로는 기억이 흐릿하다. 중간에 술이 부족하다며 미주가 나가 한 병을 더 사 왔던 부분까진 기억이 났다. 술 사 왔다며 문을 두드리는 미주에게 별다른 고민 없이 문을 열어

줬다는 사실도. 수안은 지끈거리는 머리를 매만지며 소파에서 눈을 떴다. 기분은 나쁘지 않았다. 오히려 가뿐했다. 침대에서는 미주가 코를 골며 자고 있었다.

미주는 한참 뒤에야 일어나 회사에 늦었다며 호들갑을 떨어댔다. 씻고 나와서는 수안에게 옷까지 빌려 입었다. 한참 면접을 보러 다닐 때 입던 정장이 남아 있어서 다행이었다. 그것 말고는 집 안에서나 입을 수 있는 추리닝, 후줄근한 잠옷이 다였다.

"옷은 금방 빨아서 가져다줄게. 어제 즐거웠어."

수안의 옷을 입은 미주가 방독마스크를 꺼내 쓰며 말했다. 수안은 방을 정리하며 고개를 끄덕였다. 문고리를 잡아 돌리던 미주가 갑자기 뒤돌았다. 그리고 웃으며 덧붙였다.

"아, 어제 보니까 네 방 공기청정기 고장 난 거 같더라. 보통 필터가 닳거나 엔진이 낡으면 그래. 아니면 구형 모델이거나. 요새는 좋은 제품들 엄청 많이 나오잖아. 얼마나 썼어?"

"3년 정도."

"그럼 바꿀 때 됐네. 한번 확인해봐. 아, 나 정말 가봐야겠다."

미주가 나갔다. 덜컥이던 문소리의 울림마저 멈추자 집

안에 침묵이 돌았다. 수안은 거실 구석에 놓인 공기청정기를 작동시켰다. 위잉, 기계음이 퍼졌다. 분주히 돌아가는 기계 앞에 쪼그리고 앉아 표면에 무수히 뚫린 구멍들을 바라봤다. 손바닥으로 공기청정기의 한 면을 툭, 쳤다. 기계는 꼼짝도 안 했다. 또다시 한 대를 퍽, 쳤다. 약간 밀려났다. 기계음은 딱히 빨라지지도, 느려지지도 않았다. 그대로였다.

어째선지 평소보다 집 안 공기가 덜 쾌적한 것처럼 느껴졌다. 기계가 고장 난 것 같다는 미주의 말이 계속 맴돌았다. 그녀의 말대로 공기청정기가 영 제 기능을 못 하는 것일까? 분명 하룻밤 사이에 어마어마한 먼지들이 쌓였을 텐데. 그것들이 전부 내 안으로 들어갈 텐데. 그러자 참을 수 없이 불안해졌다. 일단 공기청정기를 작동시켜놓기는 했지만 마음에 차지 않았다. 수안은 괜히 미주가 사라진 현관을 뚫어져라 응시했다.

서늘한 마음을 뒤로하고 핸드폰을 들었을 때였다. 메시지 한 통이 도착했다. 택배 도착 메시지나 본인 인증 메시지가 아닌, 사람의 메시지였다. 상단에 미주의 이름이 반짝였다.

[옷 고마워! 덕분에 살았다. 내일 들를게.]

수안은 미주의 메시지를 아주 오랫동안 바라봤다. 술을 마실 때 번호를 교환한 것일까. 아니면 미주가 멋대로 저장해둔 것일까. 텅 비었던 연락처 목록에 한 명이 더해졌다. 수안은 한 시간이 넘도록 고민하다가 응, 이라고 짧은 답장을 보냈다. 미주가 곧장 웃는 토끼 이모티콘으로 답했다. 볼이 통통하고 눈이 동그란 게 미주를 닮은 이모티콘이었다.

2.

미주는 지난 월요일, 교육 시간에 마 실장이 했던 강의 내용을 떠올렸다.

"첫 먼지바람이 불어오고 5년째 되는 날, 세상에 종말이 올 겁니다. 에어포칼립스라고 하죠. 전 지구의 많은 전문가들이 오래전부터 이런 사태를 예견했습니다. 우리 제품은 그때를 대비하기 위한 것입니다."

종말? 그런 게 올까 과연? 3년 전, 하늘이 회색으로 물들었을 때도 사람들은 종말을 이야기했다. 그러나 결국은 3년이 지난 지금까지, 먼지바람이 휘몰아치는 오늘날까지 다들 질기게 살아 있잖아. 종말은 쉽게 오지 않는다. 지긋지긋한 삶은 계속되고, 매달 부여되는 할당량도 여전하다. 영업 실적은 하향 곡선을 그린다. 종말, 마 실장이 하는 말 중 유일하게 허무맹랑하다.

마 실장과는 아버지의 장례식에서 만났다. 합동 장례식이었다. 아버지를 포함한 열아홉 명의 사람들은 3일 동안 실종 상태였고, 최초의 먼지바람이 걷힌 후에야 불에 탄 시체로 발견되었다. 깊은 산속에 위치한 수련장으로 가던 버스가 먼지바람에 휘말려 절벽을 구른 것이다. 그 사건은 꽤 크게, 오랫동안 화제가 되었다.

미주는 혼자가 되었다. 그리고 아버지가 팔지 못한 물건들을 팔기 시작했다. 악착같이 물건을 팔아 에메랄드 레벨이 되었다. 마 실장의 레벨은 로열 다이아몬드. 미주는 다이아몬드의 세계에 가고 싶었다. 그러나 주위 인맥들이 바닥나고, 여러 경쟁사들이 생겨나고, 재해 물품 판매에 정부가 본격적으로 개입하면서 영업이 점차 어려워졌다.

애초에 타깃을 물색하기 위해 참석한 동창회였다. 얼굴도 잘 기억나지 않는 동창의 소식을 듣는 순간 미주는 생각했다. 호구 하나 잡겠네. 그리고 바로 실행에 들어갔다. 어차피 미주는 잃을 게 없었다. 다이아몬드로 올라가느냐, 에메랄드에서 추락하느냐, 둘 중 하나였다. 교육받은 프로세

스대로 수안에게 접근했다. 간간이 마 실장의 조언도 참고했다. 마 실장은 뻔하다는 듯이 말했다.

"그런 외톨이들은 쉽지만 어려운 상대야. 외로움을 숨기지 못하는 주제에 방어벽은 어마어마하게 높거든. 막무가내로 돌진해야 해. 그냥, 멋대로. 그래야 뚫을 수 있어. 한번 뚫고 나면, 이제 노다지야. 한번 마음을 연 상대한테는 맹목적일 테니까. 그보다 중요한 건…… 돈은 많대?"

"어머니가 재혼하면서 아버지의 사망 보험금을 전부 물려줬대요."

"괜찮네. 잘해봐."

마 실장의 말은 틀린 적이 없다. 마 실장은 늘 옳은 말만 한다. 심지어는 날씨까지도 맞힌다. 오늘은 먼지바람이 일겠네, 라고 말하면 정말 먼지바람이 온다. 미주는 가끔 마 실장이 신이 아닐까 생각한다. 특히나 월요일마다 그가 진행하는 의무 교육을 듣고 있으면 사람이 아닌 존재에게 홀리는 듯한 기분이 든다.

수안의 집에 들르는 날도 사실 마 실장이 정해준 것이다. 그녀의 말대로 정말 예정된 시간에 먼지바람이 일었고, 먼지바람에 안 좋은 기억이 있던 수안은 마음이 약해져 문을 열었다. 침입 성공, 미주는 가만히 속으로 외쳤다. 초조하게 입술을 뜯으며 문을 연 수안은 더없이 보잘것없어 보였다. 문득 수안이 자신을 어떻게 느낄까 하는 궁금증이 일었다. 불쾌한 침입자. 평온한 상태를 훼방 놓는 낯선 이.

그날도 미주는 수안의 집을 나와 마 실장을 만나러 갔다. 마 실장은 미주의 보고를 듣고는 만족스러운 미소를 지었다. 푸근한 격려의 말을 건넨 뒤, 따끔한 충고도 잊지 않았다.

"노력하고 있다는 걸 알지만, 미주 씨 이번 분기 실적이 너무 낮아요. 다음 분기 회의까지 시간이 얼마 남지 않았어요. 실적 부족 리스트에 들게 되면 야유회에 가야 하는 것 알죠? 그게 앞으로의 할당량과 승진에 어떻게 작용하는지도요."

틀린 말이 없다. 마 실장은 늘 옳은 말만 한다.

"앞으로가 더 중요해요. 신뢰 관계를 쌓아서 물건을 팔아야 하니까요. 영구 회원 영입까지 쭉쭉 달리자고요."

미주는 말없이 고개를 끄덕였다. 야유회에 가기는 싫었다. 스톤 레벨이었던 아버지는 입사 이후 단 한 번도 실적 최하위를 벗어나지 못했고, 야유회 버스에서 죽음을 맞이했다. 물론 그건 먼지바람이라는 낯선 재해 탓이었으나 미주는 야유회 버스에 오르는 순간, 자신도 그렇게 되고 말

것이라는 강한 예감에 사로잡혔다. 절벽에서 구르는 버스, 불타는 버스, 먼지바람에 휘말린 버스에 갇히는 꿈을 꾼 적도 여러 번이었다.

마 실장의 사무실에서 나온 후, 영구 회원 가입 동의서를 프린트하면서 미주는 수안에 대해 생각했다. 아무것도 모른다는 그 맑은 얼굴을 보면, 속이 뒤집히기도 하고 짜증이 치솟기도 했다. 확실한 건 그리 어렵지 않게 구슬릴 수 있을 것 같다는 것이다. 미주는 수안이 동의서에 지장을 찍는 그날을 상상하며 다짐했다. 야유회에는 가지 않을 것이라고.

* * *

수시로 수안의 집에 머물렀다. 고객 영업 차원이기도 했고, 개인적인 목적도 있었다. 팔지 못한 제품 상자가 빼곡한 고시원 방보다는 수안의 빌라가 훨씬 아늑하고 좋았으니까. 수안은 툴툴거리면서도 매번 따뜻한 차를 건넸다. 그녀는 우려스러울 만큼 투명했고, 행동반경이 비좁았다. 수안의 생활에는 일종의 패턴이 존재했는데, 월요일 저녁엔 생수를 시킨다, 화요일엔 공기청정기 필터를 청소한다 같은 것들이었다. 그래서 관찰하는 재미가 있었다. 작은 우리에서 보람차게 쳇바퀴를 굴리는 햄스터를 보는 기분이었다. 물론 마 실장의 조언에 따라 착실히 제품 영업도 했다.

"우리 공기청정기 진짜 좋아. 디자인이랑 이름은 좀 구려도 이런 제품은 기능이 제일 중요한 거 아니겠어? 이게 독일에서 발명된 특수 거름망을 부착해서 제작한 거거든. 국내에서는 유일해. 우리밖에 안 써. 아, 너 집에 식물 하나 키우지 않을래? 이번에 공기 정화 식물들 세일하거든. 북유럽 쪽에 전용 농장이 있어. 내가 직원 할인 적용해줄게."

미주가 열심히 영업하는 공기청정기의 이름은 일명 '먼지의 신'이었다. 마 실장이 직접 지었다는 걸 믿을 수 없을 만큼 촌스러운 이름. 사실 그 제품은 공기청정기라는 번듯한 명칭보다는 그냥 고물 덩어리가 더 어울렸다. 신은 무슨. 미세먼지가 급증한 초반에나 쓸 만했지. 하지만 수많은 대기업 신상품들이 쏟아져 나오면서 먼지의 신은 도태되었다. 하지만 가격만큼은 착실히 물가 상승률을 반영한 덕에 최신형 제품들 못지않게 비싸서, 이따위 물건을 팔기 위해서는 사람 혼을 쏙 빼놓는 말솜씨가 필수였다. 아니면, 영업하는 사람에 대한 구매자의 무조건적 신뢰라거나.

괜찮은 공기청정기를 추천해줄 수 있냐는 수안의 물음

에, 미주는 기다렸다는 듯이 영업 멘트를 늘어놓았다. 개인적인 견해라는 미명 아래 철저히 준비된 대사에 수안은 말없이 고개를 끄덕였다. 불쌍하고 멍청하고 착한 수안. 이래서야 자신이 아니더라도 분명 누군가에겐 사기를 당했을 것이다. 미주는 수안에게 쇼핑백을 건네며 말했다.

"열어봐."

"옷이잖아."

먼지 비가 내렸을 때 수안에게 빌려 입은 정장인데, 여러 일로 바빠 이제야 돌려주게 되었다. 안에 함께 넣은 영양제 두 통은 마 실장이 아닌 자신의 아이디어였다. 사실 미주가 가진 게 그뿐이었다. 미주에게는 생계 이외의 다른 선물을 마련할 여유가 없었다. 수안이 가방을 받아 들고 안을 들여다보았고, 손바닥만 한 영양제 두 통이 그녀의 손에 딸려 나왔다. 미주는 수안에게 생각할 시간을 주지 않고 말했다. 사뭇 선심 쓴다는 목소리로.

"선물이야. 원래 가격이 좀 나가는 건데 이번에 여유분이 생겨서 너 주려고 가져왔어. 영양제인데 미세먼지 때문에 누적된 호흡기의 피로를 덜어주는 제품이야. 매달 완판되는 거다?"

수안이 눈을 동그랗게 뜨며 영양제를 뚫어져라 응시했

다. 미주는 괜히 초조해졌다. 마 실장의 조언대로 하고 있을 뿐인데 왜 이런 기분이 드는지 모르겠다. 수안은 뜻밖의 선물에 아주 약간은, 감동을 받을 것이다. 그동안 그녀는 계속 혼자였고 선물은커녕 아무에게도 관심조차 받지 못했을 테니까. 지금 자신은 수안의 세계에서 거의 유일한 외부인이었다. 미주는 수안이 무슨 생각을 하고 있을지 궁금했다. 고마워할까? 당황해할까? 부담스러워하려나? 아니면…… 뭔가 수상하다고 생각할까. 미주는 마지막 추측은 쉽게 털어버렸다. 그럴 리 없다. 그리고 그렇다 하더라도 상관없었다. 쳐내면 나가떨어지면 그만이니까.

“고마워. 잘 챙겨 먹을게.”

한참을 침묵하던 수안이 쑥스럽다는 듯 고맙다는 말을 툭 뱉었다. 그러고는 미주가 꺼낸 주문서에 훌쩍 사인을 했다.

“종이에 사인만 하면 돼?”

“응.”

미주는 흘러가는 듯한 수안의 사인을 바라봤다. 직전까지 몸을 점령했던 긴장이 한 번에 훅 가셨다. 가방 속에 얌전히 든 영구 회원 가입 동의서를 떠올렸다. 저 매끄러운 사인이 동의서 위에 그려지는 순간이 얼마 남지 않았다. 영구 회원 영입은 일반 제품 영업보다 실적을 세 배로 쳐준다. 그럼 이번 분기 야유회를 피할 수 있고, 또 몇 개월의 기회가 주어지는 것이다. 지금껏 수십 번도 넘게 했던 단순한 행위인데 묘한 기분이 들었다. 그러니까, 난생처음으로 누군가에게 지장을 찍게 했던 그날의 기분.

미주가 처음 영입한 영구 회원은 고급 요양원에 거주하던 60대 노인이었다. 한 달에 수백씩 써야 머물 수 있는 곳으로, 미주는 교회 청년부인 척 접근해 노인의 잔고를 탈탈 털었다. 노인이 돈을 모조리 잃고 살갑지 않은 자식들에게 얹혀살게 된 이후 소식이 끊겼다. 그리고 얼마 전, 노인의 부고 메시지를 받았다. 먼지바람에 사고를 당했다고 했다. 미주는 장례식장에 가지 않았다. 자신만은, 그래서는 안 된다고 생각했다. 불현듯 노인의 죽음이 떠오르는 이유가 뭘까. 어느 날 갑자기 나타난 먼지바람처럼 무슨 일이 벌어질 것만 같은 기분이었다. 변수는 눈앞의 저 게으름뱅이밖에 없다.

정말이지 수안은 너무 쉽고, 한심했다. 그래서 불안했다. 수많은 사람들을 등쳐먹었지만 이런 적은 처음이었다. 그건 편안함과 죄책감 사이의, 이도 저도 아닌 아주 찝찝한 무언가.

"다 썼어. 결제는 어떻게 해?"

수안이 주문서를 내밀며 물었다. 종이를 받아 들려는 찰나, 핸드폰이 울렸다. 마 실장의 전화였다. 미주는 수안에게 양해를 구한 뒤 서둘러 화장실로 들어갔다. 전화를 받자마자 마 실장의 잔소리가 쏟아졌다.

"미주 씨, 그 집에만 있는 친구 거의 영업되지 않았어요? 이제 슬슬 계약서 쓰게 해도 될 거 같은데."

"아, 아뇨. 아직 완전히 믿지 않는 거 같아요. 그런데 그 친구가 어차피 사람도 잘 안 만나는데 영입한다고 회사에 도움이 될지……."

"다 알면서 왜 하수처럼 굴어요? 시간이 별로 없어요. 곧 분기 회의인 거 알죠?"

"죄송합니다."

"저한테 죄송할 게 아니라, 그냥 실적이 그렇다고요. 빨리 그 친구 계약서 쓰게 해요. 오늘 아침에 영업 실적 그래프가 나왔는데……. 그래서 전화한 거예요. 이만 말할게요. 미주 씨 분발하라고 미리 말해준 거니까 너무 맘 상하지 말아요. 야유회 인원 거의 선별되었어요."

미주는 화장실 안에서 고개를 끄덕였다. 사실 야유회 자체는 별게 아니었다. 2박 3일 동안 지루하기 짝이 없는 연수와 교육 과정을 이수해야 할 뿐이다. 하나 회사 내부에선 그 행사를 일종의 사람 거르기로 보았다. 가능성이 있는 직원과 더 이상 가망 없는 직원을 나누는 기준이라는 것이다. 그래서인지 여러 흉흉한 소문이 파다했다. 수련장에서 유령을 본다고도 했고, 실종된 사람이 있다고도, 갈 때와 돌아올 때의 인원이 다르다는 등의 괴담이 돌았다. 그리고 야유회에 다녀온 인원의 3분의 1 이상이 결국 제3, 4금융권에서 돈을 빌리게 된다는 소문은 결코 괴담이 아니었다.

"야유회가 곧이에요. 기억해, 미주 씨."

"알겠습니다. 마 실장님."

전화를 끊고 나왔을 때 수안은 뚱한 표정으로 창밖을 보고 있었다. 미주는 수안이 작성해놓은 주문서를 접어 가방에 넣었다. 돌아선 수안이 뜬금없는 소리를 늘어놓았다.

"그런데 왜 공기청정기 이름이 먼지의 신일까?"

미주는 별생각 없이 대꾸했다.

"먼지를 잘 빨아들여서?"

"이상해. 그럼 차라리 정화의 신, 청정의 신, 청소의 신 뭐 이런 게 낫지 않나? 먼지의 신이라니 꼭 먼지가 제일 중요한 존재인 거 같잖아. 먼지 정화가 아니라, 먼지가 주인공인 거 같다고. 삼겹살집 간판에서 돼지가 웃고 있는 것처럼 이상해."

"듣고 보니 그렇네."

수안의 말은 묘하게 일리가 있었다. 그보다 미주는 그냥 그 말이 웃겼다. 웃겨서 많이 웃었다. 마 실장과의 통화가 잠깐이지만 저 멀리, 멀리 멀어졌다. 야유회, 실적, 그런 것들도 공기청정기가 걸러내준다면 좋을 텐데. 세상엔 왜 사람을 거르는 시스템은 많으면서 걱정거리를 걸러주는 건 없는지. 나는 왜 늘 걸러지는 쪽이고, 내 안의 아무것도 뜻대로 걸러낼 수 없는지. 한편으로는 정말 이상했다. 공기청정기 이름이 왜 먼지의 신일까?

3.

미주는 거의 매일 왔다. 동네 친구가 필요했다며, 퇴근 후에는 아예 자기 집보다 수안의 집에 먼저 들르곤 했다. 수안 역시 미주가 자연스러워졌다. 둘은 텔레비전을 보며 시시콜콜 농담을 하고, 배달 음식을 시켜 먹고 함께 인터넷 쇼핑을 하며 시간을 보냈다. 평범한 친구 사이 같았다. 하루는 그런 대화를 했다. 미주가 문득 물어왔다.

"이런 거 물어봐도 되나 싶은데…… 넌 왜 밖에 안 나가?"

수안은 답했다.

"무서우니까. 먼지들이."

거짓말이다. 무서운 건 먼지들이 아니라 사람이다. 그런데 그 사람에 미주도 포함인가?

"그렇구나. 하긴. 집이 이렇게 아늑한데 나라도 나가기 싫을 거 같아."

미주가 작게 중얼거리며 덧붙였다. 나도 고여 있어도 될 만큼의 여유가 있다면 좋을 텐데. 수안은 미주의 말에 대꾸하지 않고 컵라면을 먹었다. 미주는 차를 홀짝였다. 작동 중인 공기청정기의 기계음만이 둘 사이를 메웠다. 수안이 컵라면을 비워갈 때쯤, 미주가 사뭇 밝게 물었다.

"그럼, 계속 와도 되지?"

"응?"

"네가 밖에 나가기 싫다면, 지금처럼 내가 계속 올게. 그럼 되잖아."

그렇게 말하는 미주의 얼굴이 어딘가 슬퍼 보여서 수안은 아무런 말도 못 했다. 그러니까, 네가 다니는 회사 다단계 아니야? 혹은, 너 나 등쳐먹으려던 거 아니었어? 날 회원으로 영입하는 데에 성공하면 그대로 떠날 거잖아. 하수구에 햄스터를 유기하듯이 그렇게 사라질 거잖아. 따위의 말을 꺼내지 못했다는 말이다.

수안이 미주의 의도를 의심하기 시작한 순간은 '먼지의 신' 주문서를 작성할 때였다. 사인을 하는데 주문서에 적힌 회사명이 어딘가 낯익었다. 주식회사 티끌. 공기 정화 제품을 주로 취급하는 회사치고는 아이러니한 이름이다. '먼지의 신'도 그렇고, 회사명도 그렇고, 꼭 청정보다 먼지에 더 중점을 두는 느낌이란 말이지.

그리고 무엇보다 어색한 건 미주의 말투였다. 늘 바다 위에 뜬 해초처럼 흐르듯이 자연스러운 말투가 회사 제품을 이야기할 때만 두꺼운 육포처럼 거칠고 딱딱하게 변했다. 본인은 굉장히 자연스럽다고 생각할 것이다. 상품 설명 중에 미주는 미간을 약간 찡그렸고, 작위적인 제스처를 취했다. 사람을 제대로 대한 지 오래된 수안은 낯선 침입자를 아주 사소한 부분까지 집요하게 관찰했고, 덕분에 그 차이를 알아차릴 수 있었다.

미주에게 수안이 수십, 수백 중의 1이라면 수안에게 미주는 그 자체로 꽉 찬 1이었다.

사실 미주의 방문부터 의심스러운 부분이 있었다. 수안이 2년 동안 밖에 나가지 않았다 해도 현실감각까지 무뎌진 것은 아니었다. 오히려 홀로 인터넷 세상을 떠돌며 잡다한 지식, 혹은 괴담을 흡수한 탓에 경계심이 높았다. 매일같이 방문하는 미주를 막지 않은 이유는, 인정하기 싫었으나 외로웠기 때문이다. 자기 잇속을 챙기러 왔다 해도 상관없을 만큼.

찾아와주는 사람이 있다는 게 좋았다. 어차피 쓸데없는 쇼핑을 하며 쓸 돈, 수안은 어려움에 빠진 사람을 도와준다는 생각으로 주문서를 작성했다. 공기청정기나 영양제 모두 있으면 좋은 물건이니까. 미주는 수안이 다 알고서 사인한다는 사실도 모르고 죄책감이 어린 표정을 지었다. 그 표정을 보는 게 즐거웠다면 너무 악취미일까?

"다 썼어. 결제는 어떻게 해?"

결제 방법을 묻는 와중에 미주의 전화벨이 울렸다. 수안은 미주의 액정에 뜬 마 실장이라는 이름을 눈에 담았다. 미주는 초조해하는 기색을 보이며 핸드폰을 들고 화장실로 향했고, 수안은 그 틈을 타 미주의 가방으로 손을 가져갔다. 모서리가 해진 가죽 가방을 열자 잡다한 물건들이 드러났다. 그중 노란 서류 봉투가 눈에 띄었다. 내용물을 열어 확인했다. '영구 회원 가입 동의서'라고 적힌 종이였다. 그게 무엇을 뜻하는지는 수안도 알았다. 종이를 쥔 손끝에 힘이 들어갔다.

"알겠습니다. 마 실장님."

화장실 안에서 말소리가 들려왔다. 수안은 화장실에서 시선을 떨어뜨리지 않은 채 서류에 적힌 내용을 훑은 뒤, 다시 가방 안에 집어넣었다. 가방도 원래 있던 자리에 고스란히 두었다.

추측한 내용이 사실임을 두 눈으로 확인하자 기분이 썩 좋지 않았다. 하지만 미주에게 따져 물을 생각은 들지 않았다. 그 정도의 힘도, 용기도 없었다. 그냥 지금처럼 미주가 틈틈이 집에 찾아와주기만 한다면 물건이야 얼마든지 사줄 용의가 있었다. 언젠가 미주가 내밀 그 종이에 사인만 하지 않으면 괜찮지 않을까. 미주가 영구 회원 가입 동의서를 내미는 날이, 이 모호한 관계가 끝나는 날일 테니. 마 실장은 아마도 다단계 회사의 상사겠지. 수안은 좀 전에 사인을 마친 공기청정기 주문서를 빤히 바라봤다. 먼지의 신, 먼지의 신. 다시 봐도 이상한 이름이다.

"먼지의 신."

수안은 소리 내서 말했다. 태양의 신, 하늘의 신, 온갖 신 이름을 다 들어보았어도 먼지의 신은 들어본 적 없다. 애초에 그런 신이 있을 리도 없지만. 멋도 없고 우스꽝스러운 이름이었다. 화장실 문이 열리고 미주가 걸어 나왔다. 수안은 아무것도 모르는 척 미주를 맞이했다. 미주는 멋쩍게 웃으며 말했다. 회사에서 갑자기 연락이 와서……. 수안은 괜찮다고 답했다. 정말 괜찮았다.

이후에도 별다른 변화는 없었다. 미주는 더없이 친근하게 굴다가 종종 작위적인 말투로 회사 제품들을 추천했고, 수안은 알아서 물건들을 주문했다. 아예 정기 구매를 하기로 한 제품도 있었다. 수안이 손쉽게 주문서를 작성할 때마다 미주는 알 수 없는 표정을 지었다. 기쁜 것 같기도 하고 화가 난 것 같기도 했다. 하지만 먼저 무슨 말이든 꺼낼 용기는 없었으므로 그런 일상은 계속되었다.

수안은 습관적으로 영양제를 삼켰다. 매일같이 먹고 있지만 딱히 건강이 좋아지거나 변화가 생기는 것 같지는 않았다. 하지만 미주가 권하는 대로 계속 먹었다. 그래야 다음 영양제를 주문해줄 수 있다.

하루는 미주의 회사명으로 인터넷 검색을 해보았다. 회사의 의뢰를 받아 작성한 듯한 몇몇 공기 정화 제품 추천

기사 빼고는 검색 결과 대부분이 다단계 피해 후기였다. 회사명이 묘하게 익숙했던 이유도 금세 알 수 있었다. 2년 전에 있었던 야유회 버스 실종 사고의 주인공이 바로 이 회사였다. 꽤 오랫동안 미디어에 오르내렸으니 익숙한 게 당연했다.

또 하루는 미주의 회사 홈페이지 프로필을 구경했다. 한때 홍보 모델이었다는 말이 진짜였는지, 미주는 뽀얀 필터가 적용된 맑은 얼굴로 사원증을 목에 건 채 당당히 웃고 있었다. 누가 보면 평범한 회사에 다니는 줄 알 정도로 당당했다.

"회사는 회사지."

대부분의 성인들은 회사에 다니거나, 공부를 한다. 아무것도 하지 않는 사람은 자신뿐이다. 갑자기 우울해지는 바람에 수안은 핸드폰을 끄고 누웠다. 낮잠이나 자야지, 하고 이불을 뒤집어썼지만 잠들 수 없었다. 협탁 위에 엎어진 핸드폰이 자석처럼 자신을 끌어들이는 것 같았다. 결국 수안은 다시 핸드폰을 집어 들었다. 오래전에 비활성화를 한 SNS에 접속해서 미주를 찾았다.

미주의 '친한 친구'는 2498명이었다. 게시물마다 몇십 개씩 댓글이 달려 있었다. 사진 속 미주는 늘 웃고 있었고,

비슷하게 웃고 있는 사람들과 함께였다. 가끔은 누군가에게 받은 선물 사진이나, 승진했다는 메시지를 올리기도 했다. 미주의 게시물을 넘길수록 수안은 어디론가 도망치고 싶어졌다. 그런데 이미 도망친 상태라 도망칠 곳이 없다.

잠이 들기 직전에 문득 그런 생각이 들었다. 어느 날 갑자기 미주가 오지 않으면 어떡하지? 벌떡 일어나 자신의 고요한 방을 바라봤다. 이유 모를 두려움이 엄습했다. 공기청정기 돌아가는 소리가 요란하게 울렸다.

새로 온 먼지의 신은 소음이 무척 심했다. 작동시켜두고 침대에 누우면 골이 징징 울렸다. 와중에 또 다른 진동음이 겹쳐졌다. 핸드폰 불빛이 반짝였다. 아마 미주일 것이다. 수안은 서둘러 메시지를 확인했다. 무슨 내용일까. 오늘 갑자기 들른다는 내용일까. 아니면 별 내용 없는 잡담일까? 무엇이라도 상관없었다. 미주에게서 문자가 왔다는 사실이 중요했다. 내용을 확인한 수안의 미간이 구겨졌다. 처음 보는 번호였다.

[수안아, 나 지우야. 너 미주랑 연락해? 아니라면 다행인데 걔 멀리하는 게 좋아. 걔 다단계야. 동창회 와서 애들 여럿 등쳐먹고 잠수 탔어. 너도 조심해.]

진동과 함께 도착한 재난 경보 문자가 지우의 메시지를

덮었다. 근방에서 먼지바람이 일고 있다는 경고음이 울렸다. 수안은 지우라는 이름의 지인이 보낸 메시지를 다시 한 번 확인했다. 메시지는 그대로였다. 수안은 핸드폰을 노려봤다. 지우가 누구인지 잘 기억나지 않는다. 워낙 흔한 이름이기도 하고 고등학교 동창 모두를 기억할 수는 없는 일이다. 어쩌면 진짜 동창이 아닐 수도 있다. 그리고 사실, 동창이 맞고 아니고는 중요하지 않다. 수안에게 이 메시지는 아무것도 아니다. 평소에는 까마득하게 잊고 살다가, 죄책감을 떨치기 위해 아무렇게나 보낸 문자 한 통은 아무것도 아니다. 그보다는 차라리, 자신을 등쳐먹기 위해서라도 매일 찾아오는 미주가 더 중요하다. 수안은 무표정으로 답장을 작성했다.

[알고 있으니까 신경 꺼.]

4.

요즘 들어 미주는 수안을 자주 떠올린다. 자신만의 둥지에서 느리고 한적한 하루를 보내는 수안. 수안은 언제나 그 자리에, 그 둥지에 있다. 아마 수안은 세상에 종말이 온다 해도 아, 오는구나 하고 말 것이다. 수안은 대부분 한심하고 가끔 사랑스럽다. 물건도 많이 사준다. 덕분에 제품 판매 할당량을 채울 수 있었다. 처음에 망설이는 듯하던 수안은 이젠 지나가듯이 입에 담기만 해도 알아서 그 물건을 주문한다.

이제 마지막 영업만이 남았다. 영구 회원 가입 권유. 수안을 할당량의 굴레로 밀어 넣는 일이다. 할당량과 실적 압박은 족쇄다. 회사에 매달 일정량의 수익 보고를 해야 하고, 목표치에 달하지 못하면 협박에 가까운 압박이 기다린다. 깡패나 마찬가지인 관리자들이 어마어마한 위약금을 들이대며 소송하겠다고 소리를 지르고, 마 실장은 달콤한 위안으로 꾀어내 빚을 지게 만든다. 그리고 회사는 이름만 다른 제3, 4금융권 업체를 함께 운영한다. 뻔한 이야기다.

원래 같았으면 진즉 사인을 시키고도 남았는데, 수안에게만 아직 서류를 건네지조차 못했다. 수안같이 집 안에서만 사는 애가 사람을 상대로 물건을 팔 수 있을 리 없었다. 물건을 팔지 못하는 영구 회원의 끝은 뻔하고 비참하다. 예를 들면, 아빠처럼. 10년 넘게 빠우집에서 쇠 깎는 일을 했던 아빠는 영업과는 거리가 먼 사람이었고, 죽을 때까지 스톤 레벨에서 벗어나지 못했다. 그의 끝이 어땠더라? 수안의 미래와 자신의 미래. 그리고 아빠의 죽음이 겹쳐졌다.

동의서에 사인을 받을 기회가 여러 번 있었다. 수안은 아무 생각 없이, 의심도 없이 평소처럼 사인을 할 것이다. 하지만 어째서 그 앞에 동의서를 꺼낼 수 없는지. 이유는 알 듯 모를 듯 모호하다. 단지 처음부터 느꼈던 묘한 찝찝함이 이제는 전신을 뒤덮었다는 사실만이 정확하다. 수안의 앞에서 아무런 악의도 없는 척 웃기가 점점 힘들다. 그리고 마 실장은, 마치 신과 같은 마 실장은 모든 걸 꿰뚫어 본다.

"미주 씨 요새 이상해. 뭐, 실적이야 오르락내리락하는 거니까 어쩔 수 없지만. 그 친구 아직 사인 안 했지? 안 한 거야 못 한 거야? 동의서 내밀긴 했어?"

"그게, 영 아닌 것 같아서요."

"영 아닌 것 같다니, 뭐가? 미주 씨 이제 보니 웃기네. 다른 건 모르겠는데 일단은 야유회 확정이야. 그것만 알아둬."

미주는 말없이 고개를 끄덕였다. 할 말이 없었다. 마 실장의 저 말은 그동안 미주가 실적이 달리는 후배에게 했던 말들과 별다를 것이 없었다. 부랴부랴 다른 타깃을 찾아 연락처를 돌리고, 이런저런 행사에 참여해보았지만 이미 소문이 돈 건지 작업이 쉽지 않았다. 그사이에 회사에는 영업 실적 그래프가 붙었다. 미주는 아래에서 세 번째를 차지한 자신의 이름을 바라봤다. 아래에서 네 번째와는 단 한 명 차이였다. 아직 수안에게 내밀지 못한 동의서를 떠올리며 입술을 잘근잘근 씹었다. 때마침 핸드폰이 진동했다. 수안에게서 메시지가 와 있었다.

[언제 와?]

그제야 수안의 집에 들르기로 했단 사실이 떠올랐다. 수안이 먼저 물은 건 처음이었다. 수안은 늘 그랬지. 하자는 대로 움직이고, 의문도 가지지 않고, 재미없는 이야기와 푸념들을 들어주었다. 심장이 거세게 뛰었다. 뭔가 잘못되고 있다는 혹은 잘못하고 있다는 생각이 들었다. 미주는 답하지 않고 핸드폰을 껐다.

그날, 고시원 방의 어둠 속에서 미주는 생각했다. 수안에게 동의서를 받자. 그깟 사인이 뭐라고. 지금껏 수도 없이 해왔던 일이다. 그렇게 몇 번이나 핸드폰을 들었다 놓았다. 메시지 창을 켜고 장문의 글을 작성했다가 지우길 반복했다. 보낼 수 없었다.

어째서? 수안의 미래가 너무 쉽게 상상되어서? 수안이

아빠처럼 망하는 걸 보고 싶지 않아서? 그렇다면, 얼마 전에 죽은 노인은. 지금까지 자신이 망하게 한 수많은 사람들은 뭐란 말인가. 아무리 생각해도 답이 나오지 않았다.

먼지바람이 불고 있는지 손바닥만 한 고시원 창문이 계속 덜컹였다. 사이렌과 함께 지긋지긋한 재난 경보 문자가 울렸다. 미주는 가방 안에서 수안에게 건넬 예정이던 영구회원 가입 동의서를 꺼냈다. 아버지와 자신이 별생각 없이 혹은 어쩔 수 없이 사인한, 그리고 수안을 구렁텅이로 처넣게 될 내용을 그제야 천천히 제대로 읽었다. 어려운 단어와 반복되는 표현으로 한 번에 알아보기 힘들게 꼬아놓은 문장은 위협적이었다. 미주는 가입 동의서를 힘주어 갈기갈기 찢었다.

* * *

야유회 참가자 명단이 발표되었다. 미주도 역시 그 안에 있었다. 미주는 아침에 수안의 메시지에 답하지 못한 것이 못내 걸렸다. 무슨 일인지 전화도 몇 통 왔는데 받지 않았다. 수안과 당분간 거리를 둘 생각이었다. 분기 회의가 끝나자 마 실장이 야유회 대상자에게 일정을 안내했다.

"참가 못 하는 사람은 없겠죠? 불참자에겐 다음 달 할당량 배정과 승진에 페널티가 부여됩니다. 모두들 현명하게 행동하자고요. 수요일 아침 10시, 회사 앞 기억하세요."

야유회에 선발된 인원들은 하나같이 패잔병 같은 모습이었다. 금연 구역에서 삼삼오오 모여 잡담을 나누는 목소리가 미주의 귀에 닿았다. 탁한 목소리의 남자가 담배를 뻑뻑 피우며 말했다. 이번 할당량을 채우기 위해 사채를 썼다는 말이 도는 남자였다.

"그거 알아요? 야유회 괴담. 돌아올 때는 매번 인원이 줄어든대요. 작년에 제 동기가 다녀왔는데 진짜 한 명이 없어졌대요. 그런데 이상하게 누구였는지는 전혀 기억이 나지 않고. 이게 매번 이런다니까? 우스갯소리로 마 실장이 제일 실적 나쁜 인간을 죽여서 악마한테 제물로 바치는 것 아니냐고 해요. 엄청 웃기죠. 중학생들도 아니고. 뭐, 이번에 가보면 알겠죠. 난 괴담보다 내 빚이 더 무서운걸."

미주는 아는 척을 해오는 직원을 무시하고 걸었다. 고시원으로 돌아가서 꼭 죽으러 가는 기분으로 짐을 쌌다. 영양제를 먹은 뒤엔 루틴처럼 수안의 연락을 무시한 채 잠을 잤다. 새벽에 먼지바람이 예상된다는 경보 문자가 왔다. 그와 동시에 마 실장에게서도 문자가 왔다.

[모두들 경보 문자 받으셨나요? 걱정하지 않으셔도 됩니다. 먼지바람은 아침 10시 이전에 가실 테니, 모두들 차질 없이 출석해주세요.]

마 실장은 어떻게 모든 걸 다 아는 걸까? 미주는 짜증이 나서 마 실장의 명함을 지갑에서 빼 던져버렸다. 명함은 팔랑이다가 바닥 어딘가로 떨어졌다. 수안에게서 괜찮냐는 메시지가 도착했다. 미주는 몇 차례 답장을 보내려다가 실패했다.

5.

[언제 와?]

늘 곧장 답하던 미주였는데 30분이 지나도록 답이 없었다. 수안은 현관문을 뚫어져라 바라봤다. 신발장 옆에 미주가 가져다 놓은 공기 정화 식물이 이파리를 길게 늘어뜨리고 있었다. 사방이 미주의 회사 물건으로 가득했다. 그날 결국 미주는 오지 않았다. 지우가 보낸 메시지의 마지막 문장이 맴돌았다. 등쳐먹고 잠수 탔어.

처음엔 화가 났다. 내가 팔아준 물건이 몇 개인데, 이렇게 갑자기 잠수를 타? 괘씸하고 괘씸해서 미주의 멱살을 잡아 흔들고 뺨을 때리고 싶었다. 몇 번이나 욕설이 담긴 메시지를 보내려다가 말았다.

그다음엔 겁이 났다. 초인종이 울리는 환청을 들었고, 새벽 내내 재난 경보 문자가 울렸다. 안전한 집 안에 있는데 꼭 죽을 거 같았다. 그것도 아주 외롭게 죽게 될 것 같았다. 수안은 두려움에 손톱을 딱딱 씹었다. 애초에 미주를 집에 들이는 게 아니었다. 그때 그냥 먼지바람에 휘말리게 두거나, 다른 피난처를 찾든지 알아서 하게 뒀어야 했다. 이불을 뒤집어쓰고 입으로는 미주에게 욕을 퍼부으면서 시선은 현관문에 고정했다. 아무도 찾아오지 않았다.

다음 날도, 그다음 날도 마찬가지였다. 미주의 핸드폰은 계속 꺼져 있었다. 수안은 핸드폰을 몇 번이나 들었다가 놓았다. 머리는 그녀에게서 신경을 끄라고 계속 외치고 있었다. 어차피 미주가 다단계 회사 직원이라는 사실은 진즉 알고 있었으니까. 이제 자신은 효용을 다한 것일지도 모른다. 하지만 불안함은 쉽게 가시지 않았다. 먼지바람 경보, 그리고 연락이 끊긴 미주. 무슨 일이 생긴 것은 아닐까. 혹여나 연락을 안 하는 게 아니라 못 하는 것이라면. 먼지바람으로 인해 삭은 간판이나 전선에 의해 행인이 2차 피해를 당하거나 실종되는 일은 일주일에 한두 건씩 보도될 만큼 흔했다. 먼지바람에 휘말려 어딘가에 쓰러져 있는 건 아닐지. 그 생각에 이르자 걷잡을 수 없이 불안해졌다. 떨리는 손으로 112를 눌렀다. 지루한 기색을 숨기지 않는 상대방에게 수안은 속사포로 사정을 털어놓았다.

"음, 그러니까 친구분이 이틀 동안 연락 두절이라고요? 둘이 뭐 싸운 거 아니에요? 경찰서가 애들 장난치는 곳도 아니고 나이도 먹을 만큼 먹은 성인이 이런 걸로 신고를 하면 어떡합니까. 친구분 집에는 가봤어요? 가족한테서 신고 들어오지도 않았는데."

"실종 신고…… 실종 신고 할게요. 제가 할게요."

"성인은 실종 신고가 불가능하고요, 한다면 가출 신고인데…… 일단은 친구분이 어디 계신지 알아보고 다시 연락드릴게요. 그때 신분증 가지고 서로 오세요."

"네?"

"확인하고 다시 연락드릴 테니까 그때 경찰서로 직접 오시라고요."

수안이 아무 답도 없자 상대방은 한숨을 쉬며 전화를 끊었다. 수안은 연결음이 울리는 핸드폰을 멍하니 응시했다. 만약 경찰에게 연락이 온다면, 집 밖으로 나가야 한다.

나갈 수 있을까? 수안은 손톱을 씹으며 방 안을 맴돌았다.

나간다면 어디로 가야 하지? 일단 경찰서에 들르고, 그 뒤엔…… 그냥 기다려야 하나? 미주의 집은 어디지? 분명이 근처라고 들었는데. 그런데 연락은 언제까지 준다는 걸까. 그때까지 미주가 무사할까? 늦진 않을까?

심장이 크게 뛰었다. 수안은 입술을 꽉 깨물며 문고리를 쥐었다 놓기를 반복했다. 만약 이대로 미주를 잊는다면, 지금 당장은 나가지 않아도 된다. 고민할 필요가 없다. 그리고 아무도 오지 않겠지. 수안은 아무도 오지 않는 방에서 홀로 눈을 감는 자신을 상상했다. 그러니까 이건, 그 다단계 사원이 걱정돼서 나가는 게 아니라, 내가 고독사하게 될까 봐. 그렇게 곱씹었다. 그때 핸드폰이 울렸다. 수안은 메시지를 확인했다.

[미안해.]

미주가 보낸 메시지였다. 미안해. 그 순간 머리가 하얘졌다. 미안하다니 뭐가? 이딴 말을 할 거면 직접 보고 해야지. 우습게도 걱정과 분노가 마구 뒤섞였다. 미주가 핸드폰이 고장 났었다며 갑자기 나타나, 뻔뻔하게 영구 회원 가입 동의서를 내밀더라도 이렇게 화가 나지는 않았을 것이다. 구렁텅이로 떠밀린 느낌이었다. 수안은 문손잡이를 쥔 손에 힘을 줬다. 철컥, 걸림쇠가 떨어지는 소리가 났다. 바깥의 찬 기운이 얼굴에 닿았다. 크게 숨을 들이마셨다. 심장이 터질 것처럼 뛰었다.

고요한 복도가 그녀를 반겼다. 난간의 창문 너머로 회색에 가깝게 뿌연 도시 전경이 내려다보였다. 들이마셨던 숨을 크게 내쉬고, 수안은 뒤돌아서서 좀 전에 자신이 빠져나온 집을 바라보았다. 허무할 만큼 아무 일도 일어나지 않았다. 숨이 막히지도, 머리가 아프지도, 토할 것 같지도 않았다. 수안은 주먹을 꽉 쥔 채, 한 발을 더 내디뎠다. 그리고 계단을 뛰어 내려갔다. 주머니가 크게 진동함과 동시에 거리에 종말과도 같은 사이렌이 울렸다.

"긴급, 긴급 상황입니다. 초대형 먼지바람 5호가 생성되었습니다. 거리의 시민분들은 전부 신속히 실내로 대피하시길 바라며, 여의치 않으신 분들은 다음에 안내되는 임시 대피소로……."

수안은 어수선한 거리를 가로질렀다.

6.

오전 9시, 미주는 아침 일찍 캐리어를 들고 집을 나섰다. 먼지바람은 마 실장의 말대로 10시가 되기 전에 가셨다. 회사 앞에는 야유회를 가는 직원들이 무리지어 있었다. 대절 버스가 도착하고, 직원들이 버스에 올라탔다. 모두들 야유회 버스가 아니라 운구차라도 타는 표정이었다. 미주의 표정도 별반 다르지 않았다. 먼저 타 있던 마 실장이 웰컴 요구르트를 하나씩 건넸다.

"미주 씨, 잘 왔어요. 이왕 이렇게 된 거 긍정적으로 생각해요."

미주는 마 실장의 옆자리에 앉았다. 버스가 출발하기 직전, 마 실장이 반쯤 마신 요구르트를 머리 높이 들며 산뜻한 어조로 외쳤다.

"안전하고 즐거운 야유회를 위해!"

모두 함께 요구르트를 들이마셨다. 미주는 요구르트를 마시지 않고 가방에 넣었다. 자리에 앉은 마 실장이 미주를 향해 물었다.

"안 마셔요?"

"입맛이 없어서."

"그럼 더더욱 마셔야죠. 안전하고 즐거운 야유회가 되지 않으면 미주 씨가 책임질 거예요?"

마 실장의 시선이 서늘했다. 말도 안 되는 소리란 걸 알지만 마찰을 일으키기 싫었다. 미주는 결국 요구르트를 꺼내 한입에 비웠다. 속이 느글느글했다. 수안에게 메시지를 보내지 못한 게 영 마음에 걸려, 미주는 핸드폰을 꺼내 들었다. 그리고 세 글자를 써 보냈다. 유서라도 쓰는 기분이었다.

[미안해.]

무엇이 미안한지는 쓰지 않았다. 아마 수안이 불쾌해할 모든 부분에 관해서. 이제 수안을 볼 일은 없을 것이다. 가까이 있어봤자 좋을 게 없는 관계였다. 신경 쓰이는 건 빨리 떨쳐버리는 편이 나았다. 미주는 핸드폰을 끄고 눈을 감았다. 메시지를 보내면 후련할 줄 알았는데, 이상하게도 속이 쎴다.

버스는 부드럽게, 오랫동안 달렸다. 어째선지 같은 곳을 계속 맴돌고 있다는 생각이 들 때쯤 미주는 파도처럼 밀려오는 졸음을 버티지 못하고 잠이 들었다. 꿈에는 마 실장이 나왔다. 배경은 월요일마다 교육을 듣는 지긋지긋한 강의실이었다. 마 실장이 황홀한 표정으로 이상한 소리를 늘어놓았다.

“에어포칼립스까지 2년, 이제 마지막 단계를 앞두고 있습니다. 좀 더 강한 종류의 먼지바람. 예를 들면 바다를 먼지들로 뿌옇게 뒤덮어 생물이 살 수 없게 된다든가, 하늘을 까맣게 덮어 더 이상 해를 볼 수 없게 된다든가 하는 직접적인 종말의 단계요.”

마 실장이 눈을 길게 감았다가 떴다. 그와 함께 미주도 꿈속에서 눈을 길게 감았다 떴다. 꿈이니 그런 것이겠지만, 몸이 제 것 같지가 않았다. 목소리를 다듬은 마 실장이 불현듯 표정을 바꾸었다. 입꼬리를 길게 끌어 올려, 잇몸이 보일 만큼 활짝 웃었다. 그 변화가 너무 극적이라 기괴하게 느껴졌다. 마 실장의 목소리가 두개골에 둥둥 울려 퍼졌다.

“여러분은 그 단계를 위한 제물이 될 겁니다. 영광스러운 일이죠. 도대체 누구에게 받쳐지는 제물인지 묻고 싶겠죠? 답해드리겠습니다. 소중한 제물에게 그 정도는 얼마든지. 먼지의 신입니다. 우리가 파는 에이스 상품, 공기청정기의 제품명이기도 하죠. 그리고 또 재앙의 신입니다. 밖을 보세요. 해, 달, 바다, 땅, 모두 미세먼지에 가려져 아무것도 보이지 않잖아요? 인간들에게 보이는 건 이제 먼지뿐입니다. 믿을 수 있는 것도 먼지뿐이고, 애원할 수 있는 것도 먼지뿐이죠. 오로지 먼지만이 실체예요. 이제 해와 물, 땅의 시대는 가고 먼지의 시대가 왔습니다. 바로 인간들이 불러낸 신이지요. 저는 그분의 신탁을 받은 대리인입니다."

이게 무슨 개소리야?

* * *

미주는 기침과 함께 눈을 떴다. 양손과 다리가 꽁꽁 묶여 꼼짝할 수 없었다. 버스는? 함께 탔던 직원들은 어디로? 있는 힘껏 고개를 틀어 주위를 둘러봤다. 머리맡에서 마 실장이 눈을 마주하고 웃었다.

"그들은 편안히 불태워질 거랍니다. 미주 씨는 선택받았어요."

"마 실장님, 이게 무슨……."

"메시지 못 들으셨나요? 이건 종말을 불러오기 위한 제사예요. 이제 마지막 단계입니다. 코앞이에요."

"마지막 단계?"

"먼지바람이 언제부터 불어오기 시작했는지 기억하시나요? 2년 전입니다. 미세먼지가 하늘을 뒤덮은 지 정확히 1년이 되는 해였죠. 그때의 버스 사고를 기억하겠죠? 미주 씨는 잊었을 리가 없죠. 아버지가 거기서 돌아가셨잖아요."

마 실장이 눈썹을 늘어뜨려 사뭇 슬퍼하는 표정을 지었다. 전혀 슬퍼 보이지는 않았다. 미주는 열심히 사지를 흔들었지만 어찌나 세게 묶었는지 쓸린 상처만 깊어질 뿐이었다.

"그들 덕분에 먼지바람이 생겨났고, 세상은 한층 더 황폐해졌죠. 부녀가 모두 제물이라니, 훈훈하네요. 뭐. 제물 선정은 철저히 실적으로 결정하니까 미주 씨가 그 집순이에게 사인을 받기만 했어도 이리되지는 않았을 테지만. 이것도 다 운명 아니겠어요?"

마 실장이 산뜻하게 말을 마쳤다. 뒤늦게 이 상황이 진짜라는 걸 깨달은 미주가 몸을 꿈틀대며 비명을 질렀다. B급 오컬트영화 세트장에 들어와 있는 것 같았다. 평소와는 다르게 어딘가 흐리멍덩한 마 실장의 눈까지도 전부 연기 같았다.

"뭐, 뭐 하려고요? 미친, 완전히 미친 거 아니야? 제물? 신? 종말? 그게 다 뭔데? 여기 그냥 다단계 회사 아니었어?"

"그냥 다단계는 아니죠. 신의 은총이라는 차별화를 가진 다단계 회사지."

미주는 싱긋 웃는 마 실장을 향해 욕설을 내질렀다. 목이 쉴 때까지 살려달라고 비명을 질렀다. 미주의 외침은 넓은 지하 공간을 돌고 돌아 다시 그녀에게로 돌아왔다. 구하러 오는 이는 없을 것이다. 생각해보면, 매사가 거짓이던 자신을 누군가가 구하러 온다는 게 말이 되지 않았다. 죽는대봐야 슬퍼하는 사람도 없을 것이다. 갑자기 모든 의욕이 사라졌다. 욕하는 것도 지쳐버린 미주가 잔뜩 쉰 목소리로 마 실장을 향해 물었다.

"당신은 어째서 종말을 바라는 건데요?"

"그야……."

마 실장은 당연한 것을 묻는다는 듯이 답했다.

"난 먼지의 신이었다가 재앙의 신이 되었지. 그리고 이젠 종말의 신이 될 거야. 그게 더 멋있으니까."

"멋?"

"신으로 태어났는데 한 번도 추앙받지 못한 내 처지를 한낱 인간인 네가 이해하겠어? 늘 태양의 신, 하늘의 신, 땅의 신, 물의 신만 신 취급이지. 난 이제 먼지의 신이 아니라 종말의 신이야. 모든 인간들이 날 무서워하고, 숭배할 거야. 날 이렇게 만든 건 인간들이라고."

마 실장은 억울하다는 듯이 미간을 구기며 말했다. 꼭

엄마가 동생이랑 나 차별해, 라고 말하는 어린애 같은 말투였다. 그녀는 좀 전과 사뭇 다른 분위기로 덧붙였다. 마치 다른 사람처럼.

"여기까진 신의 입장. 말했다시피 전 대리인이에요. 서로 간의 이득을 위해 계약을 맺었거든요. 저 같은 경우엔, 그래야 우리 제품이 더 잘 팔릴 테니까요. 특히 영양제, 실적이 너무 안 좋아요."

영양제, 고작 영양제. 내가 그렇게 많이 팔았는데. 영양제가 안 팔리는 이유는 효과가 없어서잖아! 미주는 억울함에 입술을 씹었다. 좀 더 멋있는 신이 되기 위해 종말을 불러온다는 먼지의 신이나, 효과 없는 영양제를 판다고 신인지 악마인지 모를 것과 계약을 맺은 마 실장이나 전부 제정신이 아니었다. 어쩌면 마 실장이 그냥 미친 사람일 수도 있고.

"이번 단계엔 피를 흘릴 제물이 필요해요. 나머지는, 지금쯤 분주히 화형식을 준비하고 있답니다. 까만 재가 되어 날릴 때까지 고통은 없을 테니 걱정하지 말아요. 미주 씨도 마찬가지예요. 심장을 꺼내기는 할 테지만, 아프지는 않을 거예요. 저는 가학을 즐기는 사람이 아니거든요. 필요에 의해서 하는 거지."

마 실장이 싱긋 웃으며 다가와 기다란 손가락으로 목을 눌렀다. 압박감에 거친 숨이 새어 나왔다. 미주는 눈을 감았다. 가망이 없어 보였다. 이대로 끝. 종말이 오기도 전에 끝. 미주는 눈을 감은 채, 쇠를 가는 듯한 소리를 내며 마 실장을 향해 체념한 목소리로 말했다.

"제가 죽으면요, 그러니까 제물로 바쳐지면 마지막 소원 하나는 들어줘요. 심장까지 주는데 그 정도는 할 수 있잖아요. 마지막으로 작업했던 수안이에게 제 핸드폰으로 메시지 하나만 보내주세요. 한 통 보내긴 했는데 영 짧은 거 같아서. 널 등쳐먹어서 미안해. 넌 대부분 한심하고 가끔 사랑스럽지만 잘 살 거라고요."

"싫어요. 종말의 신은 그런 멋 없는 부탁은 들어주지 않는답니다."

"씨발."

매정하긴. 마 실장의 기척이 더 가까워졌다. 미주는 감은 눈에 질끈 힘을 주었다. 먼 곳에서 빠르게, 통통 뛰듯이 다가오는 발소리에 이어 퍽, 거친 타격음이 났다. 그와 동시에 철퍼덕 사람이 쓰러지는 소리, 그리고 누군가의 거친 숨소리도. 분명 거친 숨소리인데 어딘가 말랑말랑하다. 이런 말랑말랑함의 소유자는 미주가 아는 사람 중에선 단 한 명

뿐이다. 하지만 그 사람이 이 자리에 있을 리 없다. 미주는 감았던 눈을 떴다.

"수안?"

7.

수안은 떨리는 손으로 미주의 사지를 묶은 밧줄을 풀었다. 아무 말도 하지 않았다. 미주 역시 아무 소리도 내지 못하고 입만 뻐끔거렸다. 얼굴에 당황한 기색이 역력했다. 당황한 건 수안도 마찬가지였다.

먼지바람이 일기 직전에 가까스로 미주의 회사에 도착했다. 그러나 문은 굳게 잠겨 있었고, 재난 경보 사이렌은 시끄럽게 울려댔으며 저 멀리 먼지바람이 다가오는 게 선명히 보였다. 수안은 암담한 상황에 정신이 아득해졌다. 하지만 2년 만에 밖에 나왔는데, 죽기는 싫었다.

방에 틀어박혀 살았던 2년 동안 키운 집요한 관찰력을 동원해 건물 외벽을 샅샅이 뒤졌다. 그러다 하수구 옆에 은밀하게 붙은 지하실 문을 발견했다. 내부는 평범했는데, 눈에 띄는 점이라면 막 청소를 마친 것처럼 깨끗하다는 사실과 회사 건물 지하에 있는 소각 기계였다. 창고로 쓰이는 곳 같아 잠시 잡기들 안쪽에 몸을 숨겼는데, 마침 마 실장이라는 사람이 정신을 잃은 미주를 데리고 들어온 것이다. 한참 동안 덜덜 떨다가 손에 잡히는 묵직한 걸 아무거나 쥐고 휘둘렀다. 일단은 미주를 살려야 한다는 생각이 먼저였다.

결박이 거의 풀렸을 때쯤, 미주가 믿을 수 없다는 목소리로 물었다.

"정말 너야?"

"그럼 누구겠어?"

수안이 다리를 휘청이는 미주를 부축하며 답했다. 묻고 싶은 말은 많았지만, 머릿속이 엉망진창이었다. 머릿속뿐만 아니라 상황도 엉망진창이었다. 느리게 고개를 끄덕이던 미주가 불쑥 손을 뻗었다. 그러고는 수안의 얼굴을 자유로워진 양손으로 문질렀다. 거칠고 푸석한 감촉이 닿았다. 가짜가 아닌 진짜였다. 미주가 입을 벌리고 중얼거렸다.

"말도 안 돼."

"뭐가? 말도 안 된다고 생각한 건 오히려 나야. 다짜고짜 미안해가 뭐야? 뭐가 미안한지, 왜 그런 생각이 들었는지, 무슨 마음이고 앞으로는 어떻게 하자는 건지 다 말을 해야 할 거 아냐!"

수안은 화가 난 목소리로 따져 물었다. 이렇게 화가 나는 건, 그리고 화를 내는 건 2년 만에 처음이었다. 그 순간 미주의 머리 위로 기다란 그림자가 졌다. 미주의 눈이 크게 떠지고, 그녀가 수안을 힘껏 밀쳤다. 끼익, 날 선 마찰음에 소름이 돋았다. 간발의 차로 마 실장의 단도가 미주의 팔을 스치고 맨바닥을 긁었다. 머리에서 피를 뚝뚝 흘리는 마 실장이 다시 단도를 높이 쳐들며 중얼거렸다.

"심장이 두 개여서 나쁠 건 없죠."

마 실장이 괴성을 지르며 달려들었다. 가로로 찢어진 미주의 팔이 보였다. 붉게 갈라진 틈으로 검붉은 피가 줄줄 흘러나왔다. 수안은 눈을 질끈 감고 미주를 뒤로 확 밀쳤다. 그와 동시에 눈에 핏발이 선 마 실장이 수안을 타고 올라 목을 졸랐다. 수안은 양손을 휘적이며 닥치는 대로 마 실장을 가격했다. 머리를 잡아 뜯고 얼굴에 주먹을 날렸다. 엎치락뒤치락하는 몸싸움이 이어졌다. 오랫동안 실내에서 생활한 탓에 체력이 빠른 속도로 떨어졌다. 이럴 줄 알았으면 운동 좀 해둘걸. 수안은 후회했다. 맑은 하늘도 못 보고 죽겠구나. 겨우 먼지의 신 손에.

수안의 위에 단단히 자리를 잡은 마 실장이 단도를 다

시 쳐들었다. 수안은 눈을 꾹 감았다. 마지막으로 보인 건, 섬뜩하게 빛나는 칼날과 그 뒤로 조심스레 다가가 서는 미주였다. 커다란 뭔가를 든 미주가 팔을 높이 쳐들었다. 퍽, 소리와 함께 마 실장이 앞으로 고꾸라졌다. 그 틈에 미주는 바닥에 구르던 삽을 들었고, 그걸로 다시 일어서려는 마 실장을 있는 힘껏 내려쳤다.

정적이 흘렀다. 수안은 축 늘어진 마 실장을 젖히고 몸을 일으켰다. 미주의 옆에 딱 붙어 서서 거친 숨을 몰아쉬었다. 마 실장의 머리에서 붉은 피가 철철 흘러나왔다. 금방이라도 마 실장이 다시 몸을 일으켜 덤벼 올 것만 같았다. 수안이 넋이 나간 목소리로 중얼거렸다.

"죽었을까?"

"모르겠어."

미주가 던진 것은 창고 구석에 쌓여 있던 재고품, 첫 출시 이후로 한 번도 리뉴얼하지 않아 엄청난 무게를 자랑하는 공기청정기였다. 마 실장은 꼼짝도 하지 않았다. 수안과 미주는 삽을 꼭 쥔 채, 쓰러진 마 실장 앞으로 조금씩 다가갔다. 마 실장의 손끝이 잘게 경련했다. 수안은 저도 모르게 짧게 비명을 지르며 삽을 빼어 들었다. 그러고는 있는 힘껏 쓰러진 마 실장을 향해 휘둘렀다. 둥근 수안의 얼굴에 핏방울이 튀었다. 미주가 손을 뻗어 그 붉은 점들을 닦았다. 또 다시 정적이 찾아왔다. 손에 힘이 풀리면서 삽이 요란한 소리를 내며 바닥으로 떨어졌다. 수안은 크게 숨을 내쉬었다.

마 실장은 일어나지 않았다. 정말 다 끝났나, 싶었을 때 공기 중에 어렴풋이 어떤 목소리가 울렸다. 그건 뭐라고 표현할 수 없는, 소리보다는 공명에 가까운 울림이었다. 저 높은 곳에서, 아니면 저 밑에서, 혹은 머릿속에서 들려오는 것 같았다.

나는 다른 재앙이 되어 돌아올 거야.

마 실장의 손끝이 잘게 경련하다가 탁한 빛으로 변하기 시작했다. 말단부터 바스러지더니, 말 그대로 먼지가 되어 사라졌다. 수안과 미주는 나란히 주저앉았다. 그리고 이제는 흔적조차 남지 않은 마 실장이 있던 자리를 바라봤다. 그렇게 한참을 있었다.

“널 등쳐먹어서 미안해. 넌 대부분 한심하고 가끔 사랑스럽지만 잘 살 거야.”

고요를 뚫고 미주의 목소리가 닿았다. 수안은 멍하니 미주를 바라봤다. 미주는 이미 수안을 보고 있었다. 마른 입이 달싹였다.

"그렇게 말하려고 했어."

수안은 느리게 고개를 끄덕였다. 그리고 답했다.

"알고 있었어. 나 호구 잡혔던 거."

"내가 다 잘못했어."

수안은 말없이 미주에게서 고개를 돌렸다. 마 실장이 있던 자리엔 먼지만이 남았다. 정말로 그들은 다시 돌아올 것이다. 먼지의 신은 다른 대리인을 찾겠지. 통쾌함이나 후련함 같은 건 없었다. 다만 어차피 삶은 계속될 테고, 그 사실이 버틸 만하다는 사실이 중요했다.

먼저 손을 내민 쪽은 수안이었다. 미주는 그 손을 맞잡았다. 수안은 다시 미주를 바라봤다. 미주 역시 수안을 바라봤다. 둘은 서로를 부축하며 일어섰다. 지하실을 빠져나가는 길에, 미주가 갑자기 생각났다는 듯이 말했다.

"버스에 탔던 사람들은 무사할까?"

"실은, 아까 너 묶여 있을 때 화형식 어쩌고 하는 말 듣고 119에 신고했어. 119는 직접 가지 않아도 신고가 가능하더라."

문을 열고 나오자, 평소보다 아주 약간 맑은 하늘이 그들을 반겼다. 먼지바람은 한동안 불지 않았다.

나쁜 꿈과 함께

Tropical Night

*

요한 하인리히 퓌슬리

니콜라이 아브라함 아빌고르드

그리고…… 프레디 크루거.

나는 저들의 이름을 기억한다. 왜냐하면 나도 모르는 내 모습을 저들을 통해 알게 되었기 때문이다. 1825년에 사망한 요한 하인리히 퓌슬리의 유채화에 따르면, 나는 온몸이 불쾌한 녹회색에 털이 없고, 귀가 뿔처럼 뾰족하며 굽은 등을 가지고 있다. 그건 1809년에 죽은 니콜라이 아브라함 아빌고르드의 1800년 작 〈악몽〉에서도 비슷하게 묘사된다. 두 그림의 차이가 있다면 표정이다. 전자가 고통스러워

하는 여자를 보며 악한 미소를 짓고 있는 반면 후자는 작은 눈을 무표정하게 빛내고 있다. 후자 쪽이 좀 더 섬뜩하게 느껴진다. 그리고 둘 중에 고르라면, 아마 나는 후자에 더 가까울 것이다. 그도 그럴 것이, 밥을 먹으면서 악한 미소를 지을 일이 뭐가 있단 말인가.

그리고 프레디 크루거. 프레디 크루거는 공포영화 〈나이트메어〉 시리즈의 살인마다. 어린아이들의 꿈속에만 출몰하는 몽마로, 불에 타 죽은 탓에 전신에 화상이 가득하며 중절모와 긴 손톱칼은 그만의 트레이드마크다. 언젠가, 나는 목표로 삼은 푸른 눈의 어린애를 따라다니다 그 영화를 함께 본 적이 있다. 앞의 그림들 속 나와는 비교가 되지 않을 정도로 끔찍한 캐릭터였고, 나는 좀 상처 입었던 거 같다. 그림은 그렇다 치더라도, 프레디 크루거는 너무 심하지 않나. 그런 생각을 했는데 그날 밤 푸른 눈의 어린애 꿈에서 나는 프레디 크루거가 되었다. 영화에서처럼 손톱칼로 그 애를 위협하고 킬킬 웃고 중절모를 쓴 채로 밥을 먹었다. 슬픈 식사였다.

그래서 나는 저 셋의 이름을 기억한다. 나조차 모르는 내 모습을 정성 들여 상상해준 자들, 그리고 이름 없는 나에게 붙여진 낯선 이름을.

어쨌든 확실한 건, 내가 정말 어떻게 생겼는지는 아무도 모른다는 것이다. 나조차도 내가 어떻게 생겼는지 모른다. 내 모습은 거울에 비춰지지 않아서, 나는 나를 제대로 본 적이 없다. 나를 표현한 인간들의 작품을 참고하여 아주 흉측한 생김새일 것이라고 추측할 뿐이다. 미지의 세계를 탐구하는 무수한 상상력 중에는 뒷걸음치다가 때려 맞히는 경우가 꽤 많으니까.

그런 내가 온종일 하는 일이라곤 무방비 상태의 인간 배에 올라타 심통을 부리고 식사를 하는 것이 전부다. 내가 너무 하찮은 존재라 이런 일을 하게 된 건지 아니면 이런 일을 하다 보니 이렇게 하찮아진 것인지는 모르겠다. 나는 매일 밤 악몽을 이끌고서 무구하게 잠든 이들의 꿈에 숨어든다. 그들의 악몽은 각양각색. 그들은 나를 통해 피하고 싶은 것을 마주한다. 그리고 도망치고 울고 소리 지르며 경련하지. 나는 태평하게 침대 위를 뛰놀며 그들에게서 착즙되는 공포와 불안의 기운을 먹는다. 그것이 바로 나를 유지하게 만드는 양분. 맛대가리 없는 식사다. 무슨 맛이냐고? 글쎄. 밍밍하다. 아마 고양이나 강아지들이 사료를 먹는 것과 비슷하지 않을까. 다른 것을 먹어본 적이 없으므로 맛이라는 걸 설명할 수가 없다. 하지만 온갖 우중충하고 시커먼 감정들이 과연 맛이 좋을까 싶다. 그냥 먹어야 해서 먹을 뿐이다. 초식동물인 판다는 고기 맛을 감각하는 신경이 없다고 하지. 태어나서 죽을 때까지 감자튀김밖에 먹지 않은 사람에게 최고급 생선회를 줘봤자 먹지 못하는 것과 같다. 식은땀을 흘리며 헐떡이는 인간을 보는 건 꽤 재밌다.

간혹, 식사 도중에 가위가 풀리는 경우가 있다. 악몽 속 인간은 늘 격렬하고, 그들은 살아 있으므로. 공포를 느끼는 것 또한 살아 있어야 가능하므로 온기를 지닌다. 온기를 지닌 인간의 손끝이 피부를 스치면 나는 화상을 입는다. 상처는 눈에 보이지 않지만 흡사 지글지글 타들어가는 듯한 열기가 피부를 점령한다. 살갗이 녹아내리는 끔찍한 화상. 보일러실의 프레디 크루거가 되는 기분이다. 그러므로 나는 인간의 손길을 조심해야 한다. 늘 명심하는 부분이지만, 실수라는 건 결국 저지르기 때문에 실수인 것이다.

* *

자하동 2길 36. 103동 303호.

내가 은성의 집을 선택한 이유는 간단했다. 베란다 창문 왼쪽 구석이 약간 깨져 있었기 때문이다. 모든 벽과 창을 자유롭게 드나들 수 있는 나라도 이왕이면 제대로 된 통로가 있는 곳이 좋다. 그건 마치 초대된 듯한 기분이 들게 하니까. 먹이가 이리로 오라고 손짓하듯. 그런 면에서 은성의 집은 아주 마음에 들었다. 깨진 창의 모양은 그것을 수리할 여유조차 없을 만큼 척박한 일상을 보여주듯 뾰족했으며 내부는 꼭 나를 위해 만들어놓은 것처럼 적당히 엉망진창이었다.

침입한 방을 보고 느낀 게 한 가지 더 있다. 아주 빼곡하다는 것이다. 은성의 8.5평짜리 집에는 여백이 없었다. LED등이 달린 천장을 제외하고는 모든 벽과 바닥에 자질구레한 것들이 늘어지고 덕지덕지 붙어 있었다. 여행지 관광 엽서, 물을 조금 줘도 자라지만 죽었을 때와 살아 있을 때가 큰 차이 없는 덩굴식물, 철 지난 아이돌 포스터, 각종 빵 속 띠부띠부실, 그리 잘 나온 것 같지도 않은 어린 시절 사진, 나온 지 1년이 넘은 잡지의 지면이나 색이 누렇게 바랜 책의 한 페이지. 그 방은 나에게 거대한 미련 덩어리처럼 보였다. 미련이라는 감정이 기이한 형태의 중력으로 작용하는 공간. 나는 은성이 정이 많은 성격일 거라고 추측했다. 정이 너무 많아서 넘쳐흐를 지경이라 버려야 할 물건 따위에도 정을 붙여버리는 것이다. 정이 많다는 건 오랜 시간 쌓아온 나의 데이터로 보았을 때, 멍청하다는 뜻과 동일했다.

그중에서도 가장 눈에 띄는 건 인형이었다. 아무래도 나는 주 활동 공간인 침대를 유심히 볼 수밖에 없었는데 침대 역시 누울 공간이 있긴 한가 싶을 만큼 오만 잡동사니로 가득 차 있었다. 캐릭터 인형, 나뭇잎 모양 쿠션, 동그랗거나 기다란 베개 등 온갖 종류의 폭신폭신한 것으로 말이다. 내가 다른 몽마에 비해 오래 산 것은 아니지만 그렇다고 어린 것도 아니다. 은성의 방은 지금껏 보아온 다른 성인의 자취방과 비교했을 때 확실히 유별났다. 음, 뭐라 설명할 수는 없는데 최고로 구질구질하다는 면이 그랬다. 은성은 구질구질했다.

이상하다는 생각을 뒤로하고서 나는 다시 목표물을 관찰했다. 은성은 침대머리맡에 턱을 괸 채 목이 다 늘어나다 못해 해진 티셔츠에 시장에서 파는 5000원짜리 냉장고 바지를 입고 있었다. 핏발 선 안구와 다크서클은 일반적인 사회인의 증표였고, 지쳐 보이는 얼굴에 은은한 주근깨가 수놓아져 있었다. 자리에서 일어난 그가 서랍을 뒤지더니 전신 거울 앞으로 향했다. 그러고는 고개를 쳐든 채 인공 누액을 넣으며 누군가를 향해 말했다.

"나 오늘 아르바이트 잘렸다? 내일부터 긴축재정에 들어가겠지만 불쌍해하지는 마. 오히려 홀가분해. 카페 사장 완전 또라이였잖아."

나는 서둘러 주위를 살폈다. 은성의 귀에는 이어폰이 꽂혀 있지도 않았고, 핸드폰은 구석에 뒤집힌 채로 충전 중이었다. 혹여 강아지라도 있는 걸까 싶어 곳곳을 뒤졌다. 흰 개는 몽마에게 위협적이다. 하지만 방 안에는 은성과 나뿐이었다. 나는 은성의 혼잣말이라고 결론 내렸다. 취침 준비를 마친 은성이 다가와 침대에 풀썩 주저앉았다. 그러고는 내 옆에서 멍청한 표정으로 실실 웃고 있는 강아지 인형을 확 끌어안으며 중얼거렸다.

"아, 잘리는 판에 욕이라도 한바탕 해줬어야 했는데. 너도 그렇게 생각하지?"

은성은 그 이후로도 대략 30분가량을 혼자 조잘조잘 떠들었다. 저게 뭐 하는 짓인가 싶은 생각이 들 정도였다. 혼잣말을 하는 인간은 종종 있었지만 은성은 좀 심했다. 나는 인형 무더기 사이에 몸을 숨긴 채 은성이 잠들기를 기다렸다. 구질구질한 미련 덩어리 공간 안에 있다 보니 기운이 빨린 탓인지 배가 고파졌다. 거울에도 비춰지지 않는 내가 인간들 눈에 보일 리 없건만, 어째선지 은성은 조심해야 한다는 생각이 들었다.

은성은 여느 인간들처럼 이불을 목까지 뒤집어쓰고 어둠 속에서 한참 동안 핸드폰 불빛을 쐬다 스르르 잠이 들었다. 이젠 나의 시간. 나는 멍청한 표정의 인형들 틈에서 나와 코를 고는 은성의 이불 위로 기어 올라갔다. 그리고 그의 귀에 꿈의 언어를 속삭였다. 은성은 얼마 지나지 않아 내가 지배하는 꿈의 영역에서 눈을 떴다.

이번에 나는 어떤 모습을 하고 있을까.

저번에는 눈알을 턱까지 늘어뜨린 채 목을 조르는 귀신이었고, 언젠가는 프레디 크루거였다. 또 며칠 전에는 회칼을 든 살인마였으며 거대한 괴물 개구리거나 경위서를 펄럭이는 상사, 무표정의 애인일 때도 있었다. 인형에게 한 말로 보아 아르바이트가 좋지 않게 끝난 것 같으니, 어쩌면 카페 사장이 나올 수도 있을 것이다. 나는 다시 한번 은성에게 꿈의 언어를 읊었다. 잠든 지 얼마 되지 않아 혼곤해진 시선이 점점 또렷이 나를 향했다. 그 눈에 경악이 물드는 걸 나는 뿌듯하게 지켜보았다. 은성이 식은땀을 흘리며 입을 달싹였다. 그의 목구멍을 거쳐 가늘게 들려오는 음성에 귀를 기울였다.

"곰. 곰이야?"

곰? 맹수 곰을 말하는 걸까? 어디선가 불곰이 캠핑을 하던 일가족을 갈가리 찢어 죽였다는 소식을 들었다. 하지만 현대인의 악몽치고는 어딘가 좀 약한데. 게다가 이상할 만큼 몸이 가볍다. 그제야 나는 은성의 공포에 맞추어 변한 내 모습을 확인했다. 팔다리가 짧고 뭉툭했으며 배에는 흰 털이 자라났다. 그 외의 부위는 핫초코를 떠오르게 하는 부드러운 갈색이었다. 그건…… 진짜 불곰도 아니고, 그냥 곰도 아니고, 곰 인형이었다. 은성이 팔을 뻗어, 나를 와락 껴안으며 중얼거렸다.

"보고 싶었어. 어디 갔었던 거야?"

뭔가 잘못되었다. 가위는 또 언제 풀린 거지? 아니면 애초에 제대로 걸리지 않은 걸까. 물론 태생적으로 가위에 걸리지 않는 체질의 인간들이 있긴 했다. 그 경우는 별다른 문제가 아니었다. 중요한 건 어째서 끔찍한 괴물이나 죽이고 싶은 상사가 아니라 고작 곰 인형이냐는 것이다.

살아 있는 것은 부드럽고 말랑하며 따뜻하다. 그 부드럽고 말랑하고 따뜻한 피부가 나를 감싸자 죽을 것 같았다. 힘은 또 어찌나 센지 숨까지 막혔다. 온몸이 지글지글 타고 있었다. 이러다 정말 프레디 크루거가 되어버릴지도 몰라.

나는 은성에게 더 이상 해줄 말이 없었다. 나는 진짜 곰 인형이 아니라 곰 인형의 껍데기를 뒤집어쓴 배고픈 몽마다. 몽마로서의 역할조차 제대로 수행하지 못한 몽마. 몽마가 더 이상 나쁜 꿈을 불러오지 못하면 어떻게 되지?

인간들은 나를 통해 가장 피하고 싶은 것을 본다. 이 시스템에는 오류가 없다. 내가 곰 인형으로 변했다는 건 은성이 가장 피하고 싶은 게 이 곰 인형이라는 뜻이었다. 하지만 지금 은성은 무서워하기는커녕 환하게 웃고만 있다. 이래서는 내가 배를 채울 수가 없다. 나는 뭐라도 하기 위해 몸을 일으켰다. 방방 뛰든, 괴성을 지르든, 공포심을 불러일으킬 만한 무슨 짓이라도 해야 했다.

그 순간이었다. 내 뭉툭한 왼쪽 팔이 툭 바닥으로 떨어지면서 실밥과 솜뭉치가 튀어나왔다. 은성이 당황한 채 몸을 떨어뜨렸다. 그제야 좀 숨이 트였다. 나를 바라보는 은성의 표정이 점차 어두워졌다. 먹음직스러운 공포와 슬픔의 냄새가 풍겨 오기 시작했다.

내가 움직일 때마다 곰 인형은 점차 낡아갔다. 팔이 떨어지고, 엉덩이 실밥이 터져 솜이 비어져 나오고, 귀가 떨어지고, 흠집으로 탁해진 눈알이 빠졌다. 처음에 탱탱했던 솜과 깨끗한 헝겊을 가졌던 곰 인형은 곧 쓰레기 더미에서 굴러다니는 누더기 같은 몰골이 되었다. 은성의 표정이 차갑게 굳었다.

"내가 버린 게 아니야."

그제야 좀 아귀가 맞는 듯했다. 뭐, 어렸을 때 잃어버린 곰 인형이 좀비 같은 모습으로 돌아오는 것도 악몽이라면 악몽이지. 어쩌면 새 인형이 가지고 싶어서 오래된 곰 인형을 몰래 버린 기억이 떠오른 것일 수도. 은성의 방을 보았을 때 그는 사소한 것에 의미 부여를 크게 하는 성격일 테고, 그런 성격은 쉽게 죄책감을 가진다. 드물지만 아예 없는 경우는 아니었다. 죄책감은 공포와 아주 긴밀하게 이어져 있으니까. 어린 시절에 소중한 뭔가를 상실한 경험은 그게 무엇이든 간에 흔적을 남긴다. 그게 인형이든, 물건이든, 사람이든, 강제로 잃은 것이든, 혹은 제 손으로 놓아버린 것이든. 좀 보잘것없고 쓸데없이 귀여운 기분이 들지만 뭐 어때. 나는 어차피 식사만 하면 끝이다. 가여운 나의 한 입 거리 식사. 어딘가 어정쩡한 기분으로 식사를 시작했다. 낡디 낡은 곰 인형의 몸으로 침대를 활보하며 은성에게서 흘러나오는 부정적인 감정들을 배 속으로 욱여넣었다. 비루한 곰 인형의 악몽에 비해 은성의 감정들은 꽤 농도가 짙어서, 오랫동안 씹고 음미하며 즐길 수 있었다.

식사는 만족스러웠다. 그런데 은성에게 잠가루를 뿌리고 들어왔던 깨진 창 구멍으로 나가려는 찰나, 은성이 금방이라도 감길 듯한 눈을 하고는 양팔을 뻗었다. 껴안을 것을 찾는 듯했다. 나는 은성의 침대 위 친구들 중 강아지 인형을 집어 들어 그의 손에 닿는 곳으로 다가갔다. 평소 같았으면 베풀지 않았을 배려였다. 올려놓고만 나올 계획이었다. 그런데 은성이 갑자기 손을 휘적거리더니, 강아지 인형이 아닌 나를 붙잡는 것이 아닌가.

잠가루에 취한 사람의 악력이라고는 보기 힘들 정도로 아주 억센 손길이었다. 너무 당황한 나머지 빠져나가거나 도망칠 생각도 못 한 채 그대로 굳어버렸다. 식은땀이 말라붙은 은성의 피부와 숨결이 그대로 내 몸에 닿았다. 이건 너무 낯설고 괴로운 감각이었다. 한참을 안겨 있었다. 잠자리를 지켜주는 작고 귀여운 곰 인형처럼. 프레디 크루거가 아니라, 곰 인형처럼.

은성은 얼마 지나지 않아 곯아떨어졌다. 완전히 잠들기 전, 그는 품안의 나를 보며 두어 번 눈을 깜빡였다. 그리고 더 꽉 붙잡았다. 집어 던지거나 내팽개치지 않고. 그가 나를 곰 인형으로 보았을지, 아니면 못난 원래 모습으로 보았을지는 알 수 없었다. 하지만 아마 전자였을 것이다. 분명히 그렇다. 사람들이 곰 인형을 껴안는 건 귀여워서다. 아무도 은성이 곰 인형에게 하듯 나를 껴안아주지 않는다.

나는 어두운 밤하늘을 달렸다. 건물과 건물 사이를 넘어, 전봇대와 쓰레기 수거 차량을 지나, 아직 불이 켜진 사무실과 휘황찬란한 유흥가의 네온사인을 지나 달렸다. 은성이 닿았던 곳들이 타들어가는 것 같았다. 아이러니한 건, 은성이 닿은 부분이 너무 뜨거워서 나머지 부분이 너무 차갑게 느껴진다는 것이었다. 어떻게 생겼는지도 모르는 몸이 너무 뜨겁고 너무 추워서 견딜 수가 없었다. 이상한 건 그뿐만이 아니었다.

그렇게 달렸으니 다시 배가 고파질 만도 하련만, 허기가 지지 않았다. 눈앞에 은성의 구질구질한 집과, 그의 감겨지는 눈 사이 눈동자가 아른거렸다. 그건 보기만 해도 배가 부른 신기한 감각. 문득 내일도 내가 은성의 집 창 구멍을 통과하게 될 거라는 예감이 들었다. 몽마가 이틀 연속으로 찾아오다니 은성에게는 안 된 일이지만 내 알 바는 아니다.

밤새도록 붉게 빛나는 커다란 교회의 십자가 꼭대기에 앉아 그런 생각을 했다. 은성이 낡아가는 곰 인형을 보고 괴로워한 것은, 기억 속의 그 순간으로 다시는 돌아갈 수 없다는 실감 때문이 아닐까 하고. 낡아 없어진 곰 인형은 다시 돌아오지 않으니, 어쩌면 내가 보여준 악몽은 그저 그런 악몽만은 아닐 수도 있겠다고. 물론 아니라 해도 상관은 없다.

* * *

역시 속을 알 수 없는 어른보다는 어린애들을 상대하는 게 속이 편하다. 다음 날, 나는 연한 공포를 야금야금 처먹을 생각으로 아파트 단지를 돌고 있었다. 딱히 마음에 드는 먹잇감을 찾지 못해 초조한 마음이 들 때쯤, 누군가 단지에 입점한 프랜차이즈 카페 문을 열고 나왔다. 은성이었다.

"조금만 고민해보고 연락드릴게요."

면접을 보고 나온 것인지, 매니저에게 고개 숙여 인사한 은성은 집 방향으로 터벅터벅 걸어갔다. 나는 홀린 듯이 그를 따라갔다. 몽마가 먹이에게 홀리다니 웃긴 일이다. 왜 그랬는지는 나도 모른다. 그냥 그러고 싶었다. 세 걸음마다 한 번씩 한숨을 내쉬던 은성이 집을 코앞에 두고 별안간 멈춰 섰다. 편의점 인형 뽑기 기계 앞이었다. 희미하게 불빛을 내뿜는 낡은 기계를 바라보며 그가 중얼거렸다.

"딱 한 판만."

은성은 동전을 꺼내 들고서도 한참을 망설였다. 그러다 결국 한결 결연한 얼굴로 동전을 집어넣었다. 유치한 멜로디가 뽑기의 시작을 알렸다. 나는 뽑기 기계 위에 걸터앉아 그의 실없는 짓을 관람했다. 은성은 계속 놓쳤다. 놓치고 놓치고 또 놓쳤다. 당최 제대로 잡는 게 뭔가 싶을 만큼 놓쳐댔다. 현금이 모자라 편의점에서 돈을 빼 오기까지 했건만 잡히는 게 없었다. 그는 거의 울 것 같은 표정이었다.

은성이 9500원을 날리고 마지막 500원을 넣었을 때, 나는 전날 밤 식사에 대한 보답으로 딱 한 번만 도와주기로 결심했다. 뽑기 안 집게가 삐걱대며 이동했고, 은성은 초조하게 입술을 씹어댔다. 나는 어디든 통과할 수 있는 몸이라 기계 안에 들어가 그가 뽑고 싶어 하는 듯했던 병아리 인형을 들어 올리고서 집게를 따라 출구까지 함께 걸었다. 아무리 힘이 없는 몸이라지만 이런 인형쯤이야.

툭, 소리와 함께 병아리는 무사히 기계를 탈출했다. 너무 오래 뽑기 기계 안에 있었던 탓에 색이 바래고 실밥은 정교하지 못한, 멍청한 얼굴의 병아리였다. 그게 꼭 은성과 닮아 보이기도 하고. 제 손바닥만 한 병아리 인형을 쥐고서,

은성은 웃는 것도 우는 것도 아닌 요상한 표정을 지었다. 뭐랄까, 울려고 했는데 눈치 없이 인형이 나와버려서 울지도 못하게 된 얼굴이었다. 은성이 병아리에게 말했다.

"우리 집에 가자."

나는 사실 은성에게 한심하고 멍청하다고 할 군번이 못된다. 그럴 리가 없는데도, 저 말이 꼭 나에게 하는 말 같았기 때문이다. 은성은 병아리를 주머니에 집어넣고서 다시 집을 향해 걸었다. 창문 한편이 뾰족하게 깨져 있는 집으로.

나는 계속 그를 따라 걸었다. 결국 어제의 예감이 맞은 것이다. 나는 오늘도 그의 침대에 악몽을 가져가겠지. 배를 채워야 하니 어쩔 수 없다. 오늘 밤, 또다시 그에게 가위를 걸고 꿈의 언어를 속삭여 제일 피하고 싶은 것을 보도록 하겠지. 어제와 같이 누더기로 변하는 곰 인형일 수도, 결국 다른 직원을 구했다고 말하는 카페 매니저일 수도, 집세를 달라고 재촉하는 집주인일 수도 있겠다. 어쩌면 예상보다 많이 찍힌 가스비 고지서로 변할지도 모른다. 하지만…… 이왕이면 어제와 같이 곰 인형이었으면 좋겠다. 더 누더기여도 좋고 다른 인형이어도 되니 최대한 불쌍하고 귀여웠으면 좋겠다. 오늘은 가위를 일부러 걸 것이다.

은성은 어느샌가 주머니에서 꺼낸 병아리 인형을 손끝

에 달랑이며 걷고 있었다. 나는 묵묵히 그의 옆을 함께 걸었다. 간혹 누런빛의 가로등이 깜빡였는데, 아주 찰나의 순간 담벼락에는 은성의 그림자 옆에 꼬리가 기다란 내 그림자가 함께 비쳤다. 은성이 그것을 보았는지는 알 수 없었다.

유니버설 캣숍의 비밀

Tropical Night

그해 SNS엔 유독 고양이를 찾는다는 글이 많이 보였다. 사라지는 고양이들이 하도 많아서 〈9시 뉴스〉에 나올 정도였다. 나도 그 뉴스를 봤다. 딱딱한 인상의 중년 남자가 참담한 목소리로 말했다.

'고양이들이 사라지고 있습니다.'

정말이었다. 어떤 기준이나 특성도 없이, 무작위였다. 고양이들은 거리에서, 집에서, 침대에서, 소파에서 사라졌다. 직접 문을 열고 나가기도 했고 그냥 갑자기 눈 깜빡하는 사이에 없어지기도 했다. 집고양이만이 아니었다. 길고양이들도 확연히 줄어들었다. 가출인지, 납치인지조차 몰랐다. 도시 곳곳을 빨간 눈의 CCTV들이 지켜보고 있었지만 한번 사라진 고양이들은 어느 화면에도 잡히지 않았다.

이때다 하고 고양이 전문 탐정들이 우수수 생겨났으나 돌아오는 고양이는 단 한 마리도 없었다. 고양이 탐정들은 금방 망했다.

여러 가지 음모론이 돌았다. 그중 제일 화제를 불러 모은 건 세상에서 고양이를 멸종시키려는 사이비 세력이 등장했다는 이야기였다. 평소에 고양이를 학대하는 사람들이 조직적으로 움직이기 위해 종교의 모습을 갖추었다는 것이다. 온갖 동영상 플랫폼에 자극적이고 불분명한 영상들이 판쳤다. 그 소문 탓에 막 크기를 불리기 시작한 사이비 종교 몇 개가 무너졌다. 그러나 사라진 고양이들은 돌아오지 않았다.

고양이들은 어디로 갔을까?

가족을 잃은 사람들은 슬퍼했고, 지쳐갔다. 도시는 우울에 잠겼다. 전봇대에는 고양이를 찾는다는 전단지가 빼곡하게 붙었다. 하나 건너 하나꼴로 그 앞에서 눈물을 흘리는 사람들이 있었다.

나도 그중 하나였다. 전단은 붙인 지 며칠밖에 되지 않았는데 그새 너덜너덜해졌고, 내 전단 위로 다른 실종 전단들이 덕지덕지 붙었다. 간신히 보이는 사진 속 체다의 얼굴도 함께 너덜거렸다. 나는 그 위에 새 전단지를 겹쳐 붙였다. 통통한 얼굴의 치즈태비가 네모 안에 누워 있었다. 체다, 나와 8년을 함께 산 내 가족.

* * *

체다가 사라진 건 지극히 평범하고 평화로운 주말 오후였다. 헬스장에서 돌아왔을 때 체다는 소파 위에서 낮잠을 자고 있었다. 부드러운 털로 덮인 배가 어떤 소박한 리듬으로 오르내릴 때마다 갈색 점이 박힌 코에서 기분 좋은 소리가 났다. 광목 커튼 너머로 비치는 햇살은 따스했으며, 체다가 구경하기 좋아하는 베란다 밖에서는 어린애들이 뛰노는 소리가 났다. 그때 나는 생각했다. 이 장면을, 이 순간을 평생 기억하고 싶다고. 평생, 이라는 단어가 따라붙자 자연스럽게 체다의 시간과 내 시간이 똑같이 흐르지는 않는다는 데 생각이 미쳤다. 언젠가는 우리 둘 중 누군가 혼자 남는 날이 오겠지. 인간과 반려동물의 관계란 그런 거니까. 하지만 따져보면 사람과 사람 사이라고 딱히 다른 것도 아니다.

나는 미래를 상상했고, 그러자 갑자기 슬퍼졌다. 체다의 옆에 앉아 등을 쓸어내리자 잠에서 막 깨어난 체다가 늘어지게 하품을 하며 눈을 깜빡였다. 그러고는 폴짝 내 무릎 위로 올라와 몸을 바르작댔는데, 그게 꼭 내 기분을 풀어주려는 몸짓같이 느껴져 피식 웃음이 나왔다. 무릎 위에서 뒹굴던 체다가 문득 얼굴을 들었다. 크고 맑은 눈이 허공을 보며 빠르게 움직였다. 내 눈에는 보이지 않는 먼지나 작은 벌레를 발견했을 때의 반응이었다. 체다가 다시 몸을 일으켜 폴짝 소파 앞 좌식 테이블 위로 뛰었고, 이번엔 갑자기 나를 빤히 바라봤다. 마치 내 생김새를 꾹꾹 눌러 담으려는 것처럼. 그에 나는 콧등에다가 입을 맞춘 후, 씻기 위해 욕실로 향했다.

그리고 그게 마지막이었다.

씻는 동안 물소리 사이로 희미한 전자음을 들은 것 같았다. 문득 체다가 내 입맞춤을 적극적으로 피하지 않은 게 처음이라는 생각이 들었다. 체다는 예민해서 내가 자신의 얼굴에 입을 가져다 대는 걸 극도로 피했었다. 솜방망이치고는 묵직한 주먹을 날리거나, 손톱을 세울 때도 있었다. 나는 콧노래까지 흥얼거리며 씻은 후, 체다의 이름을 부르며 욕실을 나왔다. 거실에 체다는 없었다. 집 안 곳곳을 샅샅이 뒤졌다. 분명히 잠갔던 현관문이 살짝 열려 있었다. 집 밖도 뒤졌다. 체다는 없었다.

나는 체다를 찾기 위해 할 수 있는 모든 방법을 다 썼다. SNS에 올리고, 전단지를 만들어 붙이고, 고양이 탐정을 고용하고 유기묘 보호소를 누볐다. 체다는 나타나지 않았다. 그렇게 난리를 치면 뭐라도 들어올 법하건만, 어떤 소식도 없었다. 그야말로 증발한 것처럼 사라졌다. 가끔 사례금을 보고 신고 전화가 오긴 했으나 막상 확인해보면 다른 고양이였다.

하루는 집에서 온종일 울기만 했다. 내 안에 그렇게 많은 눈물이 있다는 게 신기했다. 너무 울어서 눈가가 짓무를 정도가 되어서야 간신히 잠들 수 있었다. 그 와중에도 가슴 한쪽을 짓누르는 죄책감에 불쑥불쑥 잠에서 깨기 일쑤였고, 그럴 때마다 나는 따뜻한 털 뭉치가 사라진 침대 위를 한동안 응시하다 다시 잠이 들었다.

얕은 꿈속을 오랫동안 부유했다. 그러다 보면 정신없이 뒤바뀌는 장면의 어느 한 순간에서 체다를 만날 수 있었다.

꿈에서 체다는 내 머리맡에 앉아 있었다. 직전까지 검은 파도에 휘말리고, 마녀에게 얻어맞아 계단에서 굴러떨어지던 것에 비하면 설레는 시작이었다. 체다는 내 이마에 앙증맞은 발을 올리고는, 위로라도 하는 것처럼 위아래로

툭툭 두드린 뒤 입을 열었다. 작은 입에서 사람 말이 튀어 나왔다.

"너무 걱정하지 마. 나는 잘 지낼 거야."

체다가 내 콧잔등을 핥았다. 꿈속인데도 잠이 쏟아졌다. 간만에 굉장히 깊은 잠을 잤던 것 같다. 일어났을 땐 아침이었다.

* * *

체다가 사라지고 일주일이 조금 넘게 지났다. 나는 시간이 날 때마다 습관처럼 전단지를 들고 온 동네를 누볐다. 가방에서 전단지가 빠지는 날이 없었다. 아직 포기하기엔 이르다, 이르다…… 되뇌면서 다른 말을 잃어버린 유령처럼 걸었다.

그 캣숍을 발견한 건 '고양이를 잃어버린 사람들의 모임'에 다녀오는 길목에서였다. 정확히는 도망쳐 나오는 길이었다. 나는 나와 비슷한 사람들을 만나면 위로가 될 줄 알았다. 슬픈 사람들과 함께 슬픔을 나누면, 내가 가진 슬픔이 희석될 것이라고 생각했다. 나보다 먼저 슬퍼했던 이들로부터, 이 고통스러운 감정으로부터 조금이나마 벗어나는 법을 배울 수 있을 거라고 기대했다. 실상은 그 반대였다. 끔찍한 상실감에서 도망치는 법 같은 건 없다. 대신 슬픔에도 시너지가 있다는 사실을 나는 처음 알았다. 작은 체육관 한가운데에 둥글게 모여 앉은 사람들의 주위로 슬픔의 입자가 둥둥 떠다니는 것 같았다. 사람들은 돌아가면서 잃어버린 고양이에 대해 이야기했다. 대부분은 말을 끝마치지 못했다. 한숨과 오열이 마무리를 대신했다. 나는 내 순서가 오기도 전에 체육관을 뛰쳐나와버렸다.

한참을 또 울면서 걸었다. 길을 걷는 건지, 눈물 안에 갇힌 건지 헷갈릴 정도였다. 정신을 차렸을 땐 처음 와보는 낯선 동네였다. 서울에 이런 곳이 남아 있었나 싶게 황량한 곳이었다. 멀리 불빛이 보였다. 시야가 번져 보이는 탓에 형태는 알 수 없었지만, 그 불빛은 빨강에서 초록으로, 초록에서 노랑으로 색을 바꿔가며 깜빡였다. 보이는 대로 걸었다. 얼마 지나지 않아 눈앞에 네온사인 간판이 나타났다.

'유니버설 캣숍: 고양이 용품 전문'

나름 큰 규모의 창고형 건물은 위치가 영 애매했다. 버려진 공원과 망한 상가 사이에 덩그러니 놓여 있었는데, 눈이 아플 만큼 선명한 네온사인에 비해 내부는 황량해 보였다. 이런 곳에 누가 물건을 사러 오긴 하는 걸까? 가격이 도매급으로 저렴하지 않은 이상 손님을 모으기는 힘들 것 같았다. 어쩌면 인터넷 판매를 주력으로 하는 곳일 수도. 나는 코를 훌쩍이며 앞으로 나아갔다.

유리로 된 벽에는 고양이 장난감 광고들이 덕지덕지 붙어 있었다. 출시된 지 몇 년이 지난 제품의 광고지가 그대로 있었다. 문을 밀고 들어가자 카운터에 앉아 있던 직원이 일어나서 인사했다.

"찾는 거 있으세요?"

직원은 눈이 동그랗고 목소리가 가늘어서 꼭 고양이 같았다. '우주의 모든 고양이들을 위해'라고 적힌 티셔츠를 입고 있었다. 나는 퉁퉁 부은 눈으로 직원에게 가방에서 꺼낸 전단지를 내밀었다.

"제가 고양이를 잃어버렸는데요. 혹시 이렇게 생긴 고양이 보신 적 없나요?"

직원은 전단지를 꽤 오랫동안 바라봤다. 그동안 내 전단지를 귀찮다는 듯이 쳐내거나, '그깟 고양이 가지고 유난은'이라고 중얼거리며 한심한 표정을 짓던 사람들과는 달리 무척 진시한 얼굴이었다. 낯설기까지 한 반응에 어떤 기대가 생기려는 찰나, 직원이 안타깝다는 목소리로 답했다.

"요새 하도 고양이를 찾는 분들이 많아서…… 잘 모르겠어요. 죄송해서 어쩌죠."

"아니에요. 저도 이제는 그냥, 묻는 게 습관이라."

전단지를 내려놓고 옆을 바라봤다. 체다가 좋아하던 스틱형 간식이 잔뜩 진열되어 있었다. 그것을 몇 개 집었다. 그리고 내부를 느리게 둘러보았다. 황량한 인테리어와는 다르게 물건이 꽤 많았다. 특히 간식과 사료는 어디 해외에서 들여온 것인지, 처음 보는 언어로 쓰인 브랜드가 잔뜩이었다. 나는 아예 장바구니를 들고 홀린 듯이 그것들을 쓸어 담았다. 맛있는 것들을 잔뜩 쌓아놓으면 체다가 돌아오지 않을까. 그런 말도 안 되는 생각을 하면서.

"이것들 다 계산해주세요."

직원은 말없이 바코드를 찍었다.

양손 가득 쇼핑백을 든 채 가게를 나왔다. 차를 가지고 나온 게 아니어서 역까지 한참을 걸어야 했다. 슬슬 다른 상가들이 보이기 시작하자 문득, 뭔가 허전하다는 생각이 들었다. 초조한 마음에 쇼핑백을 내려놓고 가방을 뒤졌다. 전단지가 한 장도 없었다. 그제야 계산할 때 전단지 뭉치를 카운터에 내려놓았다는 사실이 떠올랐다.

잠시 망설였다. 전단지를 찾기 위해서는 한참을 되돌아가야 했다. 늦은 시간이라 어쩌면 막차를 놓칠 수도 있었다. 가게는 내일 다시 올 수도 있고, 그냥 전단지를 다시 뽑아도 된다. 그런데 어째선지 그렇게 하면 안 될 것 같았다. 인쇄된 종이 뭉치를 버리는 게 꼭 체다를 버리는 것처럼 느껴졌다. 나는 결국 뒤돌아섰다. 그건 내 노력과 슬픔과 상실감, 체다와 함께한 8년을 되찾기 위한 증거이기도 했다.

왔던 길을 그대로 따라 걸었다. 가게에서 나왔을 때보다 한참을 더 걸은 기분이 들었다. 다시 깜빡이는 네온사인 불빛이 보이기 시작했을 때, 나는 완전히 지쳐 있었다. 땅이 기력을 쪽 빨아먹은 것 같았다. 쇼핑백을 내려놓고 눈앞의 가게를 바라봤다. 조명이 전부 꺼져 있었다. 영업이 끝났나? 나는 당황해서 시간을 확인했다. 자정이었다. 짙은 낭패감이 몰려왔다. 이제는 울 힘도 없었다.

불 꺼진 캣숍은 꼭 낡고 거대한 박스 같았다. 가게 앞으로 다가가도 변하는 건 없었다. 입구는 굳게 닫혀서 열리지 않았다. 이정표처럼 환하게 빛나는 건 네온사인 간판뿐이었다. 나는 짐을 내려놓고 잠시 건물의 서늘한 외벽에 등을 기댔다. 땀을 식히며 택시를 부를지, 그냥 다시 걸을지 고민하는 와중에 기묘한 게 눈에 띄었다.

공원에서 나온 검은 무리가 이쪽으로 다가오고 있었다. 나는 재빠르게 코너로 몸을 숨겼다.

무리의 정체는 네온사인 아래서 드러났다. 나는 내 눈을 의심했다. 그건 못해도 스무 마리는 족히 넘을 것 같은 고양이 무리였다. 열과 행을 지켜 나타난 그들은 자연스럽게 건물 뒤쪽으로 향했다. 나는 벽에 몸을 붙인 채 조심스럽게 움직였다. 저 중에 체다가 있을지도 몰라. 그런 생각에 심장이 터질 것처럼 뛰었다.

곧 건물의 뒷면이 나타났다. 널브러진 쓰레기통과 잡동사니 사이로 녹색 철문이 보였다. 고양이들은 꼬리를 꼿꼿이 세운 채 그림자처럼 조용히 움직였다. 동작이 절도 있고 대열이 흐트러짐이 없어서 무슨 군대처럼 느껴졌다. 맨 앞열의 고양이들 중 하나가 슬쩍 문을 밀었다. 문은 기다렸다는 듯이 부드럽게 열렸다. 어두운 내부가 드러났다. 고양이들은 누가 뭐랄 것도 없이 안으로 훌쩍 뛰어들어갔다. 마지막 고양이가 안쪽으로 사라지고 철문이 닫히기 직전 나는 손잡이 끄트머리를 붙잡았다. 바스락거리는 쇼핑백은 밖에 던져둔 채 그들을 따라 안으로 향했다.

직원은 없었다. 고양이들은 계산을 기다리는 손님들처럼 카운터에서부터 일렬로 줄 서 있었다. 안쪽에서 삐걱거리는 소리가 났다. 나는 통조림 진열대 뒤쪽에 숨어 그들을 지켜봤다. 일렬로 선 줄이 점점 줄어들었다. 카운터 안쪽으로 들어간 고양이들은 다시 나오지 않았다. 그 안에 빨려 들어가는 구멍이라도 있는 것 같았다. 제일 마지막이던 검은 고양이가 카운터 안쪽으로 점프했다. 부딪치거나, 착지하는 소리는 나지 않았다. 나는 진열대 앞으로 나와서 고양이들이 사라진 곳을 바라보았다.

카운터 안쪽은 바닥이 뻥 뚫려 있었다. 깊숙한 아래로 향하는 계단이 있었고, 다른 통로와 이어져 있는 듯했다. 나는 한참을 망설이다가 결국 안으로 몸을 집어넣었다. 여기까지 온 이상 고양이들이 어디로 가는 건지 알아야 했다.

계단과 이어진 통로는 비좁았다. 내 체구가 아마 조금만 더 컸더라면 꼼짝없이 끼고 말았을 것이다. 네발로 기듯이 답답한 통로를 지나자 비교적 탁 트인 공간이 나타났다. 그래봤자 일어서면 머리가 닿는 높이긴 했지만.

공간의 정중앙에는 내 키보다 조금 큰 높이의 투명한 상자가 있었다. 그 앞에 튀어나온 빨간색 버튼을 누르자 지하 5층에서 올라온다는 표시가 떴다. 엘리베이터인 듯했다. 경쾌한 도착음과 함께 나타난 엘리베이터는 캡슐 알약을 세로로 세운 모양이었다. 크기도 굉장히 귀여워서, 내가 들어가자 천장까지는 아주 약간의 여유밖에 남지 않았다. 나는 고양이들이 내려간 지하 5층을 눌렀다.

캡슐은 놀이 기구를 타는 것처럼 빠르게 떨어졌다. 내 몸에 너무 딱 맞는 크기라 관을 타고 추락하는 것 같았다. 아래로 떨어지는 동안 지하 3, 4층의 모습이 스쳐 지나갔다. 영화에서 볼 법한 웅장한 연구소의 모습이었다. 캣숍 아래에 이런 공간이 있다니. 꿈을 꾸는 기분이었다. 하지만 진짜 꿈이면 안 될 일이다. 어쩌면 이곳에서 체다를 찾을 수 있을지도 몰랐다. 띵동, 목적 층에 도착했다는 알림음이 울렸다. 문이 열리자마자 캣숍 직원이 나를 반겼다. 이제 보니 눈동자가 노란색이다. 그가 말했다.

"역장님이 있는 곳으로 데려다줄게요."

* * *

직원을 따라 걸었다. 사방으로 믿을 수 없는 모습이 펼쳐지고 있었다. 타원과 직사각형 사이의 유선형 기계 안에 고양이들이 안전벨트를 매고 앉아 있었다. 출발을 기다리는 버스들 같았다. 그런 게 한둘이 아니었다. 적어도 수십 대는 되는 것 같았다. 나는 입을 벌리고 주위를 두리번거렸다. 캐리어를 끄는 고양이, 기계를 손보는 고양이, 슬픈 표정을 짓는 고양이…… 온통 고양이들이었다. 앞서가던 직원이 말했다.

"고양이 별로 돌아갈 준비를 하고 있는 거예요. 여기는 터미널이랍니다."

"고양이 별이요?"

"원래 탑승 수속을 시작하면 외부 종족은 출입이 금지되는데, 역장님이 전단지를 보고 마음이 흔들리셨나 봐요. 자세한 건 역장님에게 들으세요."

직원은 순식간에 흰 고양이로 변했다. 털이 길고 눈이 노란 흰 고양이가 앙증맞은 앞발로 눈앞의 문을 가리켰다.

나는 조심스럽게 손잡이를 돌려 밀었다. 엘리베이터만큼 문도 낮아서, 머리를 잔뜩 숙이고 들어가야 했다. 어린이용 책상 앞에 뒷짐을 지고 선 고양이가 보였다. 파란 모자와 재킷을 걸친 늠름한 고양이. 체다였다. 체다가 나를 올려다보며 말했다.

"눈이 팅팅 부어서 못생겨졌어, 은하."

* * *

"은하, 네가 이 터미널을 찾아낼 줄은 몰랐어. 영업시간이 끝나면 우리 이외의 종족들에게는 보이지 않도록 설정해뒀거든. 모드를 변경하는 데 걸리는 시간은 딱 1분이야. 너는 그 1분의 틈을 비집고 우리의 영역 안에 들어온 거야.

실은 집을 나오고 한 번 돌아간 적이 있어. 그래. 그 꿈 기억나? 그건 꿈이 아니라 진짜였어. 울고 있을 네가 너무 걱정돼서 잠시 들렀지. 아니나 다를까, 엉엉 울고 있더라고. 갓 태어난 생명 같았어. 곁에 있어주고 싶었는데…… 이렇게 떠나와서 미안해.

어디서부터 말해야 할까. 우리는 아주 먼 우주에서 왔어. 오래전에 본부를 틀고 지구에 섞여들었지. 지구만은 아니야. 우리와 비슷한 생명체가 살고 있는 모든 행성에 사찰단을 파견했어. 우리는 파견된 행성의 정보를 수집해서 우리 별로 보내는 일을 해. 그래, 내가 맨날 낮잠을 자고, 하루 종일 집 안에서 뒹굴기만 하는 것처럼 보여도 사실은 일을 하고 있었단 말이야. 게다가 난 직급도 높아서 굉장히 바빴다고. 예를 들면, 참치 간식의 제조법 같은 건 우리 행성에 정말 필요한 정보야. 그렇게 맛있는 건 처음 먹어봤어.

우린 꽤 오랜 시간 동안 공들여서 정보를 수집했어. 물론 그 과정에서 그냥 지구에 터를 잡아버린 동료도 있고, 좋지 않은 일을 당한 동료도 있지. 지구는 우리가 지내기에 마냥 좋은 행성은 아니었어. 좋은 인간이 많았지만 그렇지 않은 인간도 많았고, 그들이 만든 기계와 시스템, 사나운 원주민 고양이들까지 우리를 위협했지. 나도 내가 이 행성에서 이렇게나 오래 머물게 될 거라고는 생각지 못했어. 아, 우리는 지구 고양이들보다 훨씬 오래 살아. 아마 너보다도 오래 살 거야.

우리가 처음 만났을 때를 기억해? 험악한 지구 고양이들에게 둘러싸여 있던 걸 네가 도와줬잖아. 그때만 해도 난 너무 작았으니까. 나는 너와의 생활이 꽤 마음에 들었어. 너는 날 뚱뚱하다고 놀려대는 것만 빼면 꽤 다정한 룸메이트였으니까. 나를 쓰다듬는 네 손의 감촉, 나를 부르는 목소리 같은 게 다 좋았어. 너와 좀 더 함께하고 싶었는데……. 이번에 고향에서 급한 귀환 명령이 떨어졌어. 아무래도 좋지 않은 일이 생긴 것 같아. 외부 침략이라든가, 내부 분쟁이라든가 하는 머리 아픈 일들 말이야.

우리는 한 달에 걸쳐서 돌아갈 준비를 했어. 먼저 도착한 순서대로 우주선을 출발시켰지. 그리고 오늘이, 바로 마지막 우주선이야. 오늘을 기점으로 이 터미널은 문을 닫아."

체다가 말을 멈췄다. 나는 울먹이며 물었다.

"그럼 다시 돌아오지 않아?"

"나도 어떻게 될지 모르겠어. 고향에 가봐야 알 수 있을 것 같아."

"위험할 수도 있는 거지?"

"응."

체다가 쪼그려 앉은 나의 어깨를 위로하듯이 쓰다듬었다. 오랜만에 느껴보는 따뜻하고 말랑말랑한 감촉이었다. 그대로 체다를 안아 도망치고 싶었다. 고양이 별의 사정이고 뭐고, 그냥 나랑 살면 안 돼? 그런 질문이 목구멍까지 차올랐지만 애써 참았다. 체다의 두 눈에는 어떤 책임감이 서려 있었다. 집 안에 나타난 바퀴벌레를 잡아줬을 때처럼 단단한 눈이었다. 나는 체다를 품에 꽉 안으며 말했다.

"언제든지 돌아와. 기다릴게."

체다도 팔을 벌려서 내 목을 껴안았다. 부드럽고 따뜻한 털북숭이 팔. 이 온기를 오래오래 기억하고 싶다. 주머니에서 바스락거리는 소리가 났다. 손을 집어넣자 스틱형 참치 간식 한 세트가 나왔다. 무거운 짐을 조금이라도 줄이느라 겉옷에 욱여넣은 거였다. 나는 그걸 체다에게 건넸다.

"아껴 먹어."

체다가 간식을 받아 들며 말했다.

"너도 밥 거르지 마."

"나 원래 잘 먹잖아."

"야식은 좀 줄여. 건강에 안 좋대."

우리는 오랫동안 눈을 마주 봤다. 그 황금빛 눈 안에 우리가 함께한 8년이 고스란히 담겨 있었다. 역장실 문이 열리고 흰 고양이가 들어왔다. 거대한 엔진 소리와 덜덜거리는 마찰음이 들렸다. 체다와 내가 딛고 선 바닥이 진동하기 시작했다. 흰 고양이가 말했다.

"역장님, 출발 시간입니다."

체다의 팔이 손끝에서 멀어져 갔다. 나는 우주선으로 향하는 노란 고양이의 늠름한 뒷모습을 지켜봤다. 제일 큰 우주선의 맨 앞자리에 올라탄 체다가 나를 향해 손을 흔들었다. 나는 자리에서 일어나 우주선이 떠오르는 방향으로 달렸다. 지진이라도 난 것처럼 바닥이 흔들렸다. 바닥이 치솟고 있었다.

캣숍의 지붕이 열리고 까만 밤하늘이 나타났다. 우주선

들이 고요히 하늘로 떠오르기 시작했다. 나는 팔을 크게 흔들었다. 체다에게, 지구에 머물다 돌아가는 모든 고양이들에게 건네는 인사였다. 저들이 무사히 고향에 도착해 나름의 문제를 해결하길. 그리고 다시 평화를 되찾아 이 지구에 돌아오길 바라면서.

그것들은 순식간에 멀어져서 별처럼 반짝이다가 사라졌다. 나는 우주선들이 날아오르며 남긴 궤적을 좇았다. 떨어지는 별똥별이 아니라 날아오르는 별똥별들. 나에게 와줘서 고마웠어. 나는 홀로 부서진 캣숍 안에 남았다. 네온사인 간판엔 더 이상 불이 들어오지 않았다.

그날, 전 세계 곳곳에서 날아오르는 별똥별들이 목격되었다.

푸른 머리칼의 살인마

Tropical Night

*

현장을 처음으로 발견한 건 저였습니다. 베인 영주님의 머리에 도끼가 박혀 있었죠. 네, 맞아요. 영주님의 성에서 일하는 사람이라면 모를 리가 없는 그 도끼 말입니다.

젊은 영주님이 절벽 위의 성을 이어받은 지 5년이 좀 넘은 해였습니다. 성은 크리스마스임에도 불구하고 언제나처럼 침울한 분위기를 뽐냈습니다. 오랜 풍파로 인해 검다 못해 시커멓게 변해버린 외벽과, 외벽을 타고 올라가는 고대 괴물의 갈퀴를 닮은 덩굴은 음산함을 더했죠. 서재가 있는 성의 꼭대기 층에서는 마을과 성난 바다가 고스란히 내려다보입니다. 반대로 마을에서 보이는 성은 꼭 죄수들을 감시하는 첨탑을 닮았더군요. 대륙의 귀퉁이에 붙은 이 작은 마을은 다행스럽게도 바다와 가까운 덕에 규모에 비해 번성했지만, 전대 영주에 이어 젊은 영주 역시 과하게 세금을 걷는 탓에 사람들은 늘 굶주렸습니다. 그래서였을까요. 사람들은 영주의 죽음을 애도하기보다는 궁금해했습니다. 어떻게 된 사연인지, 범인은 누구인지. 또 절벽 위 성의 유령에 대한 소문이 진짜인지 말입니다.

하루가 멀다 하고 옆 마을에서는 마녀재판과 처형이 벌어지고, 또 어딘가에서는 무시무시한 전염병이 돌았다고 하죠. 이 마을에서는 수시로 젊은 여자들이 살해당한 채 발견되고요. 마을을 둘러싼 숲 깊숙한 곳에서는 악마와 마녀들이 집회를 열어 남편의 머리를 솥에 끓인 뒤 함께 뜯어 먹는다는 소문이 파다합니다. 이렇게 죽음이 흔한 세상임에도 이야기를 듣기만 하는 것과 직접 목격하는 건 천지차이더군요. 다시 성으로 돌아가보겠습니다. 차마 두 눈으로는 보기 힘든 참혹한 광경이었어요. 부릅뜬 두 눈이 저를 향하고 있었고, 영주님에게서 흘러나온 피가 동방에서 넘어온 카펫을 온통 붉게 물들였습니다. 카펫이 미처 다 머금지 못한 핏물이 바닥을 적시며 제 쪽으로 흘러왔어요.

다리에 힘이 풀린 저는 그대로 바닥에 주저앉았습니다. 엎친 데 덮친 격으로 들고 있던 상자를 떨어뜨리는 바람에 큰 소리까지 났죠. 상자 안에는 트리를 꾸밀 장식품들과 양초, 사탕 같은 것들이 들어 있었습니다. 크리스마스니 트리를 꾸미는 건 당연한 일과죠. 그게 아니라면, 제가 그 시간에 서재에 갈 이유가 뭐가 있겠습니까? 일일 잡부로 고용되긴 했지만 저는 원래 요리사인데요. 이 외딴 성에서 서재의 작은 나무를 신경 쓰는 건 오로지 저뿐이었답니다.

그 순간이 선명히 기억납니다. 상자 안의 장식품들이 피를 머금은 바닥 위를 나뒹굴었습니다. 피에 젖은 눈사람과 사슴, 그리고 십자가를 본 적 있습니까? 그 순간의 기억은……. 뭐랄까, 그 피 묻은 장식품들과 같았어요. 지극히 일상적인 장면을 비집고 불쾌하고 끔찍한 것들이 나타났죠. 저는 이전에도 이런 장면을 한 번 마주한 적이 있습니다. 그때는 시체뿐이었지만 이번엔 조금 달랐습니다. 맞아요. 저는 범인의 얼굴을 보았습니다.

어쩔 줄을 모르는 상태로 떨고만 있을 때였습니다. 나무 뒤에서 기척이 들려왔습니다. 불쑥 뻗어 나온 흰 손이 영주님의 머리 깊숙이 박혀 있던 도끼를 가뿐히 빼냈어요. 한쪽 발로 영주님의 하관을 지그시 밟아 고정시키고서요. 꼭 호박에 박힌 칼날을 빼내는 것처럼 깔끔하고 가뿐한 손길이었습니다. 정말이지, 군더더기가 없었어요. 그건 도끼는 아니지만 도끼와 엇비슷한 칼을 다뤄본 입장에서 보았을 때, 절대 한두 번 해본 솜씨가 아니었습니다. 이것만은 확실합니다. 저도 장작이나 호박처럼 단번에 쪼개기 힘든 걸 자를 때 그런 식으로 하거든요. 그리고 얼핏 흔들리는 청록색 드레스 자락이 보였습니다.

영주님을 그렇게 만든 범인이 아직 안쪽에 있다는 걸 안 순간, 이전까지와는 비교조차 할 수 없는 공포가 밀려왔습니다. 왜 소리를 지르거나 다른 사람들을 부르지 않았냐고요? 그건 한 번도 그런 상황에 닥쳐본 적 없는 이들이 내뱉을 수 있는 말입니다. 도망가야 한다는 걸 머리로는 알았는데 몸이 꼼짝도 하지 않았어요. 서재 안쪽에서 흘러나오는 어떤 질척하고 불길한 기운에 저는 압도당했습니다. 서재는 꼭 바깥 공간과 완전히 분리된 다른 시공간 같았죠. 그 안에서 영영 빠져나갈 수 없을 것만 같은 착각이 들 정도였습니다.

모습을 드러낸 살인마는 서서히 제 쪽으로 다가왔습니다. 고개를 숙이고 있었지만 소리만으로도 충분했어요. 살인마가 카펫 위를 한 발 한 발 내딛을 때마다 검붉은 피가 울컥였고 발소리는 점점 커졌답니다. 그사이, 제 시선은 제가 떨어뜨린 트리 장식품 중 하나에 고정되어 있었습니다.

트리의 맨 꼭대기에 다는 별에요. 영주님의 전 부인께서 나무를 깎아 손수 만들고 칠한 장식품입니다. 외로운 부인은 그런 식으로 시간을 보내곤 했거든요. 그 예쁜 샛노란 별의 다섯 모서리가 붉게 물들어 있었습니다. 마음이 아팠죠. 그 분이 얼마나 별과 트리를, 생일이었던 크리스마스를 기다리셨는데요. 특히나 트리를 꾸미고 가장 마지막에 별을 올리는 걸 무척 좋아하셨습니다. 손을 뻗어 별을 줍고 싶었지만, 차마 고개를 들 수 없었어요. 가위에 눌리는 것처럼 손가락 하나 까딱할 수 없었습니다. 그러는 사이에 도끼를 들고 다가온 살인마는, 제 앞에 가만히 멈춰 섰습니다. 어떤 미동도 없이, 가만히, 가만히…….

그녀는, 그러니까 살인마는 꼭 인간이 아닌 어떤 다른 존재 같았습니다. 고개를 들면 무언가 돌이킬 수 없게 될 것이라는 직감과 함께 이루 말할 수 없는 무게감이 제 사지를 짓눌렀습니다. 정수리에 꽂히는 시선이 고스란히 느껴졌어요. 금방이라도 날 선 도끼날이 제 머리를 쪼개버릴 것 같아 저는 결국 눈을 질끈 감고 말았습니다.

그렇게 얼마나 시간이 흘렀을까요. 살인마의 기척이 잠시 멀어지더니 다시 가까워지더군요. 차라리 기절하고픈 심정을 압니까? 결국 그 숨 막히는 고요에 패배한 건 저였습니다. 저는 참지 못하고 눈을 떴습니다. 가장 먼저 눈에 띈 것은 바닥에 놓인 도끼입니다. 살인마는 도끼를 내려놓고, 제 앞에서 허리를 숙인 채 뭔가를 하고 있었어요. 붉은 드레스 밑단이 눈앞에서 흔들렸죠. 처음부터 붉은 원단인 줄 알았는데, 아니었습니다. 본래 흰 원단이 피에 젖어 붉은 빛을 띠었던 겁니다. 피로 물든 드레스라니, 진부해도 이렇게 진부한 괴담이 따로 없네요.

저는 용기를 내어 살짝 고개를 들었습니다. 살인마가 도대체 흉기를 내려놓고 무엇을 하는지 궁금했거든요. 도망칠 기회라고도 생각했습니다. 살인마는 제가 고개를 들 것을 아는 사람처럼, 기다렸다는 듯이 하던 행동을 멈추고 다가와 불쑥 뭔가를 내밀었습니다.

그건 별이었어요.

제가 떨어뜨린 노란 별 장식품이요. 드레스로 닦은 건지, 핏자국 하나 없이 깨끗한 별이었습니다……. 저는 그 순간 깨달았습니다. 능숙히 도끼를 빼낸 손도, 발목까지 올라오는 눈앞의 구두도, 피에 젖은 청록색 드레스도 너무나 익숙하다는 사실을요.

심장이 거칠게 뛰기 시작했고 한순간에 마취가 풀린 것처럼 몸을 움직일 수 있게 되었습니다. 저는 참았던 숨을 몰아쉬며, 고개를 들어 살인마의 얼굴을 마주했습니다. 저 보고 미쳤다고 하셔도 상관없습니다. 제가 그녀를 보았다는 사실은 변치 않으니까요. 이미 수십 번도 더 말씀드렸다시피, 너무도 익숙한 얼굴이 앞에 있었습니다. 영주님의 전 부인인 메리 블루 부인. 도끼를 든 살인마가 얌전하고 아름다운 부인이었다는 게 믿겨지시나요? 저 역시 두 눈을 믿을 수 없어 한참을 그렇게 못 박힌 듯 서 있었습니다. 하지만 눈앞의 얼굴은, 살인마는 진짜였어요. 그 탐스러운 푸른빛 곱슬머리는, 겨울날 초저녁 하늘을 닮은 남색 눈동자는 블루 부인이 분명했습니다. 부인이 이전과 다름없이 다정한, 그러나 어딘가 슬퍼 보이는 얼굴로 저를 내려다보았고 저는 부인이 건넨 별 장식품을 받아 들었습니다. 그 찰나에 닿은 살갗이 저장고의 양배추처럼 차가웠어요. 저는 무슨 말이든 내뱉고 싶었지만, 결국 아무 말도 하지 못했습니다. 지금 생각하니 당연한 일이네요. 눈앞에 벌어지는 일을 온전히 받아들이기조차 힘든데 입이 떼어질 리가요.

제가 별을 건네받자 부인은 다시 허리를 숙여 도끼를 집어 들었습니다. 청록색 드레스와 굽이치는 푸른빛 곱슬머리, 그리고 바닥에 낭자한 살점과 핏물. 창밖에는 함박눈이다 못해 폭설이 내리고 있었죠. 이 일대에는 10여 년 만의 폭설이었다고 합니다. 그 모든 장면이 이루 말할 수 없이 비현실적이었고…… 붉고 푸른 조화는 그저 크리스마스 이벤트의 일부 같아 보였어요. 도끼를 든 블루 부인은 그렇게 제 앞에서 뒤돌아, 다시 서재 안쪽으로 향했습니다. 카펫에서는 막 눌어붙기 시작한 핏물이 찌걱이는 불쾌한 소리가 났습니다. 왜 쫓아가서 잡지 않았냐고요? 붙잡으려고 했습니다. 누구보다 붙잡고 싶었어요. 그리고 당신이 진짜인지 확인하고 싶었습니다. 하지만 나약한 몸과 정신은 마음대로 따라주질 않더군요. 긴장이 풀려서일까요. 시야가 혼곤히 일그러짐과 동시에 저는 그대로 쓰러져 정신을 잃었습니다. 의식이 멀어지는 와중에도 손끝에 닿은 부인의 차가운 피부와 노란 별이 아른거렸습니다. 그리고 탁, 하는 소리가 났어요. 탁. 무슨 소리였을까요?

그렇게 메리 블루 부인은 사라졌습니다. 몇 날 며칠 동안 영주님의 성을 샅샅이 뒤졌지만 끝내 찾지 못했죠. 사실 찾지 못하는 게 당연합니다. 제가 헛것을 보았다는 게 훨씬 신빙성이 있다는 사실도, 이 이야기가 영 말이 되지 않는다는 사실도 압니다. 하지만 그럼에도 저는 제가 본 걸 그대로 말씀드렸다는 말밖에는 할 수 없습니다. 이게 그날의 진실이니까요. 영주님을 죽인 건 영주님의 전처였던 메리 블루 부인입니다. 하지만…… 부인은 3년 전에 죽었잖아요. 나타날 수 없는 사람이잖아요. 도끼에 목이 반쯤 잘려 덜렁대는 부인의 시신을 발견한 게 바로 저였단 말입니다.

제가 정말로 유령을 본 것일까요? 죽은 자가 산 자를 죽이는 게 가능한 겁니까? 하지만 그게 진정 죽은 블루 부인이었다 한들, 부인이 어째서 그런 악령이 되었을까요. 그렇게 되기 전에 제가 먼저…… 아니, 아닙니다. 너무 슬프지 않나요. 생전의 블루 부인은 적어도 제가 아는 한, 영지를 통틀어 가장 아름답고 지혜로운 분이셨는데.

……그녀가 보고 싶네요.

*

숲으로 둘러싸인 바닷가 근처의 작은 마을, 한 젊은 어부와 그의 아내 사이에 아이가 태어났다. 예정일보다 한 달이나 빠른 출산이었다. 급히 방문한 산파는 아이가 살 수 있을지를 걱정했으나 다행히도 막 태어난 아이는 조산치고 무척 건강했다. 산모를 고생시키지도 않았다. 창밖에 고요히 내리는 함박눈과 부부의 오랜 친구인 빵집 주인이 조촐히 아이의 탄생을 축복했다.

축복하는 이들보다 배고픈 이가 많은 빈곤한 크리스마스였다. 연이은 태풍과 흉년으로 마을의 분위기는 침울하기 그지없었다. 빵집 주인은 모든 불운과 재해를 뚫고 태어난 생명을 안아보았다. 아이는 아직 작고 붉은 짐승에 가까워 보였는데, 그 낯선 존재가 부부나 산파가 아닌 바로 자신의 품에서 울음을 그친 순간 그는 알 수 없는 묘한 기분에 휩싸였다. 이 아이가 온갖 병과 악으로 가득한 세상에서 질기도록 잘 살아가기를, 목사 대신 기도문을 읊으며 그는 진심으로 바랐다.

안정을 되찾은 산모가 빵집 주인에게 아이의 이름을 무엇으로 하는 게 좋을지 물었다. 빵집 주인은 고심했다. 품안의 아이에게 누구보다 의미 있는 이름을 지어주고 싶었다. 그의 시선 끝에 테이블 한가운데에 놓여 있던 바구니와, 그 안에 든 빵이 닿은 건 그때였다. 며칠 전에 부부가 사 간 빵이었는데, 그새 시퍼런 곰팡이가 피어 있었다.

곰팡이.

곰팡이는 빵집과 마을 곳곳에 없는 곳이 없었다. 아무리 청소를 하고 어떤 약을 써도 사라지는 건 한순간일 뿐, 금세 다시 생겨나 제 영역을 펼쳐나가곤 했다. 그것은 빵집 주인이 아는 모든 존재 중 가장 강하고 질긴 생명력이었다.

빵집 주인은 아이가 그렇게 살길 바랐다. 세상살이란 게 어디 쉽던가. 더군다나, 요즘처럼 농사도 어업도 장사도 쉽지 않고 틈만 나면 전쟁과 범죄가 벌어지는 이런 세상에. 그럼에도, 어떤 방해나 위협과 고통에도 불구하고 아이가 생명력을 뽐내길 바랐다. 빵집 주인의 입 속에 계시라도 받은 것처럼 한 단어가 떠올랐다.

"블루."

푸른곰팡이에서 떠올린 이름이라는 사실을 부부에게 그대로 전할 수는 없었다. 마침 창밖을 보았더니 밤하늘이 보였고, 평소 같으면 칠흑에 가까웠을 하늘이 소복이 쌓인 눈과 환한 달빛 덕분에 오늘따라 푸른빛을 띠었다.

"눈이 쌓여서 그런가, 밤하늘이 유독 푸르네요. 블루는 어떨까요?"

부부는 이름을 무척 마음에 들어 했다. 빵집 주인은 이름을 생각해낸 스스로가 자랑스럽기까지 했다. 아이는 그렇게 메리 블루라는 이름을 가지게 되었다. 블루가 밤하늘이 아닌 곰팡이에서 나왔다는 사실은 아주 오랜 시간이 지날 때까지도, 부부가 죽고 블루가 사라지고 푸른 곱슬머리가 마녀의 상징이 되도록 오로지 빵집 주인만 알았다.

자정이 다가오고 있었다. 크리스마스가 지나가기까지

고작 30분도 채 남지 않은 시간이었다. 산파와 빵집 주인은 남편이 아껴두었던 와인을 나눠 마시고서 기분 좋게 취한 상태로 문을 나섰다. 부부의 낡은 오두막에는 산모와 남편과 블루. 그리고 푸른곰팡이가 핀 빵만 남았다. 산모는 아이를 옆에 두고서 잠들었고, 남편은 역시 약간 취한 상태로 다음 날 아내에게 먹일 죽을 끓였다. 창밖으로 보이는 눈은 그칠 줄을 몰랐다. 아이를 얻었다는 기쁨도 잠시, 남편은 삼시 중 두 끼를 간신히 때웠던 올해의 흉작을 떠올리며 심란한 기분에 빠져들었다. 아이가 태어났으니 이제 한동안은 돈이 배로 들 터였다. 뱃일이 영 신통치 않은데 새 일을 구해야 할까. 영주의 성에서 일할 사람을 구한다던데. 하지만 영주는 잔혹하고 포악하기로 따를 자가 없었다. 매년 말도 안 되는 비율로 세금이 오르는데 아무도 소리를 내지 못하는 이유였다. 남편이 책임져야 할 가족의 미래를 상상하던 그때,

쾅, 쾅, 쾅.

눈보라를 뚫고 누군가 오두막의 문을 두드렸다. 행여나 아내와 아이가 깰까 싶어 남편은 서둘러 문 앞으로 향했다. 고리를 걸고 문을 열자 검은 망토를 뒤집어쓴 노파가 보였다. 노파는 문틈 사이로 나타난 남편을 향해 물었다.

"며칠 동안 아무것도 먹지 못했소. 눈을 뚫고 지나가는데 맛있는 냄새가 나 홀린 듯이 발길을 했다오. 먹을 것을 조금만 나눠 줄 수 있겠소?"

잠시 망설이던 남편은 노파를 집 안으로 들였다. 여유롭지 않은 건 마찬가지였으나 죽어가는 노파를 외면할 수는 없었다. 남편은 노파를 테이블 앞에 앉히고, 아내를 위해 끓인 죽을 내주었다. 죽을 깔끔하게 다 먹어치운 노파는 아내와 블루가 잠들어 있는 안방 문을 바라보며 물었다.

"혼자 사시오?"

"아내는 잠들었답니다. 오늘 아이가 태어났거든요."

노파는 아이의 이름을 지었냐고 물었다. 남편은 거실 한편에 노파를 재울 자리를 만들며 빵집 주인이 지은 이름을 알려주었다. 담요를 깔고 자리에서 일어서자, 어느샌가 다가온 노파가 얼굴을 바짝 붙여 왔다. 허리가 굽어 무척 작다고 생각했는데, 생각보다 체구가 컸다. 노파는 남편을 향해 빠르게 속삭였다.

"아이는 파도를 닮은 푸른 곱슬머리와 푸른 눈동자를 가지고 아름답게 자랄 것이오. 많은 이에게 사랑을 받으며 크겠지만 끔찍한 외로움이 아이를 기다리고 있소. 결국 무수한 피를 손에 묻히게 될 것이오. 남편의 목을 베고 구천을 떠돌 것이외다.”

그건 악마가 속삭이는 저주였다. 모두가 축복하는 날, 가장 축복을 받아야 할 아이를 질투한 악마가 저주를 내린 것이다. 검은 망토 속에서 노파의 안광이 빛났다. 남편은 자신이 들이면 안 될 것을 집 안에 들였다는 걸 깨달았다. 원래 등잔 밑이 어두운 법이지 않은가. 사탄들은 인간이 기쁨과 행복에 취해 방심했을 때를 파고든다. 남편이 무어라고 소리를 치기도 전에, 기도문을 외기도 전에, 노파는 홀연히 뒤돌아 오두막을 떠났다. 남편은 노파가 사라진 문 앞에서 성경과 십자가를 두고 밤새워 기도문을 외웠고, 다음 날 아내와 아이가 눈떴을 때는 이내 아무 일도 없었던 것처럼 행동했다.

부부는 블루를 정성과 사랑으로 키웠다. 아이는 금세 자라 몸을 뒤집고 두 발로 걸으며 엄마를 엄마, 아빠를 아빠라고 부를 수 있게 되었다. 블루가 태어나고 얼마 지나지 않아 빵집 주인에게도 아이가 생겼다. 남자아이였다. 이번에는 블루의 가족이 이름을 지어주었다. 한여름이었고, 이전 해의 흉년이 무색하게 모든 게 풍요로운 계절이었으므로 빵집 주인의 아들은 썸머가 되었다. 두 가족은 흡사 한 가족처럼 생활했다. 아이들은 한낮의 햇살처럼 말갛게 웃었으며, 잔병치레조차 하지 않았다.

블루가 태어난 이후로는 모든 게 성황이었다. 어업도, 아내가 만들어 파는 수공업도 전부 그랬다. 간혹 도는 전염병조차 블루와 블루의 주변은 피해갔다. 아이들이 뛰노는 집은 활기가 가득했으며, 울고 웃는 소리가 끊이질 않았다. 부부는 지금 이 순간이 영원하기를 바랐다. 한낱 불청객에 불과했던 노인의 저주는 그렇게 완전히 잊히는 듯싶었으나, 별안간 불쑥 악몽처럼 떠올라 남편을 불안하게 만들곤 했다.

일정량을 넘어서는 연이은 행운은 사람을 초조하게 하는 법. 어느 순간부터인가 남편은 축적된 불운이 한꺼번에 닥쳐올지도 모른다는 생각에 잠을 설치기 시작했다. 때를 기다리던 맹수처럼 숨어 있던 그 불안은, 블루의 머리칼이 길게 자라기 시작하면서 이내 완전히 모습을 드러냈다. 블루의 열 번째 생일이 지난 어느 날이었다. 기분 좋게 일을 마치고 돌아온 남편의 눈에 아내와 함께 그물을 엮는 블루의 뒤통수가 보였다. 머리카락이 허리까지 치렁치렁하게 자라 있었다. 창문을 뚫고 하루의 마지막 햇살이 비쳤고, 남편은 칠흑같이 어둡기만 하던 블루의 머리칼에 은은한 푸른빛이 도는 걸 발견했다.

아이는 파도를 닮은 푸른 곱슬머리와 푸른 눈동자를 가지고…….

머릿속에 오랫동안 잊고 지내던 노파의 저주가 스쳐 지나갔으나, 그는 이번에도 고개를 흔들어 불안을 털어냈다.

블루의 머리카락은 노파의 말대로 변해갔다. 어떤 날에는 순풍이 부는 잔잔한 파도 같았고, 또 어떤 날은 폭풍을 머금은 바다처럼 굽이쳤다. 눈동자 역시 마찬가지였다. 본래는 부부를 닮아 옅은 갈색에 가까웠던 눈동자가 갈수록 푸른빛을 띠며 짙어졌다. 그 오묘한 빛깔 때문에 블루에게는 전에 없던 기이한 분위기가 더해졌다. 늘 블루의 곁에 있던 썸머는 변한 블루를 보며 오랜 신화 속에 등장하는 요정, 신…… 그런 초월적 존재의 모습이 이럴까 생각하곤 했다. 블루는 전과 다름없이 웃고 떠들고 일하고 뛰었으나, 그런 블루를 바라보는 이들의 마음속에는 다른 감정들이 피어났다.

날이 갈수록 푸르고 아름다워지는 블루를 두고서 마을 사람들 사이에도 불쾌한 이야기가 돌기 시작했다. 머리는 염색과 모자로 가릴 수 있었으나, 눈동자 색은 어쩔 수가 없었다. 마을 사람들은 블루의 엄마가 외도한 것이 분명하다고 소곤거렸다. 그러자 누군가, 블루가 어렸을 때 그 부모와 마찬가지로 옅은 갈색 눈을 가지고 태어났다는 걸 우리 모두가 함께 보지 않았냐며 의문을 제시했다. 그러자 또 누군가가 답했다. 그렇다면 눈동자 색이 바뀌었다는 말이잖소. 말이 되지 않는 일이 벌어졌으니, 마녀가 아니겠소?

빵집 주인도 블루를 둘러싼 소문들을 알았다. 그는 내심 죄책감을 가졌다. 자신이 이름을 하필 '블루'라고 지었기 때문에 이런 일이 벌어진 것만 같았다. 어부 역시 마찬가지로 혼란스러웠다. 사람들이 블루에게 마녀의 피가 흐른다고 수군거리자 노파의 저주가 자꾸만 떠올랐고, 인과관계를 벗어나 블루가 정말로 마녀가 되어버릴까 봐 두려웠다. 어부는 블루를 이전과 달리 엄격하게 대하기 시작했다. 밖에 자주 나가지 못하게 했으며 사람들 앞에 나설 때에는 머리와 얼굴을 가리는 두건을 쓰게 했다. 자신의 딸이 낯설게 느껴지는 건 한순간이었다.

블루는 가족을 사랑했기에 부모님의 말을 잘 따랐지만, 계속해서 따라붙는 낯선 시선을 견디는 것과 대부분의 시간을 집 안에서 보내는 건 힘들었다. 갈수록 외로워지는 블루에게 유일하게 힘이 되어주는 건 빵집 주인의 아들인 썸머였다. 썸머는 변치 않았다. 매일같이 블루를 찾아와 함께 글자를 공부하고, 책을 읽고, 가게에서 가져온 남은 빵을 이용해 맛있는 요리를 해주었다. 썸머는 영주의 성에서 보조 요리사를 하며 돈을 벌었는데, 언젠가 마을을 떠나 더 많은 요리를 배우고 싶다고 말하곤 했다. 그리고 꼭 함께 가자고.

블루는 자신이 하고 싶은 일에 대해 생각했다. 요리에는 재주가 없었지만, 썸머가 만든 요리를 보다 먹음직스럽게 꾸미는 게 좋았다. 혼자 있는 시간이면 땔감 중 하나를 집어 들고 감자 칼로 깎아 여러 모양을 만들었다. 가족들의 얼굴과 고양이와 물고기와 꽃과 나무와 별. 조각을 끝낸 후에는 오래전에 썸머가 사 준 물감으로 색을 칠했다. 그렇게 완성한 장식품들은 자신의 생일인 크리스마스에 트리를 꾸미는 데 썼다. 블루는 음, 그런 걸 많이 만들고 싶다고 생각했다. 모두들 예쁘다고 했으니, 만들어서 팔 수도 있지 않을까? 블루는 요리사 옷을 입은 썸머의 옆에서 함께 가게를 꾸미는 상상을 했다. 그러다 문득 썸머의 생일이 얼마 남지 않았다는 사실을 깨달았다.

아주 잘 드는 칼을 사 줄 생각이었다. 어디선가, 요리사들은 칼을 자신의 신체와도 같이 여긴다는 말을 들었다. 그래서 손잡이에 이름을 새긴다고. 좋은 칼에 직접 썸머의 이름을 새겨주고 싶었다. 다음 주에 옆 마을에서 큰 축제가 열린다고 했다. 썸머와 함께 간다면 무척 좋을 것 같았다. 그날 저녁 식사 자리에서 썸머는 블루가 먼저 말을 꺼내기도 전에 함께 축제에 가자고 말했다. 블루는 환하게 웃으며 알겠다고 답했다. 한여름 햇살이 비추는 물결을 닮은 미소였다.

축제에서는 각지에서 모여든 상인들이 희귀한 물건들을 팔았다. 블루는 썸머가 잠시 자리를 비운 사이, 선물을 사기 위해 천막과 천막 사이를 통통 튀듯이 오갔다. 생각보다 적절한 선물을 발견할 수 없었다. 마음에 드는 칼은 너무 비쌌다. 결국 칼 대신 작은 목걸이를 하나 샀다. 주방 용품이라는 게 이렇게 비쌀 수도 있다니. 블루는 상심한 채로 썸머와 헤어진 곳을 향해 걸었다. 그때였다. 골목 한편에 작은 테이블을 두고 앉아 있던 검은 망토를 쓴 여자가 블루를 불러 세웠다.

"거기 푸른 머리 아가씨."

행색을 보아하니 카드로 점을 봐주는 사람인 듯했다.

"무료로 봐드릴게요. 앞에 앉아보세요."

마침 다가온 썸머가 망설이는 블루에게 한번 해보라며

등을 떠밀었고, 블루는 순식간에 점술가 앞에 앉아 그가 시키는 대로 몇 개의 카드를 뽑았다. 점술가는 카드와 블루의 얼굴, 또 썸머까지 유심히 보더니, 이내 무슨 결심이라도 한 것처럼 크게 숨을 들이쉬었다. 블루는 이유 없이 초조해졌다. 여자가 어딘가 익숙한 것 같은 기분도 들었다. 점술가는 블루에게 가까이 오라고 손짓했다. 그러고는 곁에 있는 썸머에게도 들리지 않을 정도로, 블루에게만 간신히 닿을 아주 작은 목소리로 점괘를 속삭였다.

"만약 금지된 문이 나타난다면 여세요. 그게 당신이 살길입니다."

블루는 얼떨떨한 기분으로 자리에서 일어섰다. 썸머가 손을 잡으며 물었다.

"점괘가 어떻게 나왔어?"

"문을 열래. 그게 다야."

점술가가 남긴 뒷말은 전하지 않았다. 그건 불길하고 불길했다. 살길이라니. 그렇다면 자신이 꼭 죽을 것이라는 말 같지 않은가. 썸머가 순 돌팔이군, 하고 비꼬았고 블루 역시 그 말을 따라 중얼거렸다. 순 돌팔이군.

블루는 불길한 점괘 따위는 금세 잊고서 썸머와 함께 저물어가는 축제의 한복판을 거닐었다. 호시탐탐 선물로 산 목걸이를 전해줄 시간을 엿보면서. 썸머는 밖에 많이 돌아다니지 못하는 블루에게 늘 여러 재미있는 이야기를 해주었다. 언덕 위 영주의 성에서 일했기 때문에 듣는 게 많았다.

"블루, 그거 알아? 곧 영주가 바뀔 것 같아. 다들 쉬쉬하지만, 현 영주가 이번 달을 넘기지 못할 것 같다고 의사가 그랬어. 그래서 옆 나라에 유학 가 있던 아들이 돌아온다나 봐. 그가 새 영주가 되겠지. 건너 듣기로는 아주 젊대. 지금 영주는 제대로 하는 일이 없었잖아. 새 영주는 다르길 바라야지. 그래서 새 시종도 뽑는다나 봐."

"나도 영주의 성에서 일해볼까?"

썸머는 잠시 생각하더니, 답했다.

"좋다. 그럼 같이 일할 수 있잖아. 성을 아예 새로 꾸민대. 넌 손재주도 좋고 감각도 있으니까 장식업자 같은 건 어떨까? 진귀하고 아름다운 물건들도 많이 들어올 거야. 내가 슬쩍 말해놓을게."

별생각 없이 내뱉었건만 뱉어놓고 보니 꽤나 괜찮은 것 같았다. 언제까지고 부모님을 따라 잡일이나 하며 살 수는 없는 일이었다. 집에 돌아가는 길, 헤어지기 직전에야 블루는 썸머에게 목걸이를 건넸다. 원래 별것도 아닌 일로 쉽게 눈물을 흘리던 썸머는 이번에도 약간 울었고, 평생 목에서 빼지 않겠다는 말을 몇 번이나 중얼거렸다. 둘은 오두막 앞에서 서로의 뺨에 키스했다. 그대로 영원할 것 같았고, 블루를 불쾌하게 만들었던 싸구려 점괘 같은 건 깨끗이 씻겨 내려가는 듯했다.

오두막 앞에서 키스를 마친 둘은 문득, 내부가 너무 조용하다는 걸 깨달았다. 엄마는 잠시 아랫마을에 있는 할머니 댁에 갔으니, 집에는 아빠가 있어야 했는데 기척은커녕 불조차 켜져 있지 않았다. 블루는 조심스레 문을 열고 집 안으로 향했다. 썸머가 그 뒤를 따랐다. 아빠를 부르며 등불을 찾아 헤매는 블루의 발치에 뭔가가 걸렸다. 바닥에 쓰러진 어부의 팔뚝이었다.

축적된 불운은 어부가 우려했던 것처럼 사라지지 않고 하나씩 들이닥쳤다. 의사는 여전히 정신을 차리지 못하는 어부를 두고 몸의 반쪽이 마비되는 병이라는 진단을 내렸다. 살아 있는 게 천만다행이지만, 언제 증상이 악화될지 모른다며 지속적인 약물 치료가 필요하다는 말도 함께. 그리고 며칠 후, 어부는 간신히 눈떴지만 몸의 왼쪽을 전혀 쓰지 못했다.

약값에는 어마어마한 돈이 들었다. 가족의 생계 대부분을 책임지던 건 어부였으므로, 약값은커녕 당장의 생활조차 유지하기가 힘들어졌다. 블루와 블루의 엄마는 수공예품을 만들어 팔았으나 한계가 있었다. 어부가 쓰러진 걸 마을 사람들이 블루가 마녀인 탓이라며 쉬쉬했으므로 장사가 잘될 리 없었다. 썸머의 가족에게 많은 도움을 받았지만, 완전히 의존할 수는 없었다. 블루는 돈이 필요했다. 그가 영주의 성에 일꾼으로 지원한 것은 당연한 수순이었다.

일하는 시간 동안 블루는 오히려 현실의 고난을 잊었다. 웅장하고 멋진 성에서 벽지를 바르고, 먼 곳에서 온 도자기를 배치하고, 그림을 이쪽저쪽으로 걸어보며 가장 아름다운 공간을 만드는 데 온 신경을 쏟았다. 쉬는 시간이나 식사 시간에는 썸머와 함께 시간을 보냈다. 집사는 블루를 마음에 들어 했다. 무엇보다 일을 야무지게 잘했고, 감각이 있었다. 얼마 전에는 그 말 없던 새 영주가, 보다 아름답게 꾸며진 서재를 보고 누가 전담했느냐고 물을 정도였다. 다른 시종들이 마을에 떠도는 소문, 블루가 마녀라든가 하는 그런 웃기는 이야기를 지껄여도 신경 쓰지 않았다. 원래 미신이란 무지몽매한 것들이 믿는 것 아닌가.

성의 수리가 끝나는 날이었다. 마을의 외곽 빈민가에서

거리의 여자들 중 한 명이 살해당한 날이기도 했다. 특이점이라면 머리카락이 한 움큼 잘려 있었다는 것. 하지만 당시 그런 죽음은 너무나 흔했으므로 아무도 신경 쓰지 않았다. 지루해하는 시종들의 가십으로 입에 오르내릴 뿐이었다. 블루는 집사에게 전속 직원 제의를 받고서 한껏 들뜬 상태로 자신이 꾸민 성을 둘러보고 있었다. 성의 장식을 담당하는 업자가 되면 더 이상 아빠의 약값과 당장의 끼니를 걱정하지 않아도 될 터였다. 블루가 가장 마음에 드는 곳은 서재였다. 영주는 서재에 거의 드나들지 않았지만, 오래된 서적들과 고급스러운 크리스털 샹들리에, 손수 골라 바른 벽지는 놀라울 만큼 잘 어울렸다.

그리고 무엇보다 문. 문이 있었다.

서재의 제일 안쪽에는 꼭 보란 듯이 놓인 웅장한 푸른 문이 있었는데, 구조상 다른 방과 이어질 수 없는 곳이었다. 어째서 이런 곳에 문을 만들었을까. 열어보면 이유를 알 수 있지 않을까. 열리지 않을 걸 알면서도 문고리에 손을 올렸을 때였다. 블루는 일하는 동안 한 번도 젊은 새 영주를 맞닥뜨린 적 없었고, 그래서 이렇게 늦은 시간, 밖에서 일을 마치고 돌아온 영주가 침실이 아닌 서재에 들를 것이라고도 생각지 못했다. 손잡이를 쥐고 문을 흔드는 와중에 등 뒤에서 낯선 목소리와 기척이 닿았다. 블루는 어깨를 붙잡는 차가운 손길에 놀라 돌아섰다. 그곳에는 영주가 서 있었다.

"누구?"

블루는 고개를 숙이고서 서재를 꾸민 인부라고 답했다. 순간 머리에 썼던 두건이 풀어지며 감춰둔 파란 머리칼이 쏟아졌고, 영주는 굽이치는 물결을 닮은 그것을 마주했다. 유학 시절부터 오랫동안 자신에게 걸맞은 아름다운 부인을 찾아 헤맸던 영주는 눈앞의 블루에게서 그 안의 반짝임과 처연함, 우울을 함께 보았다. 그 모든 것이 합쳐지자 블루가 이전에는 본 적 없는 아름답고 기이한 존재처럼 와닿았다. 영주는 지난날의 실패한 선택들을 떠올리며 이제야 제짝을 찾았다고 생각했다. 바로 당신을 만나기 위해, 끝내 부질없었던 많은 인연을 거쳐왔던 것이라고. 하지만 그 순간 블루가 영주의 눈빛을 마주하며 느낀 것은 공포에 불과했다. 머리부터 발끝까지 검은 옷을 입은 영주에게는 미약한 비린내가 났으며…… 그건 꼭 전날 썸머가 소의 간을 손질할 때 나던 피 냄새와 비슷했다. 머릿속으로 축제에서 만난 점술가의 점괘가 스쳐 지나갔다. 블루는 제 머리카락을 만지는 영주를 밀치고 서재에서 도망쳤다.

영주는 어둠 속으로 빠르게 사라지는 블루의 뒷모습을 끈질기게 좇았다. 그리고 이내, 아무것도 보이지 않게 되었을 때 다시 고개를 돌려 서재의 안쪽 문을 보았다. 푸른 문. 아버지는 늘 이 문으로 자신을 시험했다. 절대 문을 열면 안 된다며 엄포를 놓은 후에 일부러 문고리에 열쇠를 꽂아 놓곤 했다. 미끼를 던져놓고 어린 아들이 그것을 물기를 기다렸지.

영주는 서재의 서랍을 뒤져 낡은 열쇠 하나를 꺼냈다. 열쇠는 제자리를 쉽게 찾아갔다. 이내 덜그럭거리는 소리와 함께 걸쇠가 풀렸다. 아버지는 돌아가신 지 오래건만, 아직도 서재의 푸른 문 앞에 서 있으면 입 안이 말랐다. 영주는 크게 숨을 들이쉬고서, 단숨에 문을 열어젖혔다. 눈앞에 나타난 건 마감조차 되지 않은 성의 돌벽이었다. 촘촘히 쌓은 진회색의 벽. 아무것도 없는 문. 고작 이런 문이었을 뿐이다. 영주는 헛웃음을 뱉으며 다시 문을 걸어 잠갔다. 그리고 서재에 앉아, 저 문 앞에 서 있던 푸른 머리칼의 인부를 떠올렸다. 영주 부인의 자리가 너무 오래 비어 있었다.

그리고 일주일 후, 영주가 새 부인을 구한다는 소식이 퍼졌다. 젊고 부유한 영주에게 구혼이 끊이지 않았지만, 영주의 반응은 심드렁하기만 했다. 원하는 이가 나타나지 않았기 때문이다. 영주의 부인을 고르기 위한 파티가 개최되는 동안 파티에 참가했던 상인의 딸과 직원으로 고용된 마부의 딸이 죽은 채로 발견되었다. 거리에서 첫 번째 피해자가 발견되었을 때와 마찬가지로 머리카락 한 움큼이 잘려 있었다.

파티가 끝나고 3일이 채 지나지 않았을 때, 영주는 블루의 집으로 직접 찾아가 청혼했다. 블루는 청혼 반지를 건네는 영주에게서 이전보다 진한 피 냄새를 맡았다. 블루는 썸머와 함께 맞춘 동반지를 들이밀며, 이미 짝이 있다고 답했다.

"그런 건 전혀 문제가 되지 않는다오. 나 역시 돌아오기 전에 다른 부인이 있었소."

온화한 표정의 영주는 블루의 낡은 오두막과 사지를 가누지 못하는 어부를 보며 가족의 모든 생계를 책임져주겠다고 말했다. 블루가 허락하기도 전에 엄마는 영주 앞에 눈물을 흘리며 엎드렸다. 영주는 말에서 내려와, 여전히 망설이는 블루에게 얼굴을 붙이고 귓가에 속삭였다. 연인이 당신을 바라볼 수도 만질 수도 없도록 눈을 뽑고 손을 자른다면 내 청혼을 받아주겠소? 블루는 자신이 이 재앙을 피할 수 없음을 깨달았다.

소문은 빠르게 퍼졌다. 천한 마녀가 젊은 영주를 구워 삶았다는 이야기가 이 마을에서 저 마을로, 저 마을에서 바다 너머까지 퍼졌다. 와전되고 왜곡된 이야기 안에서 블루는 악마의 시종과 다름없는 천박하고 사악한 여자가 되었다. 결혼식 날, 블루는 결혼식장의 모두가 자신을 향해 돌을 던지는 환상을 보았다. 자신을 욕하고 저주하는 인간 중에는 함께 미래를 약속했던 썸머도 있었다.

그렇게 영주의 부인이 된 메리 블루는 첫날밤, 침대에 누워 머리맡의 도끼를 노려보았다. 무심결에 팔을 뻗어보았으나, 손잡이에 닿지 못하고 영주에 의해 제지당했다.

*

전 영주님이자 현 영주님의 아버지셨던 발릭 경이, 30년에 걸친 전쟁에서 적군의 머리를 999개 찍어 승리를 거뒀다는 이야기는 성 사람들에게 성경과도 같았답니다. 혹은…… 사신의 낫이던가요. (그런데 전쟁에서 자기가 죽인 사람의 머리통 개수를 하나하나 세고 있었다는 게 좀 웃기지 않습니까?) 성미가 포악했던 발릭 경은 큰 잘못을 범한 하인들을 벌할 때 도끼를 사용했습니다. 심지어는 어린 아들을 훈육할 때에도 그 소름 돋는 도구를 들이밀었다고 하죠. 이전에 일하던 분에게 전해 들은 이야기입니다. 그런 과격한 훈육법으로 자란 영주님이 정상일 리가 있나요? 그 역시 마찬가지였습니다. 평소엔 그렇게 온화한 분이 없죠. 그러나 자신만의 규칙이 있었습니다. 예를 들면, 차를 마실 땐 무조건 장미가 그려진 티스푼을 사용한다거나, 서재의 안쪽 문은 허락 없이 절대로 열면 안 된다는 무척 사소한 규칙이요. 규칙을 어길 시엔 전대 영주님과 마찬가지로 도끼를 들었습니다. 돌아가신 블루 부인에게도 그랬어요. 실제로 사용하시지는 않았지만, 시퍼런 날을 들이밀며 위협하면 누구라도 공포에 떨기 마련이죠. 블루 부인은 귀족이 아닌 농가 출신 촌뜨기 아가씨였던지라 유독 실수가 많았어요. 푸른 머리카락과 바다를 닮은 눈동자에 반해 청혼한 건 영주님이었지만, 함께 살기 시작하자 모든 것이 마음에 들지 않았죠.

영주님은 계속해서 밖으로 나돌았습니다. 듣자 하니, 유학 시절에도 이미 부인이 몇 명이나 있었다더군요. 여섯이었나요. 애인인지 부인인지는 모르겠지만, 결국 함께 돌아오지 않았으니 그 끝이 어땠을지는 대충 짐작이 갑니다.

부인은 외로워했고, 매일같이 정원에서 나무를 깎아 트리 장식을 만들었답니다. 1년 중 크리스마스 단 하루를 제외한 모든 날을 트리 장식을 만들며 보냈죠. 아마 부인과 가장 많은 시간을 보낸 건 영주님이 아닌 요리사였을 겁니다. 영주님은 대부분의 끼니를 밖에서 때우고 와서, 식사 시간에는 담당 요리사와 블루 부인 둘뿐이었거든요. 간혹 성에서 식사를 하는 날에도 부인과 먹지 않았죠. 그러니…… 정이 드는 것도 인간사 당연한 이치죠. 그러다 결국, 그 일이 벌어진 겁니다.

영주님이 술에 취해 다른 날보다 일찍 돌아온 날이었습니다. 블루 부인은 여느 때와 다름없이 요리사와 담소를 나누며 식사하고 계셨죠. 영주님의 사소한 규칙이나, 귀족가의 식사 예절 같은 건 하나도 신경 쓰지 않는 자유롭고 편안한, 그래서 행복해 보이는 모습으로요. 그게 영주님의 눈에는 영 아니꼬워 보였나 봅니다. 영주님은 요리사를 성 밖으로 내쫓고, 식사를 끝내지도 않은 부인을 방으로 끌고 들어갔어요. 그리고 늘 그랬듯이 도끼를 목덜미에 들이밀며 화를 냈습니다. 평소와 다를 것도 없었으나 와인을 한 병이나 비우고 왔다는 게 문제였습니다. 만취한 자의 손에 힘이 제대로 들어갈 리가 없잖아요? 부인을 벽으로 밀치는 찰나,

도끼를 든 손에 힘이 빠졌다고 합니다. 멋대로 손을 벗어난 도끼가 그대로 부인의 목을 찍었다나요. 뭐, 제가 현장에 있었던 게 아니니 어디까지가 진실인지는 알 수 없지만…… 그렇게 블루 부인은 죽었습니다. 끔찍한 사고였죠. 사고가 아닐 수도 있지만요.

그 뒤로 성에는 부인의 유령을 보았다는 이들이 넘쳐납니다. 요리사는 일을 쉬었습니다. 말이 쉬었다지, 그만둔 것이나 다름없었어요. 그러다 무슨 마음이 들었는지, 3년 만에 돌아와서는 크리스마스 음식은 직접 하고 싶다고 하더군요. 그리고 트리를 꾸며도 되냐고도요. 일손이 부족했던 터라 거절할 이유가 없었죠. 그런데 하필 그날, 축복의 화이트 크리스마스에 그 끔찍한 사건이 벌어진 겁니다.

요리사가 헛소리를 하는 것도 어느 정도는 이해가 갑니다. 나중에야 안 사실이지만 죽은 블루 부인과 요리사가 결혼 전부터 절친한 사이였다더라고요. 그래서 의심스럽기도 해요. 하필 부인의 생일인 크리스마스에 요리사가 성에 돌아왔고 그가 서재에서 살해당한 영주님을 발견했잖아요. 타이밍이 이렇게 딱딱 맞을 수가 있을까요? 게다가…… 흉기가 발견되지 않았다죠. 요리사는 그 도끼였다고 주장하지만, 도끼는 당시에 옆 마을 대장장이의 손에 있었어요. 밑동을 장식한 보석이 빠져서, 마침 이도 나갔겠다 수리할 겸 보냈거든요. 제가 직접 대장장이에게 가져다주었습니다. 원체 까다로운 물건이라 이쪽 동네에는 다룰 수 있는 이가 없었거든요. 그러니, 영주님을 살해한 흉기가 그 도끼라는 말은 요리사의 착각이거나 의도된 거짓말이라는 겁니다. 도끼가 두 개일 리는 없으니까요. 아니, 요즘 세상에 유령이라니…… 말도 안 되잖아요?

그의 말을 듣고 성 전체를 샅샅이 뒤졌지만 푸른 머리카락이라고는 눈곱만큼도 보이지 않았습니다. 요리사가 충격을 받아 헛것을 보는 것이라니까요. 아, 서재 안쪽 방 말입니까? 그 방은 열쇠가 없어요. 아주 옛날부터 그랬습니다. 열쇠는 오로지 영주님만 가질 수 있었어요. 살인마가 그 문을 통해서 도망칠 가능성은 없답니다. 어째서냐고요? 이 성의 설계도를 보지 않으셨나요? 서재는 맨 꼭대기 층 제일 깊숙한 곳에 있어요. 그리고 안쪽 방은 외벽에 붙어 있죠. 문을 연다 해도, 돌로 된 외벽 혹은 그냥 낭떠러지일 뿐입니다. 문 안쪽에는 방이 존재하지 못해요. 그러니까 사실 절대 서재 안쪽 방의 문을 열지 말라는 규칙은 일종의 시험이었던 셈입니다. 부인이 자신의 말을 제대로 듣는지, 호기심에 지고 마는지 말이죠. 그의 아버지가 그랬던 것처럼요.

*

영주는 여러 사소한 규칙을 제시했는데, 그중에서 가장 강조한 건 딱 두 가지였다. 첫 번째는 신성한 도끼에 멋대로 손을 대지 말 것. 두 번째는,

“이 안쪽 문은 절대로 열면 안 되오.”

“어차피 바깥은 벽 아닌가요? 방이 있을 수 없는 구조인데요.”

“문이 있고 열쇠가 있는 데에는 이유가 있는 법이지.”

서재 안쪽 방의 문을 열려고 하지 말 것.

블루는 영주의 말을 지키기 위해 노력했다. 그에게서 자주 풍기는 피 냄새가, 또 사소한 규칙을 어길 때마다 들이미는 도끼날이 두려웠기 때문이다. 블루의 결혼 생활은 공포와 외로움으로 점철됐다. 영주가 곁에 있을 땐 두려웠고 없을 땐 외로웠다. 마음대로 바깥 출입을 할 수 없었으며, 온종일 영주의 취향과 기준에 부합하는 교양을 갖추기 위해 지루한 연습을 반복해야 했다. 간혹, 성 안에서 마주치는 썸머는 눈을 내리깔았고, 더 이상 전처럼 편히 대해주지 않았다. 외로움은 블루를 자꾸 과거에 머물게 만들었다. 이미 지나온 시절을 곱씹고 곱씹으며 하루를 났다. 그러다 영

주가 돌아와 현실로 끌어 올려지는 순간, 자각하게 되는 것이다. 이제 그런 시절은 오지 않는다는 걸. 그럴 때면 머릿속에 점괘가 떠올랐다. 금지된 문을 열어야 네가 산단다.

블루는 성 안에서의 시간 대부분을 서재에서 책을 읽거나 조각을 하며 보냈다. 크리스마스가 얼마 남지 않은 가을의 끝자락이었고, 추수철이기도 했다. 블루가 영주와 결혼한 그해에는 큰 흉작이 들었다. 배고픈 사람들은 원망할 대상이 필요했다. 하루는 서재에서 책을 꺼내 나오는데 시종들이 수군거리는 소리를 들었다. 마을의 젊은 여자들이 계속해서 죽어간다는 이야기였다. 꼭 머리카락이 한 움큼씩 잘려 있다지. 푸른 머리의 마녀가 영주와 결혼한 이후로 불길한 일들이 연이어 벌어진다지.

블루는 시종들이 사라질 때까지 어두컴컴한 서재 안에 숨어 있었다. 맞은편에 금지된 파란 문이 보였다. 보란 듯이 열쇠가 꽂혀 있었다. 저 손잡이를 돌려 문을 열면, 무언가 바뀔 수 있지 않을까? 하지만 아무 일도 벌어지지 않으면. 그냥 회색 벽을 마주할 뿐이라면? 어디서든 자신을 보는 듯한 영주가 그 사실을 알고 또다시 도끼를 들이민다면 어떡하지? 문을 여는 게 과연 의미가 있나? 간신히 붙잡은 문고리에서 손을 떼었을 때였다. 등 뒤에서 익숙한 목소리가 들려왔다.

"블루. 괜찮아?"

썸머였다. 결혼 이후로 처음 나누는 대화이자 매일같이 그리워했던 위로.

"아무것도 모르는 사람들이 하는 이야기 같은 건 신경 쓰지 마."

썸머가 눈을 맞추지 못하고 말했다. 지금은 낮이었고, 영주는 옆 마을에 출장을 갔다. 블루는 썸머가 말을 걸어주었다는 사실에 참아왔던 눈물이 쏟아졌다. 썸머가 주저앉아 우는 블루를 달랬고, 블루는 썸머의 목에 걸려 있는 목걸이를 보았다. 자신이 생일 선물로 건네준 목걸이였다. 평생 빼지 않겠다고 맹세했던.

영주가 성을 비울 때마다 둘은 함께 시간을 보냈다. 이전처럼 함께 밥을 먹고 책에 대해 이야기하고 나무를 조각했다. 블루는 이전보다 덜 외로웠으나, 늘 알 수 없는 불안감에 시달렸다. 언제 남편의 눈에 띌까 전전긍긍했을뿐더러, 눈앞의 썸머가 꼭 한순간에 멀어질 것만 같았다. 썸머는 옛날처럼 블루에게 바깥세상의 이야기를 전해주었다. 빵집 주인이 곰팡이를 없애느라 얼마나 오랫동안 걸레질을 해댔는지, 교회 목사가 설교를 하면서 무슨 말실수를 했는지, 또 마을에서 어떤 사건 사고가 벌어졌는지. 이를테면 아침에 도랑에서 발견된 여자의 시체 같은 것. 한 움큼 잘린 머리카락 같은 것.

썸머와 이야기를 나누던 블루는 문득 어떤 위화감을 느꼈다. 죽은 여자가 발견되었다는 날이 모조리 남편이 출장을 다녀온 날이었다. 밤늦게 성에 도착한 남편에게서 풍겨오는 음울한 숲의 풀 내음과 바다와는 다른 불쾌한 비린내를 떠올렸다. 바로 전날 밤도 마찬가지였다.

남편이 출장을 다녀온 날에는 늘 여자가 죽는다. 그는 젊고 유능한 영주이므로 아무도 그를 의심하지 않는다. 대신 마녀라고 불리는 자신을 탓할 뿐이다. 그렇다 한들, 이 상황에서 벗어날 수 있는 방법이 있을까? 블루는 두려웠다. 너무나 두렵고 외로웠다. 썸머와 함께할 때면 불안정한 감정들이 약간 가라앉았지만, 결국 근본적으로 해결하지 않는 한 다시 돌아올 고통이었다. 묵은 불안을 뒤집어쓴 블루는 이내 어떤 결심을 하기에 이르렀다.

남편이 옆 마을로 파티 겸 출장을 간 어느 날이었다. 막 자정을 넘겨 크리스마스가 되었다. 블루는 수년 전 점술가의 점괘를 떠올리며 서재로 향했다. 문을 열어야 한다. 문을 열어야 한다. 되뇌면서. 안쪽 문에는 보란 듯이 열쇠가 꽂혀 있었다. 일부러 꽂아둔 것이 분명했다. 남편이 매일 밤, 자신이 문을 열었는지 열지 않았는지 확인하기 위해 서재에 들른다는 걸 알았다. 문틈에는 작은 깃털이 꽂혀 있었다. 블루는 중얼거렸다.

"시험을 한다면 시험당해주지."

문에 가만 귀를 대보니, 안쪽에서 왁자지껄한 소리가 들려왔다. 안에는 아무것도 있을 리 없는데 이상한 일이었다. 다른 층의 소리가 벽을 타고 올라오는 걸까? 하지만 새벽의 성은 소름끼칠 만큼 고요한데. 블루는 눈을 감고서 심호흡과 함께 문을 열어젖혔다. 소리는 더욱 선명하게 와닿았다. 눈을 뜨자. 하나, 둘, 셋.

블루는 문 너머를 노려보았다. 그곳에 펼쳐진 것은 돌벽이나 낭떠러지가 아닌 서재였다. 자신이 서 있는 서재와 똑같이 생긴, 거울의 안쪽과 같이 존재하는 또 다른 서재. 믿을 수 없는 광경에 블루는 무엇에 홀린 듯이 문을 넘었다. 바닥은 단단했으며 손끝에 닿는 책들은 익숙한 종이 내음을 풍겼다. 그곳은 환상이나 착각이 아닌, 명백히 실재하는 공간이었다.

이게 어떻게 된 거지? 꿈을 꾸는 걸까?

블루는 문 너머 세계의 서재를 가로질렀다. 방에서 나와 복도 끝 창문을 통해 바깥을 보자 막 떨어지기 시작하는 해가 보였다. 새벽이 아닌 초저녁인 듯했다. 정원의 트리에는 자신이 조각한 장식품들이 가득했다. 크리스마스에 썸머와 함께 꾸미기로 한 나무였다. 성은 평소처럼 음울했으나, 곳곳에 크리스마스임을 나타내는 장식품과 양초가 놓여 있었다. 찢어질 듯한 비명 소리가 성을 관통하듯 울려 퍼진 건 바로 그때였다.

블루는 소란이 들려오는 쪽으로 나아갔다. 가는 길에 몇 명의 하인을 마주했는데, 하나같이 믿을 수 없다는 표정을 지었다. 그중 한 명은 블루를 붙잡고, 좀 전까지 부엌에 계시지 않았나요?라고 묻기도 했다. 블루는 손길을 뿌리치고 도망치듯이 자리에서 벗어났다. 소리의 진원지는 부엌이었다. 블루는 기둥 뒤에 숨어, 차마 믿을 수 없는 눈앞의 장면을 응시했다.

소리를 지른 것은 다름 아닌 자신이었다. 테이블 위에는 좀 전까지 썸머와 만찬을 즐겼던 듯, 칠면조와 조린 생선, 치즈를 올린 빵과 붉은 와인 잔이 놓여 있었다. 영주는 불같이 화를 내며 집기들을 집어 던지더니, 썸머를 성 밖으로 쫓아내고 자신의 푸른 머리를 말아 쥔 채로 방으로 끌고 갔다. 평소에도 자주 물건을 던지며 화를 냈지만 이렇게까지 격했던 적은 없었다. 블루는 닫힌 문 너머에서 끔찍한 일이 벌어질 것임을 예견했다.

블루는 지옥을 내다보는 심정으로 계단을 올라, 아주 조금 열린 문틈 사이로 안을 들여다보았다. 자신은 쉽게 제압당했고, 남편은 늘 그랬듯이 침대머리맡의 도끼를 들었으며…… 휘둘렀다. 평소처럼 위협에 그치는 도끼질이 아니었다. 무엇을 어떻게 할 틈도 없이, 영주가 자신의 목에 도끼를 박아 넣었다. 콰직, 하는 소리가 났다. 블루는 죽어가는 블루를 목격했다. 찰나에 눈이 마주친 것 같기도 하다. 그 순간, 문 너머 자신의 목이 기괴한 방향으로 꺾이며 피를 뿜어낸 그 순간, 문 반대편에서 넘어온 블루는 알 수 있었다. 이게 자신의 미래라는 걸.

영주는 죽어가는 자신을 공허한 눈으로 내려다보았다. 그러고는, 다리를 굽히더니 도끼날로 머리카락 한 움큼을 잘랐다. 평생을 붙어 있던 푸른 머리카락은 허무하게 잘려 나갔고, 영주는 머리카락을 매듭지어 짧게 키스한 후 문 쪽으로 돌아섰다.

블루는 서둘러 문 옆의 석상 뒤로 몸을 숨겼다. 영주는 피투성이 상태로 몸을 비틀며 계단을 올랐다. 서재 방향이었다. 블루는 조용히 뒤를 따랐다. 서재에 도착한 영주가 책상의 첫 번째 서랍을 열더니 작은 상자 하나를 꺼냈다. 그리고 그 안에 블루의 머리카락을 집어넣었다. 아주 소중한 것을 대하는 것처럼 조심스러운 손길로. 영주가 소파에 널브러져 피를 묻힌 채 잠든 사이, 블루는 다시 서재의 푸른 문 앞으로 다가갔다. 그리고 도망치듯이 문을 열어 경계를 건넜다.

원래 세계로 돌아온 블루는 문에 등을 기대고 숨을 몰아쉬었다. 한낱 악몽으로 치부하고 싶었으나, 문 너머에서 목격한 사건들은 너무나 선명하고 정교했다. 그 안에서의 일은 또 다른 자신이 겪은 진실이었다. 그리고 이 세계의 자신이 겪을 수 있는 미래이기도 했다. 블루는 떨리는 손으로 책상 앞에 다가가, 첫 번째 서랍을 열었다. 문 너머에서 보았던 상자가 그곳에 있었다. 열기 위해 안간힘을 써보았지만 열쇠 없이는 열리지 않았다. 혼란으로 가득 찬 블루의 눈에 상자의 경첩 사이에 낀 실이 보였다. 등불을 켜고 상자를 자세히 들여다보았다. 실인 줄 알았는데 머리카락이었다. 누구의 것인지 모를 붉고, 노랗고, 검은 머리카락. 블루는 문 너머에서 목격한 게 끔찍한 진실이자 미래라는 걸,

그리고 문을 엶으로써 뭔가를 바꿀 수 있게 되었다는 걸 확신했다.

미래는 바뀌어야 한다. 영주에게 죽임을 당할 수는 없었다. 그러기 위해서는 최대한 많은 미래를, 경우의 수를 엿봐야 했다. 블루는 다시 푸른 문 앞에 섰다. 다시 문을 열어젖히고서 안쪽으로 발을 들이밀었다. 두 번째 문을 넘고 고개를 들자 막 서재를 나서는 영주의 뒷모습이 보였다. 서재의 책상 위에 놓인 달력을 바라보았다. 3년 후다. 그렇다면 자신은 이미 죽은 후인가? 블루는 문이 늘 일정한 시간대로 안내하지는 않는다는 걸 깨달았다. 랜덤 게임이나 마찬가지였다. 문 너머에 존재하는 시간대는 아주 무수하고, 그 무수한 시간대에 전부 자신이 존재하는 것이다…….

영주를 쫓아가려는 그 순간, 익숙하고도 익숙한 목소리가 들려왔다.

"블루."

정수리에 내리꽂히는 불안을 무릅쓰고서 블루는 소리가 들려온 곳을 돌아보았다. 트리 밑이었다. 목에 도끼가 박힌 썸머가 피를 흘리며 죽어가고 있었다.

"썸머."

블루는 눈앞의 광경을 부정했다. 여기는 문 너머이고,

이건 현실이 아니야. 이런 걸 보려고 문을 넘은 게 아니야. 나와 썸머의 미래가 이래서는 안 돼. 아득한 혼란이 가시자 놀라울 만큼 차분한 분노가 찾아왔다. 블루는 초점을 잃은 썸머의 앞으로 다가가 무릎을 꿇고, 눈을 감겨주었다. 차갑디차가운 손을 만지자 냉기가 온몸 구석구석까지 퍼져나가 전신을 차갑게 찔러댔다. 블루는 소리 지르고 싶은 걸 간신히 참기 위해 애썼다. 이건 현실이 아니야. 이건 현실이 아니야.

여긴 문 너머라고.

다시 일어선 블루는 떨리는 손으로 썸머의 머리에 박힌 도끼를 빼냈다. 하도 깊이 박힌 탓에 한 번에 빠지지 않아 힘을 줘야 했고, 그 과정에서 썸머의 머리가 더 일그러졌다. 이 악몽에서 하루라도 빨리 깨어나고 싶었다. 저 문만 넘으면 도망칠 수 있어. 그럼 나의 현실은, 진짜 세계는 바뀔 것이다. 바꾸고 말 것이다. 하지만 그러기 전에.

블루는 결심했다. 그냥 돌아가지 않을 것이다. 어찌 되었든 이 세계에서의 자신과 썸머는 살해당한 것이다. 영주의 손에. 그의 도끼에. 도끼를 겨우 빼내 손에 쥐었을 때였다. 녹색 드레스가 온통 피투성이였다. 서재 밖에서 인기척이 들리더니, 누군가 들어섰다. 블루는 트리 뒤에 숨었다.

영주였다. 영주는 죽은 썸머를 내려다보며, 미간을 찌푸리고는 담배를 꺼내 물었다. 블루는 저 표정을 알았다. 귀찮아 죽겠다는 표정이었다. 담배를 다 피운 영주가 문득 주위를 두리번거리며 중얼거렸다.

"도끼는 어디 갔지?"

도끼는 블루의 손에 있었다. 영주가 사라진 도끼를 찾아 처참히 죽은 썸머의 몸을 뒤집는 찰나에 블루는 조용히 영주의 뒤로 다가갔다. 그리고 있는 힘껏, 마치 영주가 첫 번째 세계에서 자신에게 그랬던 것처럼, 한 치의 망설임도 없이 머리통을 내리쳤다. 영주는 허무하게 죽었다. 블루는 자신이 문 너머 세계에 개입할 수 있다는 사실을 두 손으로 직접 체득했다. 영주가 쓰러지면서 등불이 카펫과 책들에 옮겨붙었다. 서재와 두 구의 시체는 순식간에 화마에 잡아먹혔다. 블루는 얼굴에 튄 피를 닦으며 중얼거렸다.

"여기는 문 너머일 뿐이야. 썸머가 있는 곳으로 돌아가자."

그리고 다시 푸른 문을 열었다. 문을 넘자 조금 전의 불길은 온데간데없이 서늘한 서재의 풍경이 블루를 반겼다.

이곳은 원래 세계다. 이 세계의 자신과 썸머는 아직 죽지 않았다. 블루는 복도로 나가 정원을 바라보았다. 트리는 아직 장식하지 않았다. 그는 계단을 두 칸씩 뛰어 아직 불이 켜진 주방으로 달려갔다. 칠면조를 손질하느라 퇴근하지 못한 썸머를 블루는 와락 껴안았다. 품 안의 온기가 자신을 살게 한다는 걸 블루는 다시 한번 느꼈다. 썸머는 영문을 모른 채로, 지쳐 보이는 블루를 토닥였다. 블루는 아주 작은 목소리로 중얼거렸다.

"문을 넘었고 많은 걸 보았어. 너를 죽게 하지 않을 거야. 나도 죽지 않을 거고."

침실로 돌아온 블루는 침대머리맡의 도끼를 노려보았다. 그리고 침대 위에 올라, 팔을 뻗어 도끼를 쥐고서 침대 밑으로 숨겼다. 문 너머의 악몽을 재현할 생각은 없었다. 이제야 비로소 점괘가 무엇을 뜻하는지 알 것 같았다. 썸머와 자신을 지키기 위해서, 해야 할 일은 단 하나였다.

다음 날, 짧고 얕은 잠을 자고 일어난 블루는 계획대로 썸머와 함께 트리를 꾸몄다. 트리의 꼭대기에 달 별을 마저 깎고, 노란 염료를 칠했다. 그리고 저녁 만찬을 함께했다. 이 시간을 흘려보내기는 싫었다. 사람들의 말, 정원의 풍경, 썸머의 표정, 하다못해 바람이 부는 방향까지도 문 너머에서 보았던 장면과 일치했다. 해가 지자 영주가 도착했고, 식사 장면을 목격한 그는 처음으로 문을 넘었을 때 목격했던 것처럼 집기를 던지며 욕설과 소리를 내질렀다.

블루는 성 밖으로 끌려 나가는 썸머에게 괜찮다는 표정을 건네고서 영주의 바람대로 힘없이 방으로 딸려 올라갔다. 침실 문이 완전히 닫히는 순간, 영주가 침대 위에 걸려 있어야 할 도끼가 사라진 것을 알고 당황한 찰나. 바로 지금. 블루는 침대 밑에 숨겨두었던 도끼를 꺼내 쥐고서 한 치의 망설임도 없이 찍어 내렸다. 이미 한 번 해본 행위였다. 장작을 패는 소리가 났다. 영주는 머리에 도끼가 꽂힌 채로 쓰러졌다. 블루는 얼굴에 튄 피를 아무렇게나 문질러 닦고서 침대에 걸터앉아 머리 한쪽이 일그러진 영주를 내려다보았다. 블루는 결심한 듯, 팔을 뻗어 도끼를 빼냈다.

"이건 내 몫."

그리고 한 번 더, 휘둘러 목을 쳤다.

"이건 썸머의 몫."

그리고 마지막으로, 간신히 붙어 있던 목을 한 번 더 찍어 완전히 잘랐다.

"이건 죽은 여자들 몫이다."

모든 과정이 끝났을 땐, 녹색 드레스가 온통 피로 범벅

되어 있었고 블루의 푸른 머리 역시 핏물로 말라붙었다. 이제 3년 뒤의 썸머는 죽지 않을 것이다. 자신도 도끼에 살해당하지 않았다. 그런데…… 이렇게 끝인가? 이 뒤에는 어떻게 되는 거지?

블루는 뒤늦게 자신이 저지른 상황을 또렷이 응시했다. 도끼로 남편을, 영주를 죽였다. 붙잡히면 그 끝은 마녀재판과 사형일 테다. 살기 위해 영주를 죽였는데, 허무하게 다시 죽을 수는 없었다. 나는 살고 싶어. 블루는 소리 내어 말했다. 나는 살 거야. 아주 질기게, 끈질기게 살 거라고. 소리 내어 말하고 나니 오히려 확신이 들었다. 영주를 도끼로 찍은 걸 후회하지 않는다. 그는 자신뿐만 아니라 수많은 여자를 이미 죽였고, 앞으로도 죽일 것이었고, 썸머까지 죽였을 테니까. 하지만 이건 오로지 블루만 아는 진실. 숨겨진 과거와 미래의 진실. 문밖에서 하인들이 서성이는 소리가 들렸다. 떠오르는 여러 선택지를 가늠해보던 블루는 어떤 계시처럼 자신에게 놓인 길이 단 하나라는 것을 깨달았다. 그냥 알 수 있었다.

아, 이렇게 되는 거였구나. 나는 문을 넘나들 운명이었구나.

창밖에는 함박눈이 쏟아졌다. 창문으로 고개를 내밀어

정원을 내려다보았다. 차마 성을 떠나지 못한 썸머가 트리 밑에서 추위에 떨고 있었다. 꼭대기의 별이 노랗게 반짝였다. 블루는 얼굴의 피를 대충 닦고, 머리를 정리하고, 최대한 밝은 목소리로 썸머를 불렀다. 썸머가 창을 올려다보았다. 블루는 손을 흔들며 외쳤다.

"썸머, 크리스마스트리 장식을 부탁해. 별은 꼭 꼭대기에 있어야 해."

썸머의 마지막 표정은 보지 않기로 했다. 그리고 사랑한다는 말도 입 안에 가뒀다. 블루는 영주를 찍은 도끼를 챙겨 들고 침실에서 나와, 고요히 서재로 향하는 계단을 올랐다. 블루는 문 너머가 무엇으로 이어져 있는지 알았고, 그 너머에 아직 문을 열지 않은 자신과 썸머가 있다는 걸 알았다. 영주의 손에 살해당한 무수한 여자가 아직 살아 있는 시간도 존재한다는 걸 알았다. 문은 분명 자신을 그 세계로 이어줄 것이다. 블루는 그들을 지켜주고 싶었다. 무한한 경우의 수로 존재하는 세계에서의 우리를. 비록 이쪽의 자신은 시공간을 떠돌겠지만, 자신이 해야 할 일이 무엇인지 또렷이 알았다.

*

블루는 계속해서 문을 넘었다. 넘고 또 넘었다. 문 너머에서 자신은 이미 죽었을 때도 있었고, 아직 살아 있을 때도 있었고, 썸머만 죽었을 때도 있었으며 더 많은 여자가 죽었을 때도 있었다. 다른 세계의 자신은 영주에게 살해당하기도, 사형을 당하기도, 썸머와 도망쳤다가 함께 죽임을 당하기도, 영주를 죽이고 자살하기도 했다. 아직 아무도 죽지 않았던 때도 있었다. 블루는 그 모든 문 너머의 세계에서 영주를 죽였다. 영주를 죽인 뒤에는 또 문을 넘었다. 그럼 또 영주가 나타났고…… 가끔은 자신이 이미 다녀간 후였을 때도 있었다. 그 일을 계속 반복하자 나중에는 영주의 머리가 무슨 수박 정도로 느껴졌고, 도끼를 점점 더 가뿐히 다룰 수 있게 되었다. 블루는 모든 차원을 넘나들며, 최대한 많은 경우의 수에서 영주를 죽였다. 문 너머에서 한 시간을 보낼 때도, 사흘을 보낼 때도, 1년을 보낼 때도 있었다. 그 틈을 넘나들며, 자신이 영주를 죽인 덕에 함께할 수 있게 된 다른 블루와 썸머의 삶을 질투하며 블루는 늙어갔다. 너무 많은 문을 넘고 넘고 또 넘은 탓에 블루의 시간은 뒤섞이기 시작했고, 그렇게 홀로 문 너머를 떠돌던 어느 한 순간에, 그는 과거의 자신을 마주했다.

영주가 아직 타국에서 돌아오기 전이었다. 영주가 올 때까지 버텨야 했기에 생계를 유지할 수단이 필요했다. 블루는 자신이 온갖 시공간을 오가며 목격하고 수집한 사건들을 이용해 점술가 행세를 했다. 그렇게 어느 상단에 합류해 떠돌아다니다 한 마을에 정착했다. 축제가 한창이었다. 썸머에게 줄 선물을 찾아 두리번거리는 자신이 있었다. 블루는 과거의 자신을, 그러나 완전히 동일하지는 않은 자신을 불러 세웠다.

"만약 금지된 푸른 문이 나타난다면 여세요. 그게 당신이 살 길입니다."

문 너머의 세상은 이어져 있지 않다. 한 세계에서 영주를 죽이더라도 마법처럼 이후 다른 세계의 미래가 모두 해결되는 게 아니다. 자신은 이쪽 세계의 영주를 죽일 것이다. 눈앞의 어린 자신은 아마 나와는 다른 미래를 맞이하겠지. 그럼에도 알려주고 싶었다. 금지된 문을 열고, 살아남아 이렇게 존재하는 자신이 있다는 걸. 그뿐이었다.

그리고 더 많은 문을 넘었다. 세계는 끝도 없이 존재했고, 그 무수한 세계를 홀로 여행하는 사이 블루는 자신이 누구인지조차 잊게 되었다. 행위를 관성처럼 반복할 뿐이었다. 문을 넘고, 도끼로 영주의 얼굴을 찍고, 또 문을 넘는 것. 육신은 빠르게 삭아갔고, 푸른 머리카락 역시 빛을 잃었다. 늙고 병들어 더 이상 도끼를 쥘 힘마저 없어졌을 때, 블루는 마지막 문을 넘었다. 눈앞에 흰 설원이 펼쳐졌고, 언덕 위의 오두막이 보였다. 향긋한 죽 냄새가 났으며 따뜻한 불이 새어 나왔다. 그는 이번이 마지막 여정이라는 걸 알 수 있었다. 그리고 더 이상 도끼를 쥘 수 없게 된 자신을 대신해서 저 오두막 속의 아이가 새 여행자가 될 운명이라는 사실을. 블루는 오두막으로 발을 옮겼다.

*

썸머는 푸른 문 앞에 섰다. 영주를 살해하고 사라진 지 3년째 되는 날이었다. 썸머는 3년 동안 무수히 그날의 크리스마스를 곱씹었다. 머리가 깨져 죽은 영주와 사라진 도끼, 블루, 블루가 마지막으로 자신에게 외쳐 건넸던 말. 별은 꼭 꼭대기에 있어야 해. 하지만 모든 순간을 곱씹고 곱씹어도 납득되지 않는 게 있었다. 블루는 어디에 있을까. 어디로 갔을까. 왜 나를 데려가지 않았지?

썸머는 자신이 마지막으로 목격한 블루를 떠올렸다. 블

루가 이해되지 않는 말을 내뱉은 직후, 불길함을 느끼고서 식자재 출입용 뒷문을 통해 다시 성 안으로 들어왔다. 그리고 주방 밖으로 나가자마자 서재가 있는 계단으로 걸어가는 피투성이의 블루를 보았다. 블루를 따라 서재로 향했다. 안으로 들어서기 전이었다. 탁, 하는 소리가 났다. 썸머는 서재 안으로 뛰어들었다. 블루는 없었다. 굳게 닫힌 푸른 문만이 썸머를 맞이했다.

돌아오지 않는 블루를 그리며, 그 순간을 무수히 곱씹었다. 블루는 어디로 갔나. 왜 나를 데려가지 않았나. 블루는 아직 존재하나.

그리고 3년 만에 내린 결론은 하나였다. 자신은 블루를 잘못 본 것이 아니다. 블루는 분명 서재를 통해 어딘가로 갔다. 서재 안쪽의 문은 단 하나였다.

썸머는 영주가 죽고 폐허가 된 성의 푸른 문 앞에 섰다. 창밖에서는 꼭 그날처럼 눈이 쏟아졌다. 그간 몇 번이나 이 문을 열어젖혔지만, 늘 낡고 투박한 돌벽이 썸머를 가로막았다. 그러나 오늘은 다를 것이란 직감이 일었다. 오늘은 축복받은 화이트 크리스마스니까. 블루가 태어나고 사라진 날이니까. 썸머는 단 한 번도 뺀 적 없는 목걸이를 만지작거리며, 조용히 기도를 되뇌었다. 그리고 문고리에 손을 가져갔다. 평소와 달리 문 너머에서 어떤 기척이 들려왔다. 썸머는 심호흡과 함께 문고리를 당겼다.

*

오두막에서 나온 노파는 눈밭을 걸었다. 걸어도 걸어도 같은 풍경이 펼쳐졌다. 갈수록 쏟아붓는 폭설에 시야는 흐릿했다. 노파는 등에 이고 있던 도끼를 버렸다. 이제는 이가 나가 땔감조차 팰 수 없는 도끼였다. 끝이 다가왔음을 직감했다. 수많은 자신을 스쳤고, 먼 곳에서 사랑했던 이들을 바라보았지만 마지막 순간에 자신의 곁을 지켜줄 이는 없었다. 상관없었다. 이제 푸른 문 안쪽의 쳇바퀴에서 해방될 테니.

블루는 언젠가, 다정한 이와 함께 꾸몄던 트리를 닮은 나무에 등을 기대고 앉았다. 잠이 쏟아졌다. 저 꼭대기에 별이 달려 있다면 참 좋을 텐데. 파도처럼 밀려오는 잠기운에 더 이상 어떤 추위도 느껴지지 않게 되었을 때였다. 눈보라를 뚫고 다가오는 형체가 보였다. 블루는 자신을 데려갈 사신일지도 모를 그 존재를, 마지막으로 눈에 담기 위해 고개를 들었다. 낯설지만 익숙한 중년의 얼굴이 나타났다. 블루는 남자가 누구인지 알아볼 수 없었지만, 금방이라도 울 것 같은 표정과 목에 걸린 낡은 목걸이는 분명 본 적이 있다고 생각했다.

남자는 블루의 곁에 배낭을 내려놓고, 그 안의 것들을 하나씩 꺼내 늘어놓았다. 나무를 깎아 만든 조악한 장식품들이었다. 누군가의 얼굴, 사슴과 눈사람, 그리고 빛이 바랠대로 바랜 노란 별. 남자가 말했다.

"당신을 계속 찾아다녔어. 아주 오랫동안."

남자가 블루의 손에 별을 쥐여주었다. 찰나, 생기를 잃어가던 블루의 눈에 빛이 내비쳤고, 블루의 머릿속에 아주 오랫동안 잊고 살던 순간이 선명하게 펼쳐졌다. 도끼와 피와 질투와 후회와 괴로움에 잊고 살던 어떤 순간들이. 트리에 걸린 장식품처럼 반짝이며 존재하던 기억이. 맞아. 난 한때 이런 기억들로 살았다. 나를 이루고 나를 움직이게 만들던 시간들이 있었지. 스스로를 되찾은 블루는 너무 오래 부르지 못해 입 안에 갇혀버린 이름을 비로소 떠올렸다. 블루는 마지막 남은 온 힘을 다해, 세월의 먼지를 털어낸 그 이름을 소리 내어 불러보았다.

"오랜만이야, 썸머."

작가의 말

꼬박 2년 만의 단편집이네요. 후기를 쓰는 이 순간, 책에 담긴 첫 소설을 쓰고부터 스물네 달이 지난 지금까지 여전히 쓰며 살아가고 있다는 사실이 저는 더할 나위 없이 기쁩니다.

2019년 5월부터 2021년 12월까지 쓴 이야기들을 모았습니다. 그사이에 저는 나이의 앞자리가 바뀌었고, 바뀌지 않을 줄 알았던 많은 것들이 바뀌었습니다. 바뀔 줄 알았는데 바뀌지 않은 것들도 있습니다. 어떤 이야기는 제가 썼음에도 종종 낯설었고, 어떤 때는 너무 속내를 까 보이는 것 같아 당장이라도 숨고 싶은 기분이 들었어요. 분명 허구의 이야기들임에도 저에겐 오래된 일기같이 느껴지는 것은 왜일까요.

여전히 책을 낸다는 건 많이 두렵고 떨리지만, 그에 못지않게 설레고 즐거운 시간이었습니다. 이미 써둔 이야기를 다시 훑는 과정에서 앞으로 제가 펼치고 싶은 세계를 확신하는 경험을 했어요. 곳곳에 당시엔 인지하지 못했던 어떤 파편이 숨어 있었고, 그 파편을 모아 언젠가 그려낼 또 다른 세계를 상상하는 것이 기뻤습니다. 지금은 이 소설집의 이야기들이 각각 하나의 씨앗이라는 생각을 합니다. 훗날 저 밑까지 뿌리를 내려, 더 크고 넓은 이야기로 다시 만나기를 바랍니다.

작가의 말을 마무리 짓는 건 여전히 어렵네요. 곱게 간직해 오래도록 꺼내보고 싶은 순간이 많았던 2년이었습니다. 결국 소설은 혼자 쓰는 거라고 생각했던 순간도 있었는데, 지금은 그렇지 않다는 걸 잘 압니다. 제가 이야기를 계속해서 써낼 수 있는 동력은 많은 분들의 다정한 목소리라는걸요.

제대로 모아둔 단편 하나 없던 저에게 선뜻 소설집을 제안해주신 한겨레출판사와 김준섭 편집자님, 멋진 제목을 떠올려주신 하상민 편집자님, 책을 만드는 데 도움 주신 모든 분들과 S 편집자님께도 감사의 말을 전합니다. 첫 만남의 웃음과 녹음이 떠오르는 계절이네요. 무더운 여름의 기억 한편에 제 이야기가 함께라면 무척 기쁠 것 같습니다. 저는 아직 영원을 믿지 못하지만, 이야기 안에서만큼은 영원을 상상할 수 있으면 합니다. 감사합니다.

2022년 여름

조예은

| 수록 작품 발표 지면 |

할로우 키즈 … 〈릿터〉 20호(민음사, 2019)

고기와 석류 … 〈릿터〉 31호(민음사, 2021)

릴리의 손 … 《세 개의 달》(알마, 2021)

새해엔 쿠스쿠스 … 〈에픽〉 6호(다산북스, 2022)

가장 작은 신 … 《미세먼지》(안전가옥, 2019)

나쁜 꿈과 함께 … 〈때〉 1호(디자인이음, 2021)

유니버설 캣숍의 비밀 … 《공공연한 고양이》(자음과모음, 2019)

푸른 머리칼의 살인마 … 리디북스 우주라이크소설(2021)

트로피컬 나이트

초판 1쇄 발행 2022년 8월 17일
초판 9쇄 발행 2024년 9월 20일

지은이 조예은
펴낸이 이상훈
문학팀 최해경 박선우
마케팅 김한성 조재성 박신영 김효진 김애린 오민정

펴낸곳 (주)한겨레엔 www.hanibook.co.kr
등록 2006년 1월 4일 제313-2006-00003호
주소 서울시 마포구 창전로 70 (신수동) 화수목빌딩 5층
전화 02-6383-1602~3 **팩스** 02-6383-1610
대표메일 munhak@hanien.co.kr

ISBN 979-11-6040-833-1 03810